盐和 著
比喻
骆驼山下烟火村，是这个故事开始的地方……
作家出版社

作者简介

盐和，本名刘来刚，现居沈阳，1976年2月生于辽宁省绥中县，2000年毕业于中国人民大学，哲学学士，辽宁省作家协会会员，主业经商。自2017年起，开始投入较多的精力进行写作，著有哲学作品《工具的重构》等，中篇小说《使命》《饥荒》等，长篇小说《简》《贼夜》《比喻》。曾于2021年和2022年发表短篇小说《大鱼肚腹》（载于《辽河》）、《双鱼棋局》（载于《厦门文学》）。

目　录

序章　骆驼山

骆驼山坐落在烟火的北面，它像极了一匹卧倒的骆驼。

按照常理，那不过是人们借经验和想象使一种事物变成了另一种事物。但是因为两个扑朔迷离的传说，骆驼山倒显得有些合理地神秘了。

传说的第一个版本听起来多少让人信服。公元前二世纪时，汉武帝刘彻为打击匈奴，计划策动西域诸国与汉联合，于公元前一百三十九年，派陕西汉中人张骞率领由一百多个随从组成的使团从长安出发，沿着丝绸之路日夜兼程向西而行，目的是前往此前被冒顿单于逐出故土的大月氏。使团行至陇西一带的黄沙处，遇见了十个年轻人，其中九个年长些，一个弱冠光景。年龄最小的那个只穿着白色的里衣，站在一个丈余深的土坑里。其余九个则站在坑外。旁边摊着彩色的外衣。张骞听见那年龄小的哀求，喊上面的众人为哥哥，便猜出了八九分。这时，哥哥们把弟弟从坑里拉上来，讲定二十两银子，执意要把弟弟卖给这个当大官的。张骞得知年长的九个是这个少年的同父异母的哥哥。据这个少年讲，他的生母已经过世，因父亲对自己过于宠爱而招致了哥哥们的嫉妒，他们才动了杀念。他不敢回家，担心哥哥们继续报复，请张大人收留他。张骞见年轻人秀雅俊美，口齿伶俐，而且识文断字，心里不胜喜爱。两人朝夕相处，因性情相投在旅途中结下了深厚友谊。张骞收少年做了义子，为示忠心，少年主动要求随张姓。张骞为这个义子赐名张骢。不料使团被匈奴俘虏。八年的软禁生活漫长如八十年，张骢从懵懂少年长成了渴望投身于繁华世界的青年。他终于抵不住诱惑，偷走了张骞的家传玉佩，收买了一个看守，骑着骆驼逃出蛮荒之地。张骢因惧怕哥哥再报复，没敢回家，经一路周折直到洛阳落脚，方隐姓埋名，并娶妻生子。两年后，他闻听张骞大人活着返回长安，并受到了皇帝的嘉奖。一次在洛阳城内，他看见了一张官府的寻人告示，上面赫然画着他的半身头像。告示的大致内容是，张骞大人正在寻找他的义子张骢，希望张骢见告示后速到长安，随他一起第二次出使西域。张骢看后一惊，认为此事非同小可，回家后说服了岳父，带着家眷一路向东，直逃到帝国权力真空的东部，即今天的辽西境内。因路远急行，走到大海边上的沼泽之地，负重的骆驼疲惫不堪。休息时一只毒蛇钻进了骆驼的鼻孔，张骢挥刀砍断了蛇的下半身，但为时已晚，骆驼还是死了。主人出于感恩，厚葬了骆驼。一家人就地扎起帐篷过夜。第二天醒来，众人发现他们居然躺在一座山的山腰上。故此，烟火北面的山得名骆驼山。

当先祖和先祖母在两天内先后过世的第七日，张氏的一个后生爬进了石洞，在鼻孔居中的地方发现了一块碗口大小蛇头状的透明石头。他向里面望去，见两条人头蛇身的怪物正在交尾。此人吓得撒腿就跑。他在家里不吃不喝躺了整整三天三夜，第四天早上终于醒了过来。他告诉家人，老祖宗给他托了个梦，安慰他不要怕，他在山洞里见到的并非怪物，而是他们的仙体，因为那条被砍死的蛇是正在修炼的蛇仙，当它失去肉身后，它的灵就与老祖宗的肉身结合起来，交尾的形式是在祝福子孙后代繁衍不息和种族的延绵接续。他们承诺不离开村子半步，住在骆驼山的山洞里继续清修，保佑子孙后代，直至最终完全化为人身。老祖宗还再三告诫后人：不得私自闯进那个洞穴，因为有白色的母狼把守，免得伤及了性命。

第二个版本的核心事件与第一个版本几乎相同，只不过张骢自始至终从未背叛义父张骞，而是一直守护其左右，直至公元前一百二十六年成功逃离了大漠，重返长安。除了义父受到朝廷的嘉奖，张骢也得到了嘉奖。而且他被一个叫东郭先生的都尉看中，都尉把自己的独生女许配于他。这位东郭先生名叫甯乘，是《史记》里一位大名鼎鼎的人物。若干年后，因为某种不明原因，张骢和岳父一家人开始逃难。总之，到了辽西境内后所发生的情节和第一个版本一模一样，张氏后生所见的情景也和第一个版本完全相同。

也许记忆有其自己的意志，它按照自己的嗜好，而不是按人的意志，选择接受或排斥某些信息。因此这两个不同版本的传说，才得以同时流传下来。但人们习惯美化热爱的事物，而向自己隐瞒其本质。正如所有民族的历史一样，烟火人把第二个版本视为严肃的东西。

壹章　大鱼肚腹

三

烟火人业已习惯了烟火式的沉闷与平庸。然而永恒这种隐秘的愿望，不可能被那些试图回避它的人永远摆脱。当一座像大鱼肚腹的讲堂在一星河的北岸建了起来，他们因此一度想抛弃了它们。如今，那座奇异建筑的废墟早已埋在了监狱之下。故新曾经多次听兰若提起，那座消逝的讲堂乃是梁木先生一手创建。

一九〇八年立春那天，梁先生带着妻子从贵州的石门坎来到烟火，那时夜幕已经降临，他们便寄宿在了赵化的家里。赵化的父亲赵福是远近闻名的大善人，特别对那些远道而来化缘的僧侣格外照顾。梁先生当时五十岁上下，身着全真派青色的道袍，身体清瘦，脸色白皙，但这位中年人并未因严肃的职业变得像道学先生那样古板，一副中庸圆滑的表情与其说是精明不如说是诙谐。里面那种单纯的笑意，仿佛与一切星辰、狐狸、鸽子、山羊、大槐树这些万物的存在本质相互联合，企图纠正颠倒的世界。在软弱的人面前，他像他们一样软弱，以便争取他们；在任何人面前，他就像任何人一样，以便用各种方法拯救他们当中的一部分人。他的儿子先于他六年前在奉天闯荡世界。这次他本打算去奉天，一来看望儿子，二来参与奉天东关基督教堂的牧养工作。

他秉承一种古老的习惯，但凡途中路经某地，一旦住宿过夜，便要停留七天宣道，将祝福赐给此地。那七天当中，赵福负责召集村民到苇荡东侧的荒野听道，人们出于对某种神秘未知事物的恐惧和担心冒犯，都应邀前来。他们问他是谁。他回答说，他是一个讲故事的人，大家也可以当他是个新派说书人。但烟火人的理性低劣状态让他极为痛心：他们迷信祖先，迷信牛鬼蛇神，忽视永恒的生命，崇拜短暂的活力，肆无忌惮地传宗接代，比石门坎地区未开化之前的苗族更甚。考虑到整个东北可能再没有别的地方像烟火那样需要真道的种子，他决定不去事业初具良好开端的大都市，而是留下来教化这块依然按自己的罪性行事的处女地。他按照与中国传统文化结合的讲故事方式，正如他变通了自己的服饰，变通地传讲发生在两河流域的故事。他不将上帝叫上帝，也不叫文言里的天帝，而是通俗地叫老天爷，当讲到“你们看那天上的飞鸟，也不种，也不收，也不积蓄在仓里，你们的天父尚且养活它，你们不比飞鸟更贵重得多吗”那段经文时，他却一句原文都不加引用，而是用当地的方言说：“老天爷连家雀都不让饿死，你们干吗要忧虑，干吗要担心今天有吃的，明天没吃的，你们的命不比家雀更值钱吗？”他与老派的说书人不同，没有大鼓或三弦，身边只摆着一把古旧的二胡，但他的讲道通俗易懂。然而没人理睬他。他们回答说，日理万机的老天爷没有时间和精力过问烟火这块弹丸之地，就算有，也隔着诸多层级，轮不到他那么大的官操心。他们又说，大家一向都是间接借助老萨满向老天爷反映情况，或直接和蛇仙、狐仙、黄仙、老祖宗这些较低级别的神灵沟通，完全可以解决求子、求财、求福、消灾解难、求平安的日常生活所需。显然自我放逐剥夺了他们对乐土的记忆，使他们只关注眼见为实的荣耀，浑不在意致死之罪的原始污染，将灵魂视作无稽之谈，抑或离他们还很遥远。梁先生觉得有必要建一座教堂，不是因为他厌倦了荒野的艰苦环境，而是风吹动的芦苇无法唤起他们的觉醒。他称这座教堂为讲堂，目的是为了迎合人们对私塾或学堂的经验认知，以便潜移默化地改变他们的思想。

那些日子他拿着打狗棒，肩上搭着褡裢，托着瓷碗，像安徽、河南和山东逃荒来的叫花子一样，挨家挨户募捐。有些聪明的村民一度怀疑他是讨饭的职业人士，他们笃信“三年清知县两万雪花银，要饭三四年，给个太爷都不干”的古训，他们不甘成全他的不劳而获。他却深信一切崇高的行动都始于卑微，成于忍耐，他走了第一遍，又走了第二遍……到了第七遍，他走到了张楚云家。楚云的父亲说，先生，我看您这个碗是明代官窑的青花瓷，不小心打碎了怪可惜，我给您换个铜盘，拿着也方便，另外再给您一两银子，您看如何？梁先生爽快地答应了。

梁先生再次走到了孙家的大门口，前几次他都经过了这里，但他都未曾到里面募捐，因为赵福曾告诉他孙继祖从来都不相信神鬼之事，免得吃了闭门羹。到了他自己定好的最后一次，他决定试一试。他捏起门环，对着虚掩的黑漆大门轻叩了三下，开门的是一个瘸腿的伙计。伙计问他，您找谁。梁先生说，我来看病。伙计躬身施礼，抬手将他让到了诊室外面的房间，请他稍等一会儿。那时孙继祖正把一张刚写好的药方交给了一个中年妇女。孙继祖把那位妇女送出房门时，对梁先生说，“请稍坐”。等回到了诊室，孙继祖问：“梁先生哪里不舒服？”孙继祖已经听说了梁先生的有关事迹，前些日子他在苇荡讲道，他也曾到那里点了点卯。梁先生并不认识孙继祖，只从赵福的口中得知眼前这位儒雅的医生不论医德还是医术，均口碑甚好。梁先生指着自己的胸口说：

“不瞒孙先生，我心里不舒服。”

这种回答多少让孙继祖感到意外。孙继祖说：

“既然如此，看来今日先生是想让我给您开一服心药了！”

“心病还需心药医，孙先生名不虚传！”

“过奖了，”孙继祖说，“虽然我不会给狼开药，但假若东郭先生有求于医，我倒也能出手相助。”

“您把我看成了东郭先生，没把我看成是一只狼，”梁先生说，“我这心里就跟开了两扇窗一样。”梁先生又用沙哑的声音补充说，“不过，我与东郭先生虽然相似，但我认为我与您更像。”

“此话怎讲？”孙继祖盯着梁先生的眼睛问道。

“您是悬壶济世，治病救人，”梁先生微笑着解释，“而我呢，没有开药房，却有自己的药方，我治疗的是心病，您治疗的是实病，不管怎么说两者都是病。”

“即便如此，却是自己的刀削不了自己的把，另外……”孙继祖欲言又止，吩咐方才开门的那个伙计，“到掌柜那里，给梁先生支一两银子。”

伙计临走时问道：“老爷，按什么名目入账？”

“你就说，老爷为一位病人买一服心药之用。”

伙计笑了。他拿着那一两银子很快就回来了，仍然保持着刚出去时的那种笑容，他把银子小心翼翼地交给了梁先生，仿佛那真是一服脆弱的心药一般。梁先生说了声谢谢，便起身告辞。孙继祖亲自将他送到了大门外。

除了赵福捐赠的一两，用青花瓷碗换来的一两，孙继祖捐赠的一两，其他的几户加在一起也不足五钱。他并不奢望讲堂多么富丽堂皇，不苛求像西方那种哥特式的庄严肃穆，不需要能容纳几百或上千人的容积，但合计的数目连两根大梁也买不起。本来永生给了他顺服于时间的耐心，但信念并不排斥软弱，当嗓子沙哑以至无法说话时，他几乎动摇了。还好，他信仰的东西最终没有负他。

一天深夜，外面下着雨夹雪，一伙土匪悄无声息地潜入赵家。赵化一家三口、梁先生夫妇和两个仆人在睡梦中被绑至了中厅。土匪一共有六人，为首的是个黑大个，肩膀上托着一个大黑脑袋，仿佛一只东北虎的头颅。

“听说赵老爷您是远近闻名的大善人，”黑大个冷笑着说，“今晚我等特来化缘。”

那个机灵的白胖子喝令大家不许哭闹，不要喊叫，他挥舞着铮亮的匕首，妇女和儿童都不敢作声。匪首说话很干脆，问赵福家里有多少现银。赵福不敢造次，如实说了，大概有一千两。白胖子负责监督他到了密室，取出了现银。匪首用眼睛掂量掂量重量，说道：

“我再向你借一万两，你儿子我先替你养几天，五天头上的寅时，闾山的土地庙见。”

“如果你报官，”白胖子补充道，“就等着给你儿子收尸吧。”

“好汉，”赵福说，“能不能再少点？”

“儿子你怎么不少生一个？”白胖子骂道，上去扇了赵福一记耳光，“让你嘴硬，敢跟老子讨价还价。”

妇女和孩子吓得惊叫起来。赵化回忆说，他当时小，以为是在玩一种游戏，倘若土匪不动手打人，他还真不知道害怕呢。

“叫什么叫，”一个细高挑掏出了手枪，“再叫，老子崩了你们。”

赵福的妻子忍着哭声给土匪拼命磕头，额头渗出血丝，央求他们别绑走儿子，请他们绑走自己。梁先生的妻子在一旁安慰她，不要怕。

“败家娘儿们。”赵福骂道，“别在这儿给我丢人现眼！”

“诸位英雄，”梁先生觉得时机已到，建议道，“我愿意替孩子到贵宝地住上几天。”

“你是谁？”匪首问道。

“我是一个说书的。”

“不好好说书去，”匪首说，“你闲着没事在这儿蹚什么浑水？”

“一个臭说书的，”白胖子说，“能有几个臭钱？”

“有，”梁先生的妻子勇敢地替丈夫回答，“我儿子在奉天做生意，有钱。”

“她说的可是真的？”细高挑问。

梁先生点头称是。匪首上下打量他，笑着说，我觉得你这老道有胆有识，挺有意思。但是你有点儿老了，不值钱。人老了怎么就不值钱？梁先生问道。你和这小孩比，我看至少得相差四十多岁，我让你们都活到一百岁，你最多还能活五十年，而他还能活九十多年，价值不一样，你要替他不是不行，赎金得翻倍，再加一万。但我是一个父亲，梁先生解释说，我儿子赎我，和赵老爷赎儿子又有什么区别？你见过在哪朝哪代，老子的命比儿子的更值钱？匪首反问道。然后他突然笑道，你要是不提醒我，我差点儿忘了这茬口，好，父亲替儿子，赎金再加一万，二弟你算算，看一共是多少？大哥，细高挑插嘴说，我觉得你这笔账算得有点儿不对头。哪不对？匪首问。你看，细高挑说，既然越老越不值钱，父亲不如儿子值钱，你怎么反倒要价更高了？豆芽菜呀豆芽菜，白胖子笑道，这你可就不如大哥英明了，殊不知一个不值钱的肉票，被撕票的风险岂不变大了。风险大怎么了？豆芽菜还没弄明白。匪首挥掌打他脑袋，骂道，跟着我这么多年，白混了？记住了，投资的风险要是大了，你的收益就得跟着变大才行。大英雄，但是我胆子大，梁先生对匪首说，你看那小孩子离开父母万一吓出个三长两短，岂不枉费了你们一番苦心，我老是老点，反过来看不也算风险小些嘛。是呀，白胖子说，大哥，这老道又把我提醒了，他是大人，而且看样子食欲还不会下降，肯定比小孩费粮食，我们增加了成本，应该再加一万。梁先生看着这帮土匪也很有趣，让他哭笑不得。他说，不过我把丑话说在前头，我儿子在盛京，路途远，这一来一去，怎么也得月把时间。好，老道，我不怕你讲条件，匪首说，正如我二弟所讲，照你这么说，我们还得额外多搭上二十几天的伙食费，那么赎金就再加一万。算来算去，赎金总计五万两白银。赵福说，梁先生，使不得，还是让我儿子去吧。豆芽菜这时变得机灵起来，建议说，大哥，既然赵老爷执意这样做，不如我们来他个顺手牵羊，一下子弄两个肉票。真是狗改不了吃屎，匪首劈头盖脸骂道，我们是强盗，只抢不偷，你小子可给老子记住了，顺手牵羊就是偷！

梁先生被这伙思维怪异的土匪带走了。赵福夫妇对梁先生的妻子千恩万谢，不知如何报答。“不用报答，我那儿子总跟他父亲对着干，”梁先生的妻子说，“钱多是祸害，破财就当给他积点德吧。”

梁先生蒙着眼睛，在黑暗里走了很长一段路程，当允许摘下眼罩时，他发现自己被关在了一个破庙里。庙中央堆着一垛柴火，两张露着窟窿的苇席，一张铺在对面，一张坐在自己的屁股底下；墙壁斑驳败坏，像生了癣的人脸；晨光在凌乱不堪的蛛网上跳动，暗示这里曾是节肢动物的领地。出来之前，他获得了匪首的允许，将二胡带在了身边。他不知道这伙土匪是哪个绺子的，也不知道具体有多少人，但匪首似乎对他很感兴趣。

“老道，”匪首问，“你果真是个说书人？”

“本说书人从不打诳语。”

“你怎么穿一身道袍？”

“因为我讲的书，”梁先生说，“或者说我讲的故事，和别人的不一样。”

“难怪你没带大鼓。”白胖子说道。

“也没带三弦。”豆芽菜说道。

“你说的书有什么不同？”匪首问。

“我只讲我师父的故事。”

“你师父是谁？”三个土匪同时问道。

我曾经是一个木匠，梁先生娓娓道来，我师父也是位木匠，但我不学无术，一不会用斧子，二不会用刨子，三不会用锯，所以也不预备这些乱七八糟的东西，也没有吊线的墨斗，只有一把破旧的二胡。梁先生指了指苇席上的那把二胡接着说道，实际上这都怨我师父，我拜他为师时，他非得让我自己选择学什么。我说，还能学什么，你是一个木匠，当然要学木匠的手艺了。他说，我不妨告诉你实话，凡说我手艺如何好的，那些话都不可信。我回答，既然来了，老师也拜了，你擅长什么，我就学什么。末了，他只教给我两样东西，而且更多的时候是靠自学，靠自己领悟。一样是用心来校正东西，另一样是教会我弹唱一首单调的曲子。我师父现在老了，比这古庙还老许多，却精神矍铄，看起来比我还年轻二十几岁，没人知道他多大年纪了，我认识他时，他就那个模样。他唱那首曲子比我唱得还好，不夸张地讲，唱得神出鬼没，甚至能让万物出生入死，不论当我感觉缺什么或者需要什么时，我就请他唱这首曲子，我的愿望也就一一得到满足了。

匪首咧开大嘴说，“老子缺钱！”白胖子和豆芽菜都大笑起来。

匪首把匕首放进了怀里说，那我非得要见见你师父不可。想要钱也不难，梁先生说，据我大师兄回忆，当年朝廷派税吏向师父收人头税时，师父和诸位师兄手头没有现钱，按我师父的地位和能力就是不交税也说得过去，但他担心触犯了他们，便命我大师兄去海边钓鱼，告诉他把钓上来的第一条鱼拿到岸边，开了它的口，就必可得到一块钱，结果用了个把时辰，大师兄果真从鱼嘴里得了一块钱。按你老道这么一渲染，白胖子说道，你师父岂不是崂山道士？豆芽菜咧嘴笑了，我看还神笔马良呢。你们有所不知，梁先生补充说，实际上我师父比他们还高明，能治好各种疑难杂症，比如天生眼睛瞎的，天生就瘸腿的，还有妇女患血漏的，当然还有许多其他的病症，只要一到他面前，一听他的曲子，或者他手就这样一摸，病就全好了。你摸我干吗，我又没病！豆芽菜喊道。匪首和白胖子听得入神，这时才看见梁先生的手正搭在豆芽菜的肩膀上。抱歉，梁先生说，我方才讲得忘乎所以了，说你没病我信。不过，除了残疾、伤寒感冒这些肉体上的疾病，心病也叫病。匪首对两个手下说，我说什么来着，这老道有学问，不是一般人，你接着说。就拿诸位英雄来说，梁先生说，我比你们长几岁，就倚老卖个老，如果你们没遇到什么窝心的事，谁愿意干这个行当。不说这个，匪首叹口气说，你师父还有什么能耐？最厉害的是，梁先生说，我说出来恐怕你们三位也不会相信，他老人家能让死了的人再活过来。

老道，匪首笑着说，你怎么越说越玄乎，越说越下道，越说越像是说瞎话呢。是啊，大哥，白胖子说，我看他师父可比崂山道士厉害多了，简直是如来佛祖、太上老君。还有观音菩萨，豆芽菜补充道。梁先生说，我早就说过我是个讲故事、说书的人。白胖子问道，老道，先不要讲你师父，说说你有什么能耐。我呀，梁先生说，我师父那些大能耐，我一样没学会，我只学会了拉二胡这个雕虫小技，唱一首曲子，不过也没达到我师父那样出神入化。我还指望你能替我报仇呢，匪首说，看来只有你师父来了才行。大哥，白胖子说，你还真相信他胡说，只要这次拿到钱，等我们扩充了队伍，大仇说报就能报。但是——匪首说，刀兵相见，胜负总是难料。

夕阳的一缕猩红透过门缝落在了庙里，梁先生抱起二胡，像调音似的拨弄琴弦，稀疏的琴音像朝阳一样温暖。然后他轻声吟唱，嗓音一会儿稍稍提高，如层峦叠嶂，一会儿压低声音，如坚实的平原，在声调的高低衔接中重复着一个只有他自己能听懂的词。那琴音只有一个音调，只有一句歌词，仿佛古庙一样单调，只为它们自己而存在，行云和流水的切换仿若人的意识不被察觉。毫无变化的琴声没有终了，抑或没有任何间隙，似乎能让万物搁浅的时间都无力让它停止。一成不变的旋律从容不迫，使那句单调的歌词诞生、死亡和复活。庙外的土匪放下手中的饭碗，都听得入神了。他们一点儿也听不懂，他们却希望琴音和吟唱像肥沃的土地那样永远继续存在下去。等琴声停了，匪首走进了庙内说，老道，你这首曲子单调是单调，但并不难听。你懂音律？梁先生问道。他说是。他问梁先生，但不知这首曲子叫什么名字？俗话说，福无双至，祸不单行，但在我看来，只要你想要，同时决心足够大，两福双至也并非什么难事——梁先生说，所以呀，等你拿到了赎金那天，我再告诉你，岂不是两福双至？匪首笑了，他喜欢梁先生这种打哑谜的说话方式。

那个匪首自称叫余炔一，家住北京西直门附近，自己经营着米行，父亲是个教书先生，一九〇〇年六月，义和团进入北京内城，烧教堂，大肆屠杀洋人和教徒。一天中午，他的父亲和母亲被误当成教徒在西直门外大街惨遭杀害。在一位拳民朋友冯学义的帮助下，余炔一查清了两个杀人凶手的身份，在来到广宁之前，他趁清政府剿杀拳民时，手刃了其中一个。后来冯学义又捎信通知他，另一个仇家已经逃出关外，投靠了张作霖，当上了大炮手。而最近有消息传出张作霖被朝廷招了安，他也跟着风光，吃了官饭。他感觉到报仇的难度好比登天。为了报仇，他在沟帮子组建了这支保险队，但有限的保护费不足以扩充队伍和购买武器装备，是以才到保护区以外的地界砸窑。

“你师父还活着？”余炔一问道。

“活着呢。”梁先生回答。

“真有你说得那么厉害？”

“真有。”

“等他来了，”余炔一说，“他一定能帮我报仇。”

“不能。”

“我可以不要赎金。”

“那也不成。因为他不倡导复仇，尤其是杀人。”

“我从不愿意勉强别人，”余炔一说，“那我就拜他为师，跟着他学能耐。”

“那得看缘分。”

“此话怎讲？”

初春的夜里寒气逼人，梁先生也凑到火盆旁烤手，四个人围坐在一起。他说，我师父起初收第一批徒弟时有过失误，他的大弟子，我说的不是我大师兄，是那个已经被除了名的大弟子。那个大弟子悟性极高，几乎学会了我师父的全部本领，只是不能永远保持年轻，但是后来，他自己悟出了另外一套本领，也能让自己返老还童。什么本领？白胖子问道。他呀，梁先生说，他练就了蜕皮的本领，每年蜕一次皮，就把时光退回到了过去了。哈哈，豆芽菜笑道，你说的莫非是蛇吧？随你怎么想，梁先生说。打什么岔，余炔一说，您接着往下讲。这个大弟子觉得自己能耐大了，在师弟里发展了一批追随他的人，大约占了门人的三分之一，想篡夺我师父的掌门之位。但我师父早看出了他心术不正，识破了他的阴谋，事先有所准备，在我师父被官府抓起来之前，事先就打发那些忠诚的徒弟躲藏了起来，免得受到株连，以便保存实力。两个月后，我师父重整旗鼓，把原来的弟子又召集回来，重新定规矩，收揽门人。那个大弟子现在在哪？白胖子问道。没人知道，梁先生说，我师父仁慈，只将他逐出了师门，据说他在世上再也没露过真实面目。打那时起，我师父吸取了教训，想拜他门下，要求的条件就严格多了。都需要哪些条件？余炔一急切地问道。要说这条件，还真不多，梁先生说，只有一条。哪一条？豆芽菜问。怎么又打岔，余炔一说着对他脑袋狠狠打了一巴掌。缘分，梁先生按照原有的节奏说道，别看只有这一条，但难度挺大。怎么算有缘分？三个人同时问道。谁有缘见到他，梁先生说，那就叫缘分，他就收谁为徒。怎么才能见到他？余炔一追问。没有循规蹈矩的方法，首先是你的心要诚，要恳切，梁先生说，除此之外，足够的耐心也会有些益处，你读过书，你能懂得，这就叫考验，要不怎么叫缘分。还好，我这里有个案例可以供你借鉴。方才我不是说过那个大弟子背叛的事嘛，你们还记得吧，他篡权时使用的是阴谋，他捏造了很多证据，纠集了各大门派，什么儒家、法家、道家、墨家、阴阳家、名家，等等，将我师父告发到了官府，官府信以为真，草草过堂后，便以谋逆的罪名把师父关进了死牢。因为我师父综合这些门派的长处独创了一个新门派，他当时没给这个派起名字，但这个新兴的门派发展过于迅速，其他各门各派感觉受到了威胁，在拉拢不成后，就开始了打压。我记得那年应该是癸巳年，大年刚过没有几天，官府的兵丁就押着师父和另外两个犯人一块问斩。三个人五花大绑都被绑在了木桩上，那两个死刑犯都是杀人越货的强盗。各派的人和老百姓聚众围观。我师父那时候名气已经很大了，在行刑之前，其中一个犯人嘲笑我师父说，你不是能耐大吗，今天你怎么不把自己救走，而是和我们一块受死呢。我师父没搭理他。另一个犯人说，你怎么能这样说话，他是无辜受陷害的，他是个好人，不像我们两个罪有应得，死有余辜。我师父问那个为他鸣不平的犯人，你果真相信我是好人？他无比诚恳地说，我信。师父又问，你愿意做我徒弟吗？他说，我愿意。之后他们三个都被杀了。三个土匪听到这里迷惑不解。

“第一个犯人说得对，”白胖子说，“你师父有那么大的能耐，为什么还救不了自己？”

“你不是说你师父还活着吗？”豆芽菜问道，“现在怎么又死了呢？”

“我也要问这些，”余炔一说，“但我还有一事不明，您刚才说，有缘见到你师父的人，就收他为徒，那么第一个犯人不也见到他了吗？”

梁先生不慌不忙，为他们一一解答。他告诉他们，他师父遇害三天后又活了过来，并且受刑前收的那个徒弟也活了过来。他不是救不了自己，他是想让那些嫉妒他、污蔑他、陷害他的人见识一下他的绝招，见识一下他具有死而复活的本领，好叫更多的人追随他，拜在他的门下。至于第三个问题，梁先生说，首先这件事发生时，我师父还没定下这个规矩；其次是，第一个犯人瞧不起我师父，他本来就不想投在他门下，人家不愿意，为什么要勉强人家做徒弟呢；最后你想想，若要考验一个人时，古代哪个世外高人会以真面目示人，比如黄石老人授张良《太公兵法》时，便伪装成了一个倚老卖老的无赖老翁，故意将自己的鞋子脱掉，扔到了桥下，命张良去取。所以，我说的有缘见到，也是指你有没有能力打动我师父让他愿意暴露他的真实身份。

“大哥，”白胖子说，“我看，这老道巧舌如簧。”

“老道，”豆芽菜说，“我觉得你不像是在骗人，但我又觉得哪里不对头。”

“您骗过人吗？”余炴一想了想问道。

夜更深了，寒气持续地从门缝和窗户缝渗透进来，梁先生拿棍子调了调火，添上几块木柴，火更旺了。骗过，梁先生说，在入我师父门下之前我也说过谎，骗过人。那么后来呢？白胖子问。后来，梁先生说，后来就很难说了，因为有时我认为自己没说谎骗人，而对方却认为我在说谎骗他。老道，豆芽菜性子急，催促说，少卖关子。白胖子警惕起来。余英雄想听吗，梁先生问，如果你想听，我可以讲个故事。余炴一点头，允许他讲下去。

实际上这不算故事，梁先生说，是我个人的亲身经历。二十七年前，我从山东老家去贵州的途中遇到了一伙土匪，就像现在这样，他们也把我关在一个破庙里，当时也是春天，也是晚上，也是四个人，闲着没事，他们也让我讲讲我师父的故事，当我讲到我师父和另外两个犯人那段时，他们当中有两个不信，坚称我是在编瞎话，指责我说谎，企图拖延时间。我说，我是个说书人，我早已有言在先，信不信在你。梁先生说完，抱起二胡，拨动琴弦，但没有吟唱，只是调音。

“今天太晚了，”余炔一说，“您明天接着说书。”

“大哥，”白胖子不避讳梁先生，“我看他有些邪门。”

“是啊，大哥，”豆芽菜说，“我也觉着他总在两头堵。”

三个土匪走出破庙，梁先生听见余炔一说道：“我谅他也不敢耍什么花招。”似乎有意提高了声音好叫他听见。

梁先生结合中国历史典故和民间寓言天天都为他们讲述师父的故事，每到黄昏时分便对着夕阳吟唱那首单调的曲子。那曲子所表达的东西不局限于一种体验和描述，似乎尝试解释和创造什么。一天夜里，火盆里的火即将燃尽了，余炔一问梁先生，师父怎么还没出现？梁先生回答，一定是因为条件尚未成熟。余炔一失望地离开了。

隔壁供僧侣住宿的房间在亥时传出了吵闹的声音。大哥，再这样下去，人心就散了，我们全都得完蛋。那是白胖子的声音。是啊，大哥，豆芽菜嚷道，有几个弟兄跟我说，他们要回家种地。种地，余炔一骂道，种他妈的地，要是他妈的有地种，狗娘养的还用等到今天，以后谁敢再多言，老子就一枪崩了他！约定的赎期快到了，那天朝阳稚嫩的光热将破庙里照得暖洋洋的，余炔一盘腿坐到了梁先生的对面。

“我跟您说了谎，我想师父也一定不喜欢说谎。”

“是。”梁先生说，“那是大忌。”

“实际上，我的真名叫金非铜……”

这时，外面的枪声大作，由远及近撒豆般传来。金非铜跳到庙外，找了一段断壁当掩体。“大哥！”豆芽菜躲在另一个掩体后面喊道，“我们被包围了！”“谁干的？”“不知道！”

“大哥，”墙外的一个声音喊道，“投降吧！”

“是白胖子！”豆芽菜喊道。

“操你大爷！”金非铜骂道，“你这个白眼狼！”

“是我。”白胖子躲在一扇墙的后面，不敢露头，“梁先生的儿子带来了朝廷的新军，二十杆枪，你们跑不掉的！”

“他给了你多少钱？”豆芽菜问道。

“一万两！”

“一万两，你就把良心喂狗了？”豆芽菜骂道。

“我给你五万两！”金非铜喊道。

“他这是缓兵之计。”白胖子对身旁的梁启说道。

梁先生听到是自己的儿子搬来了救兵，快步走出破庙，喊道：

“梁启，谁叫你这么干的，赶快给我撤了！”

“爹！”梁启回答，“您老人家放心，他们要是敢动您一根汗毛，我就把他们都打成筛子！”

“孽子！”梁先生开口骂人，“你这是陷我于不义！”

“兔崽子！”金非铜问道，“你就不怕我在临死前，拉上你爹当个垫背？”

“我爹信他的上帝。”梁启笑着说，“上帝不让他死，他死不了！不信，你问他。”

话虽如此，梁启对父亲的处境还是担忧，不敢轻举妄动。金非铜有人质做筹码，心里也有底，最终的结局也不过是权当那五万两赎金赎买了自己和弟兄们的性命。双方按照各自防守的阵势僵持了一盏茶的工夫。金兄弟，梁先生说，你拿枪挟持我到大路，然后逃生去吧。说书的，金非铜问道，您当年遇到土匪，是不是也用了这样的伎俩？那时我儿子才一岁，梁先生回答。

最终双方约定，梁启的队伍带着六匹马步行跟随，其余的战马留在原地，金非铜带着五个弟兄挟持着梁先生走出院外，退至二里开外的官道附近，再用那六匹马交换人质。请你稍等一下，梁先生说，我给你要那五万两赎金。金非铜说，算了——先生，那首曲子究竟叫什么名字？梁先生说，我答应过你，非得让你两福双至不可，请稍等片刻，让我把赎金拿过来，再告诉你也不迟。老先生，金非铜苦笑道，都到了这个时候，您就不要再消遣我了。金非铜调转马头，喊了声“后会有期”，带着手下纵马而去。

梁先生走到梁启面前，有生以来第一次打了儿子一个耳光。梁启感觉委屈，在烟火只住了一夜便要离开。梁先生说，你走你的，把那五万两银子给我留下，权当赎了我。梁启宁可在异乡经营饭庄，也不愿意继承父亲的衣钵。在世界和天堂之间，他选择了世界，因为他喜欢可靠的东西。他坚信人永远都理解不了命运，即便如父亲那些传教士换上神的那副愚蠢而又滑稽的面孔，也不过是伪装成了命运而已。他甘愿与时间共存亡，也不模仿父亲试图通过崇高的生活摆脱它。无法重新选择的血缘是他与父亲之间唯一的纽带。所以他一贯不闻不问，也不舍分文地去赞助父亲的迷信事业。父亲也很少张口向他求助。梁启走后，梁先生拿出这笔银两中的一部分，在苇荡东侧的一处旷野修建了讲堂。

这个讲堂成为整个烟火最奇异的建筑之一，它完全不同于正规的教堂。讲堂由梁先生亲手设计，当地有名的瓦匠和木匠按照图纸分毫不差地施工。整个工程到立秋时竣工。从外面看，讲堂仿佛一条瞎了右眼的似是而非的大鲨鱼横卧陆地，鱼嘴朝南，作为正门，东西两侧留有侧门，作为失火或地震时的逃生之用，大鱼的肚腹是讲堂的正厅。墙壁用的是南山的次等白麻，外面抹上一层厚厚的灰泥，再绘制出鱼皮纹理的残缺形状，包括尾鳍、背鳍和腹鳍无一完好，折断的半截鱼鳍一律漆成海蓝色，断面在阳光的照耀下熠熠生辉。内部的布局、装修和所有设施也全部故意留下了恰到好处的缺憾。单拿桌椅来说，有的桌子缺一个角，有的缺两个角，有的椅子缺一条腿。梁先生试图通过这个作品为烟火人画像，让一切灵魂的轮廓、密度、重量、色彩和边界，包括它的混乱、迷醉、善变和不完美得以充分展现。

短短的几日内，这种想象力奇特的建筑风格吸引了众多村民前来聚会。不过当人们习以为常之后，讲堂的批判形象使新鲜感渐渐减弱直至消失，代之以隐隐地刺痛、不快和不安，仿佛他们的世界全都被这条独眼的怪物卷走了，到后来光顾的人就越来越少。

三

故新于烟火庆典的次日凌晨抵达了县城的火车站。时间太晚了，没有任何车辆可供乘坐，他决定步行二十公里从县城沿着国道走入烟火。他曾经带领国家地质勘探队远赴西北边疆多次执行任务，虽然辞去公职下海已近两年，但徒步对他来讲还不算什么难事。

雪夜的鹤鸣，与其说是鸣，不如说是唳。一路上他在雪白的世界倾听，几乎宽恕了死亡。因为死亡或它的引申意义使他变得惆怅的同时也使他明智：人的不幸皆为自找的想法，相比无奈和怪罪别人来讲是最好的宽慰。

考虑已经夜深人静，故新没有直接进村，而是在抵达南山港时停下了脚步。他躲在一艘渔船里，望着讲堂的方向。他曾指着它发誓，要送给兰若一块大号的水晶。

他不想打草惊蛇，所以天刚蒙蒙亮，便直奔村部而来，却因此走错了路：原大队部已经不再是如今的村部，而变成了一个生产芦苇编织品的工厂。故新发觉男厕打扫得十分干净，仅凭这个细节，他料定厂子的管理者一定不是等闲之辈。

当得知现任支书是好友张乙时，故新觉得他的计划会很顺利。毕竟因同谋结成的友谊往往更加坚固，而一九六九年四月的那个清晨注定将他们拴在了一起。

那年二十六岁的兰若是整个烟火公社最美的姑娘。因为她那摄人魂魄的美貌不属于造物的元素，胜过一个古老的神话，被男青年们虔诚地崇拜。

自兰若成为大队广播员的那一刻起，找各种借口频繁跑公社或隔壁的大队部来办事的当地小伙子和男知青瞬间多了起来——没有人怀疑这是因为兰若制造了强大磁场的缘故。

时任大队书记张丙良的四子张聪自认为是烟火的干部子弟，对在众多崇拜者中脱颖而出充满了巨大信心。然而面对兰若的圣洁存在，张乙的爱慕情愫如野草般顽强，但他不敢高攀，因为他的家庭成分问题，无需旁人点醒，他便知趣地在心里自嘲：就算海枯石烂了，她也不会嫁给你的。但他又十分纠结，那十几个字就像十几枚暗器，除非打出去才能安心，一枚留给自己，其余的全部送给极具威胁的情敌。

兰若和母亲、妹妹住在一起，家里没井，吃水困难。张聪便抓住机会不断地献殷勤，数十天如一日，坚持每天早上到骆驼山的古井里给兰若挑两担水。挑两担水，两个来回需要付出张聪四里路的力气。为了爱情，他放弃了离兰若家近得多的自家水源。

据老人们讲，古井里的水是山泉水，祖先刚定居此处时无医无药，由于在沼泽中跋涉，芦苇刺伤了脚掌，感染溃烂。祖先坚持用泉水洗脚，结果不出十日，溃烂消失，长出了新肉。古井泉水治病的说法从此就流传了下来。后来有些村民得了大麻风，就以山泉沐浴，也一一灵验。所以大家都自觉地不做日常饮水使用，以免无谓的浪费，倘若某人违反了这个不成文的约定，必将招致众人的公开指责。

而烟火大队最高长官的儿子却是个例外。张聪认为既然泉水可以治病救人，那么一定也可以养颜增寿。为了讨得心爱之人的欢心，他全然不顾全体村民在心里的声讨。

兰若为人娇柔，自始至终也没被烟火宠坏，心知张聪用意良苦，唯恐伤了他的自尊心，才未明言拒绝。张聪以为自己的努力赢得了姑娘的芳心，多次在公开场合大肆宣称他们开始正式恋爱。这种方法果然奏效，吓退了许多不明就里的情敌。兰若是最后一个听到流言的人，却装作不知。她不像那个时代的许多其他女孩，担心男人的胡乱吹嘘会败坏了自己的名声。但凡有些理智的人都不难看出，以兰若的性格不可能爱上这个四肢发达头脑简单的愣头青。那些愤怒的情敌更加理智地认定，张聪的宣传不是自作多情，就是企图用生米煮成熟饭的梁山伎俩把兰若掳为压寨夫人。但是他们既为偶像的名声受损感到气愤，又不免为自己因胆怯失去先机而懊悔。

那时的故新刚来烟火还不足四个月，接手了原来一个经营不善的农场，因他在学校里非凡的组织能力和出众的创造力被任命为队长。他把它更名为新民农场。这帮像孙猴子一样天不怕地不怕的青少年，施展了敢作敢为的革命作风，迅速在烟火站稳了脚跟。起初的两个事件奠定了他们的威权。第一件是，他们每周日早上都骑着高头大马，背着步枪，列着整齐的队伍，在村子里遛一圈，再狂奔到海边的无人区进行射击演习。有一次，一颗流弹跨越了两公里的距离，拐着弯钉在了一个正在喂猪的妇女的屁股上。有些人认为一次意外没必要致歉，有些人认为要怪就怪那个女人的屁股太大，有些人认为当他们射击演练时，村民理应藏起来才对。故新不顾他们的反对，带着二十斤黄豆亲自慰问了受害者，并摆出不胜遗憾的姿态，给受害人及家属赔礼道歉。村民们开始传言，知青个个都是神枪手，射出的子弹能拐着弯击中任何目标。另一件是农场宰猪时，他们邀请了村里的头面人物来观摩。他们在猪圈门口设计好机关，将三把尖刀埋伏在猪的必经之路，放进两条饿了三天的大狗，猪在狗的追逐下拼命逃窜，在经过圈门时，由于用力过猛自动开膛破肚。这种宰猪的方式有违常规，场面也极为惨烈，引发了全村人震惊。

在烟火土著的眼中，这些年轻人有时是主持公道的法官，有时是胡作非为的梁山好汉。他们从不怀疑他们的所作所为有什么不妥，他们习惯说，“看什么，我们是在响应上面的号召！”换句话说，正义与邪恶，对与错，后果如何，都与他们无关，这是他们的生存方式。因为他们已然将他们自身存在的使命确立在捍卫现有秩序之上，以至于他们从一开始就忘记了什么叫责任、什么叫恐惧、什么叫敬畏。不管怎样，反正没人敢招惹他们。特别是队长故新，没人在他身上见过胆怯，他貌似谦虚，不向人炫耀自己的才华，实际上他也自命不凡，绝不承认自己的无知，即便在烟火经营多年、根深蒂固的老书记张丙良也得让他八分。孙灵问对张丙良说过，等这帮孩子长大了，真不知道会把国家搞成什么样子。当时他正望着院内的那口老石磨。张丙良不置可否。

张乙想到了这群从城市闯进乡下的救世主。一个晴朗的深夜，他披着雨衣，造访了新民农场。故新以主人的身份会见了这个神秘的客人。确切地讲，这是他们两人的第一次会面。虽然才能声名远播，故新难掩脸上孩子般的稚气。给张乙留下深刻印象的是故新那双带有侵略性的眼神。他的眼睛不大，杏仁形状，但射出的光隐含着对某些事物的不敬。

“故新，你也听说过兰若吧，”张乙开宗明义，“她现在遇到了麻烦，我看你像个英雄，你有没有胆量去救美？”

故新最受不了这种激将法。张乙做向导，故新带上了十个壮实的知青来到兰若家。张乙事先做了调研，正值那天兰若、母亲及妹妹去舅舅家看望病重的姥姥。张乙不愿露面，完成了向导的使命先回家了，剩下十一个年轻人在烟火的睡意掩护下挖了一个陷阱，把水样的大粪填入陷阱里，等着拂晓时分那个笨拙的猎物上钩。

随着几声狗叫，张聪挑着担子，哼着《让我们荡起双桨》的小曲，向他的归宿走来。如十二个阴谋家所愿，他掉进了臭气熏天的陷阱，如同陷入吃人的沼泽，两条胳膊拼命挣扎，酷似荡起了双桨。张聪起初不服，经过六七个回合的较量，死亡的威胁让他除了告饶别无选择。故新最后高声问道，你喜欢兰若吗？四月的天气还很冷，他牙齿打着战说，不——喜欢。一旁的知青起哄，有的说“看你那熊样，怎么还磕巴了！”“不行，我听到了，你还是喜欢！”故新及时制止了他们，问道，我再问一次，你喜欢兰若吗？张聪说，不——喜欢，我——永远都不喜欢了！

这番话真真切切地传入刚走到大门外的兰若耳中。大粪的臭气扰乱了她复杂的心境，无暇分辨失望和欣喜的成分哪一种更多。

故新第一次见到了传说中让众生神魂颠倒的美人，纵然自命不凡，他也因心智迷乱而记不清兰若当时对他的态度如何，他像一个侥幸获赦的俘虏仓促间逃跑了。然而，潜意识的表达更能反映深刻的情感。兰若就像是一个偶然，闪电般闯进了他的梦里，就这样，改变了他一辈子。

贰章　双鱼棋局

三

故新遇见了兰若，无忧无虑的日子也随之结束了。关于兰若的家庭状况，故新早就听说了。他父亲因为娶了两个老婆被开除了党籍。两年前，兰若的父亲带着小老婆和长子一家返回了伊春，发妻和发妻生的两个女儿留在了烟火。村民们推测，她们之所以留下来，可能与兰若坚持要为未婚夫孙有道守孝三年有关。这些信息令故新鼓舞，因为听到的和自己异样的情感，所有这一切都表明，这个不食人间烟火的兰若正是他梦寐以求的真爱。以往他从未有过这种纯洁的感觉，以往看见漂亮女同学的手，或者看见初三时那位优雅的女历史老师的丰满嘴唇，他的下体就会发生邪恶的反应。他需要回想革命烈士牺牲、刘备摔阿斗之类的英雄壮举，回想生活中最为痛苦的时刻或最为痛恨的事物，才能遮掩自己的龌龊。然而这一次，情感是如此反常，他对她充满迷恋，充满依赖，情感无比单纯，以至于像是甘愿为之献出生命的那种虔诚。只是这个信息里饱含了别人的不幸，故新为自己因此备受鼓舞感到内疚和羞愧。但那个不幸并非他的过错。也许正因为此，他才更有责任和义务将所爱之人从痛苦中拯救出来。然而，整治张聪的做法可能给她留下了轻浮和幼稚的印象。兰若比他大了将近七岁，在某种程度上属于成熟的女人，倘若无法改变她的第一印象，那么他们的缘分也就到此为止了。

故新正是基于他对国外爱情小说的大量阅读，而以这种认知的方式开启了他秘密守护者的角色。在他看来，张聪是个值得信赖的兄弟。就在前天晚上，张聪居然为了大粪事件来向他致谢。这让故新颇感意外。张聪说，故新，得感谢你的大粪，是它把我熏醒了，我决定交你这个朋友。为了表明诚意，他又说，如果你要追她，我愿意帮你。故新问，你不恨我？他在故新胸口捶了两拳说，扯平了！故新早就听说张丙良为人宽厚不记仇，看来儿子也一样磊落，不免使他既惭愧又感动。他亲自下厨，摆了一桌八大碗的沈阳名席，给这位新朋友压惊。

他决定请他帮忙，继续为兰若挑水。张聪欣然接受了，但解释说，兄弟，我之所以乐意，可不是为了我自己，这点上你可千万不要误会。故新说，自古道，疑人不用，用人不疑，不过你要答应我一件事，不能向任何人泄露是我的主意，记住了，包括兰若在内。张聪嘿嘿笑了，算是给了他肯定的回答。故新考虑兰若一家缺少男劳动力，暗中安排了一个外号叫“铁蛋”、性格沉默寡言的知青协助兰若到生产队劳动。“铁蛋”总是不失时机地出现在兰若和妹妹最需要的时候，施底肥、翻地时免不了总是赶上他正好路过那里。这一年的早春，姐妹俩都轻松地拿到了应得的工分。那段日子，故新宁可忍受单相思的煎熬，也从未像别的知青那样，假借到大队部办事而一睹梦中情人的芳容。就算遇到非要他亲自去大队部办事不可，他也刻意回避与兰若相见。

兰若不忍张聪为没有回报的爱情白白地付出。她感激他为她所做的一切，她一个弱女子若不能以身相许，又当如何报答呢？兰若十分苦恼，担心辜负了他的一番美意。她多次劝张聪，叫他别再来挑水了。张聪却不肯，口口声声说是为了锻炼身体，叫她别太往心里去。兰亦建议姐姐说，姐，是你对他关心过头了，他误解了你的意思，我看以后你对他冷淡一些，兴许就不来了。兰若说，妹妹，我们怎么能这样对待人家呢？姐，兰亦埋怨说，你这个人呀，太像咱妈了，你比我读的书多，如果他一直误会下去，你就等于害了人家。一经妹妹提醒，兰若猛然间觉得不无道理。兰若违心地做了，不再对张聪嘘寒问暖，假装爱答不理的。张聪性格虽粗，却也是个要脸的小伙子，最受不了别人的冤枉。他猜兰若一定是认为他对她还有所图谋。纵然曾答应过故新要保守秘密，张聪为了维护可怜的尊严还是交代了实情，但是挑不挑水的事他说了不算。兰若听了，觉得很对不住张聪，感觉这个故新也太欺负老实人了。转而又反过来想，人家毕竟也是一片好心，况且她长这么大从来就不会生气，但是她实在不知该如何报答这个背后的指使者，她的心理负担更重了。妹妹开导她说，姐，这还不简单，聪哥不是有言在先嘛，只要故新不让他做了，他就不做了，我看呀，你最好直接找那个小屁孩谈谈，一片云彩也就散了。兰亦比故新小着好几岁，却叫人家小屁孩。姐姐责怪她，叫她改改调皮的性子，免得别人误会她没有教养。兰亦冲她诡秘地笑了笑说，姐，你不会真的那个了吧。兰若的心不免一动，表面上却不加理会，任妹妹胡说八道。那个故新，刚来不久就被全公社的年轻人传得神乎其神，仅仅模糊地见过一面，这个男青年对于兰若来讲无异于仍是一个谜。

兰亦挎着姐姐向新民农场的方向走去。她们感觉礼拜天的太阳总是比平时升得快些。新民农场在烟火大队的东面，她们住在大队的西头，走了有一阵子，姐妹二人已经能看见农场的宿舍大院和院外围着的一圈栅栏。到了大门口，兰若叫妹妹一人进去找“铁蛋”，好叫他来引荐。兰若想坐在门口的条石凳上歇一会儿，突然从院内的某个地方徐徐传来一串旋律，听声音离她不太远，大概是来自靠近门口的那栋举架较高的房子。她想象不出，究竟是哪种乐器可以将《桔梗谣》演绎得如此纯粹，她忘记了坐下，认真倾听起来。

这是一首朝鲜族的传统民歌，也叫《道拉基》，兰若很小的时候就会吟唱，不仅能用汉语唱，还会用朝鲜族语唱。这时，有几个女声加入进来，然后又有几个男声加入进来，形成了音质不同的两个混合声部，他们用汉语低声哼唱，早晨的微风使韵律和歌声时高时低，格外动听，很容易让人联想到翩翩起舞的朝鲜族姑娘。兰若不知不觉间跟着轻哼起来：

道拉基道拉基道拉基，白白的桔梗哟长满山野，
只要挖出一两根，就可以装满我的小菜筐，
哎嘿哎嘿唷，哎嘿哎嘿唷，哎咳唷，
你呀叫我多难过，因为你长的地方叫我太难挖。
……

她置身其境，仿佛回到了那个由歌声和舞蹈编织的童年。“姐——”兰亦的喊声把她拉回了当下。“铁蛋”站在兰亦的身旁，指着传出歌声的地方说：“若姐，队长在豆腐坊呢，这是烟火公社最大的豆腐坊，请到里面参观参观吧。”他的话里饱含着对农场的自豪和对故新的敬重。兰若说：“我在这里等，最好是把他请出来。”“铁蛋”带着兰亦返回院子，向右折到豆腐坊的南面，走进门里，歌声也随之停了下来。她断定故新不是那个奏乐的人，就是在男声部里。

正想着，一个人出来了，通过房门时下意识地低了低头，实际上门框比他还高着半拃，他走路的速度较快，身上穿着一件海

蓝色的确良料长袖衬衫，风纪扣没扣，敞着衣领，露出一截白皙匀称的脖颈，显得他挺拔干练。不用问，上次见过一面了，这个人必是故新无疑。她的呼吸不免急促了一阵，略显慌乱，这在以前从来没有发生过，以前无论她见到哪个男生，都能表现出得体的大方。

“你来了，怎么不到里面看看？”故新先开口了，打破了某种尴尬。

“外面清静些。”兰若答道。

“我听兰亦说，《桔梗谣》你唱得很专业。”

“多年不唱了，有点儿生疏了。”

“经常哼哼就捡回来了，就像游泳，哪怕荒废了多年，人一沾水，就又会扑腾了。”

兰若没想到他小小年纪竟然能打出这么恰当的比方。她确实经历过这种体验，所以点了点头，表示认同他的观点。

“方才是什么乐器奏出的旋律，我听着比伽倻琴还悦耳。”兰若本来是想和他谈谈挑水的事，却不期被一首熟悉的曲子带入了另外的节奏里。

“不是什么神奇的乐器。”故新笑了笑说，“是我吹的口哨，让你这个专业人士见笑了。”

“你一定练了很长时间吧。”

“实际上，口是老天爷赐给我们每个人的一种天然乐器，或者说，是天赋音律，”故新说，“真的，谁都能学会。”

“我就不会。”兰若扑哧一声笑了说，“我也跟妈妈学过吹口哨，但不知怎的，就这么一吹，我那两岁的小侄儿就想尿尿。”

故新也跟着笑了起来，两个人在笑声里打破了防线，立刻熟络了。兰若彻底忘记了此行的目的，问道：

“你是朝鲜族吗？”

一时口误问起人家的身世，让兰若显得有些局促不安。

“不是，是货真价实的汉族。”故新说，“也许我是曹操的后代，不过我不认为曹操是坏人。”

“曹操是不是坏人，我们不论。”兰若说，“但他的后代并不一定是坏人，至少我是不会对你搞株连的。”

故新在心里兴奋了好一会儿，因为他发现自己深爱的姑娘距离他的世界并不遥远，他有足够的理由相信他们终将会变成能够画出同心圆的圆规的那两只脚。正如小说里写过，只有共同的语言，或者相同的信仰，才能奏响那首爱情之曲。

“你跟谁学的？”兰若问。

故新小学时的班主任老师是一位朝鲜族姑娘，他说是她教的。

兰若问道，你知不知道，这首歌谣的背后藏着一个故事。故新说，我们当时还小，老师只教会了我们曲子和歌词，还有舞蹈，不过后来我听说，歌谣背后的故事里有爱情，有执着，有等待，当然还有地主和阶级斗争。兰若像考校似的问道，你信吗？故新说，我相信故事里的爱情与执着，但很难相信里面存在地主和阶级斗争的情节。兰若说，我爸也这么看。故新开玩笑说，我长得有那么老吗？兰若本不是一个爱开玩笑的人，但故新从一开始的老成持重到现在一下子变得贫嘴顽皮，也激起了她的兴致。她回敬说，我看你是老些——是心老人不老。

“姐！”兰亦站在豆腐坊的门槛上，冲这边喊道，“妈在家等着呢，你们今天都唠完了，下次还唠什么呢？”

“你别介意。”兰若解释说，“我妹妹一直都这样。”

“我换作是你，巴不得有这样一个妹妹。”故新说，“别让阿姨在家等着着急，你的嗓音好，还精通《道拉基》，我代表我们队的全体知青，邀请你做我们的声乐指导老师，好不好？”

“我哪里好啊，就像你说的，口是老天给的，嗓子也是老天给的。”兰若谦虚地说，“精通《道拉基》就更谈不上了，我最初学唱时，还以为是工人阶级兄弟们边倒垃圾边唱的歌呢。”

故新大笑起来，笑声显然是源自内心的那种单纯和愉悦。

兰若接受了故新的邀请，每个礼拜天的上午，都来参加一次活动。她指导农场的伙伴们练习《道拉基》，并且改编了新的配舞。她也和他们一道偷偷练习《莫斯科郊外的晚上》《跑马溜溜的山上》《天涯歌女》等爱情歌曲，因为这些都是那个时代的禁歌，不能让外人知道，当他们歌唱时，不但要压低了声音，而且每次都由“铁蛋”来站岗放哨。“铁蛋”五音不全，走路还顺拐，他巴不得做这个差事，以体现他在团队中的价值。

兰若定期在新民农场聚会的消息传到了古船大队的知青点，引起了他们的不满和嫉妒。这些小伙子们，限于身在外乡，又惧怕国家法律，不敢明目张胆地向新民农场挑衅，而当他们聚在一起，但凡聊到关于女人的话题，就少不了扯上兰若。慢慢地，一些亵渎兰若的风言风语就传到了新民农场。故新的肺子都快气炸了，兰若百般劝解，他才勉强放弃了找那帮流氓算账的念头。故新的兄弟们却咽不下这口气。“铁蛋”说：“据我所知，那个叫‘假丫头’的北京知青最不是个东西，阴阳怪气，男不男女不女的，我看，就挑这个最恶劣的制一制。”张聪说：“对，我去乡里办事时见过他一面，不出声则已，一出声了，还要弄出个拈花指，真他妈的臭不要脸。”最近很少说话的农场副队长诸葛瑾瑜说：“我高中同学在那个点，听他说，真正领头的不是他，是一个外号叫‘鲇鱼干’的瘦高个，笔架山人，这小子心最花嘴最骚。”故新在头天经兰若一劝，彻底回归了理智，说:“这件事就到此为止吧，拜托兄弟们千万不要给我闯祸。”

最近一次聚会，兰若没见到故新，听“铁蛋”说，周六一大早他回沈阳了。兰若稍感失落，在心里埋怨道:回家怎么也不跟我说一声。事实上，她忘了，是她跟他约定好的:除了周日上午在农场，不许他到她家或大队部找她。至今他也没向她直接表达过爱意，她却能领会他的含蓄，两人都把心意放在了眼睛里。她嘴上硬，见不到他时，心里却一阵一阵发慌。

周一到了大队部，派出所来了两位警察，向她询问有关故新的近况。警察告诉她，古船大队有两个知青被人打了，经推断，案发时间应该是在昨天晚上十点左右。兰若问，伤得重不重?警察说，伤得倒不重，但性质相当恶劣，对被害人的侮辱性极强。另一个警察补充说，一个被绑在了新民农场的猪圈里，嘴里塞了一条女人的内裤，被害人的屁股上被人用匕首刻了两个字，之后敷上了墨汁;另一个被绑在了古船大队二组生产队的骡马槽子里，嘴里也塞了一条女人的内裤，嫌疑人用相同的手法也在这个被害人的屁股上留了两个字。先前讲话的那个警察见兰若是个漂亮姑娘，安慰说，妹子，不用紧张，我们只是来核实一下情况，并不表示曹故新同志真犯了法。兰若相信以故新的理智绝不会做出这种傻事。她表现得很镇定，用较慢的语气说道，警察同志，全公社的领导都清楚，曹故新是一名优秀的知青干部，犯法的事，他绝对干不出来。我们也这样认为，警察说，我们到他所在的农场核实了，他有不在场的证明。是，兰若说，他在周六的早上就回沈阳了，我也可以为他作证。警察坐了一会儿，临走时对兰若说，妹子，如果有曹故新的消息，可要第一时间通知我们。

兰若跑去新民农场打探消息，在门口正好碰上了中午收工回来的“铁蛋”。据“铁蛋”介绍，挨整的知青一个是“假丫头”，另一个是“鲇鱼干”。兰若问，究竟刻了什么字？“铁蛋”解恨似的笑着说，难听死了，不过，若姐你是个知识女性，听了也无妨，一个是“婊子”，另一个是“妓女”。兰若说，的确有些过分，不会是你们干的吧？“铁蛋”说，真后悔我们没当成大英雄，可惜啊，队长说什么也不让我们干。

虽然故新有不在场的证明，兰若还是心虚，毕竟她没亲眼见他上了火车。又过了三天，故新还没有回来，她的心开始打起了鼓。如果故新不是凶手，那么凶手会是谁？如果不是他干的，警察为什么会怀疑到他？既然他不是凶手，为什么到现在还不回来，是不是这边发了通缉令，沈阳的警察将他逮捕了？按道理，故新是最具备作案动机的，但他是个有理智的人，怎么能干这种傻事呢？不是他，一定不是他。她安慰自己说。但当想起大粪事件，故新曾经的冲动又让她几乎紧张到心痛的地步。她的心被过度的忧虑一点点地侵蚀了，除了牵挂，剥夺了她内心一切美好的东西。兰亦发现姐姐连续几天像丢了魂似的，眼窝也塌陷了，安慰说，姐，你就别想了，故新哥绝不是那种浑人，从这个角度看，你就无需担心了。换个角度看，如果他还是那个小屁孩，关监狱也活该，就当你瞎了眼，看错了人。妹妹没念几天书，脑袋却聪明伶俐，有些时候比她看得准、看得开。一味地担心确实于事无补，不过妹妹还是年龄小，她哪里懂得恋爱中男女的心思。

到了下周三，故新回到了农场，按照程序向派出所汇报了有关情况。等兰若晚上回到家中，得知这个消息，总算松了一口气。兰亦又送了她另外一个惊喜，指着衣柜的上面，她这才发现一束开得正艳的桔梗花兀自插在瓶子里。兰亦说，姐，这下你总该明白了吧。实际上，故新回沈阳，只是为了给心爱之人寻找她喜欢的桔梗花。那几天里，他寻遍了棋盘山的各个角落，终于找到了称心如意的一束。兰若视它为他们的定情之物。

这场风波就这样过去了，一个犯罪分子都没有抓到。当大家几乎遗忘时，真相却浮出了水面。新民农场的副队长诸葛瑾瑜也参加了伏击张聪的行动。据说他的父亲是鞍钢的一把手，这位来自钢都的高干子弟风度翩翩，性格开朗，为人却一贯低调，所以实际上没人从他口中得到关于他身份的亲自确认。大粪事件过去的很长一段时间里，他变得少言寡语，对农场的管理事务也丧失了原有的热情，兰若来参加周日的活动，他也躲在牛棚里研究制作某种手工。没人知道他正在为接受某种诗意的同时而忍受其苦涩。一天傍晚，这位公子现身村部的大门外。兰若和往常一样四点下班，她走出大门时，诸葛瑾瑜拦住了她，几乎单膝跪地，献上了一枝含苞待放的玫瑰。那枝玫瑰不啻为一个惊喜，轻拉花茎，眨眼间绚丽绽放，它是用整根鱼骨、小水晶和形状各异的贝壳拼接而成，盛大红艳，仿佛使单调的空气芬芳四溢。兰若自然大方地扶起他，接过玫瑰，边对他的作品赞不绝口，边从他的身旁走过。诸葛瑾瑜却激动万分，兰若那种不容亵玩、让人产生距离的美貌使他忘记了刻骨铭心的深情表白。

诸葛瑾瑜受到了鼓舞，发誓坚持每天为兰若制作各种样式的玫瑰，直到完成九百九十九朵为止。他的计划已经不再是秘密了。在整个农场，唯有故新一人对他表示了深切的关怀，因为他和兰若已经秘密确定了恋爱关系，只是尚未公开。

“兄弟，你得现实一点，该务正业了，”他没跟他挑破，劝他道，“我应该比你更了解她的性格，收下了一枝玫瑰，并不能说明什么。”他试图用各种典故和寓言，暗示他这样做是在白白浪费时间和白白浪费感情，而诸葛瑾瑜却不这么认为，结果反倒坚定了他勇往直前的信念。

差一百朵就凑够九百九十九朵的那个夜里发生了变故，诸葛瑾瑜被公安带走了。坊间传言他带着足以炸毁一座三层楼的炸药来到了古船大队的知青点，企图把正在熟睡的男知青全部炸死。他埋好了炸药，正要点燃，被起夜的知青发觉，众人将其生擒活捉，在马棚里关了一宿，次日一早报了警。因为事发当晚的三天前，他无意中听到了那帮小子用粗俗下流的话语亵渎兰若。事情的前因后果并非这么简单，在审讯的过程中，他还对报复“假丫头”和“鲇鱼干”的具体经过供认不讳。半年后，诸葛瑾瑜被送进了精神病院，在那里度过余生。故新和兰若为此深深自责，后悔当初不如干脆挑明实情，用绝望这剂猛药来治疗他的相思病。但最终摧毁他清醒意识的也许正是令他难以承受的绝望。

诸葛瑾瑜出事不久，那天晚上大雨疯狂肆虐，同事们都睡得很深，故新在豆腐坊里接待了一个莫名其妙的访客。他不认识他，但他猜到可能是一个来找他决斗的挑战者。事实上也没有什么区别。

“你不认识我，但我认识你，”来人直言快语，“是你害了诸葛瑾瑜。”

“同志，如果你为这个而来，”故新说，“我想，你一定是找错人了。”

“我和瑾瑜是同学，”来人说道，“既然你和兰若已经谈恋爱了，你为什么不敢公开，以至于让他落了这个下场，你说你不是凶手，谁是凶手？”

“公开不公开是我个人的事，任何人都无权干涉。”故新说道，“如果没什么事，我可要回去睡觉了。”说着他故意打了一个大大的哈欠。

“我比你更爱兰若，”来人突然说道，“你信不信？”

“你拿什么证明？”故新刻意避开他的话语陷阱，没说不信。

“我可以为她去死，你连公开都不敢，我谅你也没这个胆量！”他几乎是吼出来的。

“我看，我们俩总得留下一个活着作见证。”故新说。

“你是个孬种，”他竖起小拇指，放低了声音说，“我今晚就证明给你看。”

故新闻到了他身上有一息酒气，没跟他一般见识，觉得他不过是借酒撒疯，但完全可以肯定他没有喝醉，甚至没喝多到真会做出什么傻事的地步。他劝他回去好好睡一觉，或者欢迎他住在这里。他拒绝了。

大雨到第二天中午终于停了，公社通知召开全县知青大会。一位县领导在会上作了通报。烟火公社古船大队知青点的魏宏波同志因抢救国家财产——说到这里，通报的领导顿住了大约十秒钟左右，然后字斟句酌地提高了嗓音解释道，他为了救一头老母猪而光荣地牺牲了。领导继续说道，古船大队的一位村民在六星河西岸发现了这位同志的遗体，还有那头老母猪的尸体。经组织调查，据古船知青点广大知青们证明，就在昨天晚上，他们执行了一项艰巨的任务，他们冒着暴风雨分头寻找那头从猪圈里逃跑的老母猪。待到讲话快要结束了，领导郑重宣布：经请示上级组织，决定追认魏宏波同志为烈士，并号召全县知青向魏宏波同志学习，学习他热爱集体、勇于自我牺牲的革命精神。

魏宏波用性命赢得了他生前无法企及的光彩，因追悼会的隆重使他的死亡看起来不是死亡。知青们排起一字长龙，队伍从县革委会的院内一直排到了院外的马路上，一个接一个瞻仰烈士的遗体。当轮到故新时，他大吃一惊，沉睡的烈士分明是昨晚向他挑衅的那个情敌，只是脸色惨白，口唇青紫，不像活着时端庄。

故新始终也没为他的沉睡感到自责过，而仅仅是深陷于一种困惑。一连几天他还在想着这起事件，不慎跌进了玉米地，玉米叶子划破了他的左颧骨。按理这种小刮伤时常发生，所有的庄稼人几乎都经历过。不在意的庄稼人压根儿就听之任之，不出几天伤口愈合，恢复了原样。在意的最多是用海皮硝当止血的云南白药涂抹伤口，不出几天也伤口愈合，恢复了原样。对于这样并非伤筋动骨的小伤小害，农村没人重视，绝不会大惊小怪地去寻医问药，即便被生锈的钉子扎伤都不打破伤风针。故新仗着年轻力壮，免疫力高强，更不把这个只划破了表皮的小伤放在眼里，英雄般拒绝了兰若为他涂抹海皮硝进行消炎的建议。但几天之后，伤口非但不愈合，反倒流脓淌水，故新依然浑不在意，心爱的人却心疼得受不了。兰若坚持要他去医院看看，故新只好屈服，从公社卫生所开了云南白药。五天治疗下来，未见任何效果，伤口的感染更加严重了。他们又到县医院门诊，医生建议必须挂点滴，才能遏制炎症继续恶化。不幸的是，挂完了两周点滴，炎症也丝毫不见减弱。张乙为他指出了一条明路，而故新把脑袋摇得像拨浪鼓一样，无论如何都不相信一个落魄守旧的郎中。

运动伊始，积极分子花六向组织告发了孙灵间先生。他说，孙灵间在伪满洲国时曾经救活了一个日本监工的命。他想让组织将他定性为反革命卖国贼，但是因一位烈士家属的哑巴妻子出来作证，加上时任烟火革委会主任金银铁的刻意保护，最终并未定罪。但烟火人为了避嫌，自此不再去孙灵间先生那里寻医问药，而是更乐意求助于当地的赤脚医生了。

张乙和兰若为了说服故新，讲述了孙灵间先生的传奇人生和高超的医术。其中，先生曾用八十一颗玉米面捏成的药丸治好了大皇姑的偏头痛，听起来确实异乎神奇。故新抱着死马当活马医的态度第一次见到了坐在冷板凳上的神医。

老人稳如泰山，像所有身怀绝技的高人一样，除了了解病情，题外的废话一句不讲。老人甚至连问都没问，观察了两三秒钟，拧下冒着烟的烟袋嘴，用火柴抠出豆粒大小的烟油子，涂抹在伤口的四周。临走时，他把装满了一火柴盒的“药膏”递给故新，用不容置疑的口吻说道：“三天一换，直到用完。”

事情过去了多年，故新认识到当时若不是先生的高超医术，他可能早就成了第二个魏宏波了。在他有限的人生里，之前和之后也曾不止一次发生过类似的情景，很多时候末日就在头顶，他却浑然不知，在日常秩序中机械地活着，不是因为遗忘，而是从未察觉。事实上，人的生命极为脆弱，只要死神愿意，在任一时刻哪怕他轻轻地一吻，一切都将化为乌有。这些看似偶然的经历使他改变了知青时代的认识：人之所以快乐依仗的是那个人人都拒绝承认的无知，相反，却被人误解为勇气。正如灵间先生对他所讲，要明白这些，除非你先把自己变成了一个老人才行。所幸，当年没把失去爱人的痛苦留给兰若。他对先生的感激之情随着生命变得脆弱却越来越强。

孙灵间先生是故新拜访的第一位烟火老人。按照张乙提供的线索，故新需要成功说服六位八十岁以上的反对者，才能保证他的计划得以顺利开展。因为之前张乙关于骆驼山的开发计划多次遭到这些老人的阻挠，而为首的往往是他的父亲张楚云。鉴于张楚云异常固执，他听从了好友的建议，采取迂回和各个击破的策略。另外，这位老人的年龄最大、资历最深，张楚云表面是领导者，事实上未必比他的影响力更大。

先生叼着烟袋，盘腿坐在炕头，背倚着墙，即便和故新聊天时，他也像对面立柜上的胆瓶一动不动。显然，漫长的生命力抽干了他身体的水分，也磨光了棱角。那种存在于永恒的感觉总会让人联想到中华民族五千年锤炼的成语。与十九年前相比，除了因日月变迁和遭人冷落而愈显苍老，时间给他增添的似乎不是虚弱而是笃定。

故新向他说明了来意，先生没有直接表态，只是多次重复说：“我已经老糊涂了，采矿真的那么重要吗？”

故新觉察到，老人超然物外的表象掩盖不住不由自主的死亡以无穷无尽的方式随时对他构成的威胁，即便百岁也尚未摆脱情感的羁绊。然而，似乎有一种比死亡更强大的东西支撑着他对生命的依恋，哪怕命运也难以制伏。无疑正是这个强大的东西，才将骆驼山变成了他生死与共的时间。

三

孙灵问，一八八八年阳历十二月三日出生于东郭村。烟火村那时叫东郭村。当日清晨，先生的父亲孙继祖在浅睡中梦见了明代马中锡的作品《中山狼传》中的情节——东郭先生救助了一头中山狼，反而差点儿被狼所害。这时，一声婴儿的啼哭把他惊醒了。凭借他丰富的行医经验，他知道他的长子提前了一个月自然降生了。早产和梦境令父亲对这个新生儿的命运不免暗自担忧。

孙家是东郭的大户，除了拥有众多的土地，在全县还开着三间药房，药房的字号是孙继祖亲自起的，叫药王阁。药王阁的主号设在了烟火镇，两个分号一个在县城里的西门口，一个在回民街，都是人口密集的上好地段。为了改变儿子的命运，孙继祖组织了一次由五个类似族长性质的人物参加的会议，他倡议把东郭村改名为烟火村。他发挥自己的博学多识列举了三个理由：其一，东郭这个名字带有博爱到愚蠢的含义，虽然烟火的母系老祖宗也叫东郭先生，但容易和救狼的那位搞混，为世人嘲笑，不利于本村兴旺；其二，“烟火”一词出自《庄子逍遥游》，隐喻人间的意思，叫烟火有人气，利于村子兴盛；其三，烟火往小了讲是一个村镇，往大了看好比是中华，好比是世界，具有世界大同的格局，有利于后代子孙出人头地——甚至出现影响国家乃至世界前途的大人物，为老祖宗争光。

孙继祖的提议并未动摇烟火的基业根本。如果他提议把骆驼山更名，哪怕列出一千条，甚至一万条好处，也注定招致其余四人的坚决抵制。因为除了孙继祖不认同自己是烟火先民张氏的后人，其余四位皆笃信不疑。在他们心中，骆驼山对他们的命运有着极为特殊的意义。从小到大，孙灵问已经接受了父亲的看法，坚信孙家是药神孙思邈的后代，虽然家谱丢失，但出奇的医术和享誉乡里的名气却充分地证明了一个事实：有没有家谱已经无关紧要。他的二弟孙莫问却不这么认为。孙莫问坚持认为孙家不是什么神医之后，只不过是烟火祖先的另一个分支而已。这种分歧可能和两人的嗜好以及从事的职业不同有不可分割的关系。

东郭村顺利地更名为烟火村，在阴历十月廿八这天举行了盛大的更名仪式。烟火人将这一天规定为烟火的生日，并数十年不辍，无论盛世乱世每年都坚持举行庆祝活动。

孙灵问也顺利地继承了父亲的衣钵，成为烟火村除父亲以外的第二位孙医生。孙灵问聪敏好学，又出身医学世家，在父亲的悉心栽培下，于一九〇五年赴日本仙台医学专门学校留学。

一九一〇年年底，东北暴发了鼠疫。主持抗疫的伍连德让当局从平津、直隶、奉天一带抽调了五十余名才能出众的医务人员，供他拣选其中的一名作为先期的随行助手。伍连德考虑孙灵问土生土长在东北，了解当地的方言、民情和风俗，又因其贯通中西，感觉少年老成，便选中了他。

日头沉落时，他们乘坐的火车到达了哈尔滨站，时任滨江知事的何厚琪派来了四个官兵负责接站，领头的是个络腮胡子，他介绍自己叫孟大胡子。一路上他们遇见了几拨西行赶路而扎堆在一起的难民，几乎阻断了交通。他们不得已只能绕了好几次道，到夜色较深时才入住道里区的付家旅店。这家店是哈尔滨久负盛名的付家在道里区开设的一处分店，而总店设在了重灾区傅家甸。

灵问根据路上人们逃亡的情形推测，疫情最佳的控制时机可能已经丧失了，不出意外的话，更大规模的暴发会随之而来。他把这个预判告诉了伍连德。恩师认为他的分析不无道理。他们简单地用过了晚饭，伍连德留在了房间，想起一路上逃难的人群，不免再次担忧。而灵问则离开了自己的房间，去找掌柜和几个房客了解情况。刚走下楼梯，他发现店铺的中堂人影晃动，两个西瓜形的大灯笼之下围坐着一群人，男女老少不下三五十个，正聚精会神地听一位矮小的中年人讲话。那说话的人头发漆黑如墨，皮肤雪白刺眼，一件黑色的大褂早洗得褪成了灰白色。

只听见他用醒木碰了几下，右手中的小木槌在一面小鼓上敲起了得得连声作响。他唱道：

“道德三皇五帝，功名夏后商周。七雄五霸斗春秋。顷刻兴亡过手。青史几行名姓，北邙无数荒丘。前人田地后人收。说甚龙争虎斗！”

那个说书人将醒木敲了几下，说道：

“三尺龙泉万卷书，今日复昨日，在下今晚不讲仓颉上古之事，只结合今日时局诉天理之昭昭。

“方才那首开场白，说的是自古而今，都是人在做，天在看，前有车，后有辙。我们闲言少叙，书接前文。

“话说王三根和女儿草草埋了金山，一路向东逃去，直逃到了傅家甸，后来置备了五垧良田，日子安稳了些许。没过几年，王三根招了一个孝顺的养老女婿，这个女婿叫刘增义，两年内又得了外孙和外孙女，一家五口人其乐融融，好不开心。谁知：画龙画虎难画骨，知人知面不知心。

“日子好过，儿女双全，这个刘增义翅膀硬了，却走了歪道。时不时兜里揣着几个镚子儿，背着丈人和媳妇，溜到道里区的花满楼拥香在怀，饮酒作乐，夜不归宿。王三根是个和气人，金兰性情本就温顺，父女两人百般劝阻，刘增义却置若罔闻，依旧我行我素。久而久之，刘增义便和花满楼里的鹤顶红暗生情愫，最终倾尽家中所有财物，为其赎身。王三根气得一病不起，女儿悬梁自尽。

“可怜她：花容月貌贤妻女，惆怅芳魂赴九泉；难为老父和幼儿，鳏寡孤独无人管。”

周围的听众无不咬牙切齿，愤怒叹气。那个说书人端起茶杯，喝了一口，敲了下醒木，又道：

“众位看官，常言说得好，福无双至，祸不单行。王三根带着两个小孙儿艰难度日，不料而今瘟疫横行，话说一天前，那个五岁的小外孙女染病，无钱医治，亦身亡。可叹王三根这一生多灾又多难。正是宁做太平犬，莫为乱世人。

“在下吴敬天，已盘桓贵宝地数日，为诸位讲的这一段话，乃是真人真事，今日服侍大伙儿不为别的，只求诸位能赏个薄面，为王三根和他七岁的小外孙子筹措些钱财，以资其度日。”

吴敬天将醒木重重地敲了一声，拖出一个盘子，走进人群。他背后背着一个像襁褓似的小背包，若不是腰间捆着三道麻绳的提醒，灵问几乎以为那是日本女人的和服包。一个书生打扮的中年人细声细气地问道：“老先生，您今晚讲的书怎么连个名字都没有？”

吴敬天说：“只因此事乃真人真事，在下不忍为它起名。”那个书生又说：“既然这样，我就越俎代庖，送这段书一个名字，就叫《王三根苦难记》，诸位觉得如何？”他转动着细长的脑袋环顾四周，好像在郑重其事地征求意见。

有几个男人跟着起哄：“张秀才，有你的……”“张秀才，有学问，我看这书以后由你来讲最合适不过了。”

到了最后只有两三个中年妇女，身边领着孩子，拿出一文两文，放入陶盘。吴敬天谢过，将银钱放入囊中，便要起身离开。灵问迎了上来：“请老先生留步。”

吴敬天见他剪了辫子，留着短发，眉清目秀，身着黑色的立领长衫，说道：“不知您有何见教？”灵问说：“晚辈想结识先生，不如我做东，咱们喝上一杯热茶如何？”吴敬天说：“你我素昧平生，怎敢叨扰。”灵问笑道：“喝上几杯，我们就不素昧了。我姓孙，叫孙灵问。”灵问指着身旁一个同样留着短发、长有江南脸型的男子，介绍说：“这位是我的老师，伍连德先生。”伍连德说：“我刚刚到中厅，真是失敬，没能聆听到先生的精彩表演。”

三人选了一个较为僻静的桌子坐下来，吴敬天背后那个和服包令他无法靠实在椅背上，身体总是略微前倾，给人很谦卑的感觉。跑堂的是个有点结巴的小伙子，纵然他把标准的东北话说得重复来重复去，伍连德是南方人，对东北方言也是一窍不通。小伙子手脚倒麻利，很快就为他们沏了一壶花茶，摆上一盘松子、一盘榛子和一盘瓜子，做好了这些就跑到中厅帮同伴去打扫卫生了。方才那些听书的人大都是本地人，已经离开了，地上和桌子上留下了大量的瓜子皮、榛子壳，还倒了一地的茶叶。

灵问首先请教吴敬天是哪里人氏，因为从他的口音里无法分辨。吴敬天说他乃是八荒之人，以四海为家。灵问笑着说，看来您见识颇广，方才我听先生所讲，您对当地的情况似乎很熟悉，我们正要请教一二。吴敬天说，相见便是有缘，我这个人历来奉行相逢何必要相知，所以，我也不问你们是什么来头，但据我这双老眼看，你们两位至少不是恶人，但凡在下所知，当知无不言。灵问看了一眼伍连德，伍连德微微点头。灵问说，既然老先生知无不言，晚辈也当真人不说假话，我们俩都是留过洋的医生，是朝廷派来整治这场瘟疫的。吴敬天笑道，我料定您二位也不是普通人，就冲你们的装扮，我也猜出了一二，近些年朝廷洋务为要，留洋学习的无非军事、医科和工科。今天到这里来的，定然不需要军事和工科的。灵问说，我们今天在来的路上，看见了许多想逃离此处的人。吴敬天说，是这样，不过想逃走的绝大部分都是外来人，本地的坐地户，或者已经有些产业的，大都不愿离开，现在剩下的都是在当地扎下了根的。你们有所不知，傅家甸那边的情况更糟，死了一多半人，方才我所讲的王三根只是一个例子而已，你们来的时候，也一定隐隐听到了哭声，那些都是死了家人逃难到这里的。灵问问道，朝廷没采取什么措施吗？吴敬天叹了口气，冷笑说，内忧外患，朝廷都是泥菩萨过河自身难保呢，那些当官的就更不用说，要是跟头顶的乌纱帽没关，更乐得清闲。伍连德和灵问两人相顾哑然。吴敬天说，你们不吱声，证明我说得没错。灵问问道，那些遇难者的尸体现在何处？吴敬天说，早些时候没的都埋了，现在天太冷，地硬得跟石头似的，埋是埋不了了，没主的都堆在了野外，有主的有的也堆在了野外，身上扎了个布条，上面写了名字和住址，以便天暖开化了，家人领回去埋在祖坟里。吴敬天继续说道，不过也有个别例外，舍不得让亲人抛尸荒野，偷偷藏在了家中的地窖里或缸里，比如那个王三根，就把小外孙女藏在了自家的地窖里。伍连德问道，老先生，朝廷还做了什么？吴敬天说，这位先生，我说过了，朝廷什么都没做。灵问端起茶杯，一饮而尽，沉默了许久。吴敬天安慰说，年轻人，历朝历代世道都是如此，天作孽犹可违，自作孽不可活，瘟疫看似天灾，实为人祸，你也无需为天下苍生鸣不平。若是世道清平，人心如古，老天爷也不会狠心降下瘟疫的。吴敬天啜了口茶，继续说道，我说句不中听的话，人贱了，也该罚呀，实乃因果报应。灵问和伍连德同声问道，何以见得？吴敬天说，你们也都看到了，适才那些看官才捐了几个钱。灵问反驳说，不过——老先生——毕竟王三根是无辜的……吴敬天没等灵问讲完，便拦住说，王三根，假如受害的不是他，他没准也是一个好看客。灵问说，也许人们不相信你是在为王三根募捐呢。吴敬天说，非也，非也，前几天我讲《仓颉传》，并非为了王三根，同样是这些看官，他们比这次给得还多。伍连德说，也保不齐他们今天囊中羞涩了。吴敬天喝了口茶，将杯子重重地蹾在桌子上，茶水溅了出来——慨叹道，人心不古啊！

灵问想，这位老先生的性情也真古怪，既然他认为王三根不配可怜，他却还想尽办法无私地帮助他，看老人的言谈举止，又不像是在骗人。

那个结巴的伙计过来提醒他们，说时间太晚了，几位客人也该休息了。吴敬天对灵问说，适才我看你捏榛子的手法似乎是一位围棋高手。灵问说，晚辈确实略通一二。吴敬天说，哪日清闲，可否切磋？灵问说，忙过这一时，向您请教。吴敬天说，不过，我们不是普通的对弈，而是要破我的一个棋局。这个棋局跟了我三十几年，至今无人能解。据我师父讲，要破这个棋局，必须参透一句上古歌谣才行，容我把歌谣说给你听听。灵问说，下棋要的是公平，倘若我用了您指点的破解之法，即便赢了，也不光彩。吴敬天便不勉强。临分手时，灵问和伍连德各自拿出一两银子给他，请他收下。吴敬天指着银两，笑着说，这算什么，算是付给在下的信息费吗？灵问解释说，那样就小瞧您了，我们方才只顾着了解疫情，险些忘了给王三根捐款了。吴敬天方才收下。

滨江知事何厚琪寝食难安，天刚蒙蒙亮就候在了官邸。孟大胡子将伍连德和灵问引进议事厅，何厚琪迎上前来，眼睛笑成了一条缝，抱拳施礼说："本官俗事缠身，有失远迎，还请两位先生海涵。"何厚琪身着正七品的官服，像所有的朝廷命官一样腰板不直，但老成持重的官威丝毫不减，说话字斟句酌，像石磨里磨出的玉米粒子一样，既圆润又不乏棱角。伍连德和灵问也抱拳还礼。双方客气了几句，谈话逐渐转到了正题。伍连德询问了整个哈尔滨的人口数量，以及目前患病的人数和死亡的人数。何厚琪回答，哈尔滨在籍人口十二万左右，外来人口一直无法统计，至于患病人数更无从统计，死亡人数统计起来难度也很大。他叹气说，总之，瘟疫十分猖獗，生灵涂炭，事态艰难，本官忧心忡忡，就盼着朝廷派来能人整治呢。灵问说，目前采取了哪些措施？何厚琪说，不知从何下手，实在无能为力。朝廷有旨，倘若不能控制疫情，我滨江一干同仁都得获罪。我是盼星星盼月亮，终于盼来了你们两位救星，本官就仰仗两位了。说着一躬到地。伍连德急忙欠身还礼说，承蒙大人抬爱，需要您的配合之处会很多，到时候您可不要嫌麻烦。何厚琪挺起胸膛，正气凛然地说，哪里话，但有差遣，本官定不遗余力。伍连德说，当前就有两样：第一条，请您封闭哈尔滨通往外界的所有交通要道，勒令全城居民不得外出；第二条，派个得力的人带我们去傅家甸。

孟大胡子带着昨天的三个手下，护送伍连德和灵问前往重灾区傅家甸。即将要出道里区的那条胡同是一个古玩市场，同时也是个鸟市，稀稀拉拉有几个摆摊的，头上戴着狗皮帽子，穿着大棉袄，揣着手，在高声叫卖，市场里有几十个人看来看去，像是顾客。据孟大胡子介绍，以前这里极为热闹，如今受疫情影响冷落了许多。灵问见一个古玩老板正在向一对男女兜售一只手镯，男的身材魁梧，四方大脸，女人的发髻编得很松垮，两鬓铺陈了几缕柔嫩的碎头发，慵懒却蛊惑人心，仿佛在床上刚经历了一场耳鬓厮磨似的。男人旁边站着一个小男孩，穿着花棉袄，满身油渍，流着眼泪哀求说：“爹，给我几个钱——我和姥爷——已经两天没吃东西了。”女人斜了一眼小男孩，向男人努努嘴。男人骂道：“滚，少来烦我，找你那个死妈要去。”小男孩不敢再说什么，后退了几步，站在那里默默地流泪。那个古玩老板说：“这可是唐朝宫里的货色，仅此一件，若给您夫人佩戴，那真是国色天香了……”那男人问：“多少钱？”老板说：“您是这里的常客，我就优惠了给您，只收三两银子，就算小的给您淘来的跑腿费了。”男人说：“还能不能再便宜些？”老板说：“您可是送自己的夫人呀，情深义重岂能讨价还价？”男人有些为难。那个女人说：“还是老板想得周全，感情的事岂能打折。”手挽着男人的胳膊，摇晃说：“我要，就要嘛。”孟大胡子气愤地说：“这小子真他妈的不是东西。”要以官家的身份上前教训教训他。灵问拦住说：“孟大哥，不可造次，请把那个老板给我喊来。”老板是个地包天的小个子，听口音是关里人。灵问说：“老板，你这个镯子我要了，出价四两。”老板说：“客官，我已经跟人家讲好了，这样不太合适吧。”伍连德说：“不行的话，再给你加一两。”老板假装左右为难。灵问说：“我买了你的镯子，你对那两个人讲，我可以把镯子再卖给他们。”老板还想讨价还价，孟大胡子手按刀柄，眼睛死死瞪着他，他一缩脖，倒吸了一口凉气，满嘴答应：“好！好！听您的，就五两！”他把“五两”两字的语调抬得很高，唯恐灵问他们赖账，回到了摊上，把手镯拿给了灵问。那个四方大脸的男人骂道：“难怪你叫李不三，你这是见利忘义，说好卖给我的，怎么说话不算数。”老板说：“您消消气，也许他们留着也没用。”灵问走近摊位，对那个男人说：“不瞒老兄，我是一个倒卖古董的商人，方才看这镯子确实是价值连城的好货色，才横插一杠，还请老兄见谅。”女人上下打量灵问，抖了抖手中的梅花手帕，扑哧一声笑了，说道：“哎哟，这位青年俊杰，我看你是个精明人，莫不是想一转手赚个大价钱？”男人见灵问身边有官兵护卫，知道惹不起，劝女人说：“走吧，这镯子咱们今天不买了。”女人拿腔拿调说：“我看这年轻人呀，倒像是个行家，他既然识货，我们就更应该买下才对，无外乎贵了些，就当给他鉴宝费了，值得。”那男人实在拗不过女人，经过和灵问一番讨价还价，终于用十两银子成交了。男人挎着女人要走，小男孩上前拉着他的衣袖不让他走。他甩开他，头也不回，嘴里骂骂咧咧——“小畜生！”

灵问鼻子发酸，想起了弟弟莫问，弟弟比这小家伙也大不了几岁。他蹲下身，安慰说：“小弟弟——乖——别哭……”小男孩抽泣着，用手背抹眼泪，手背上面生了一大片冻疮。灵问又是一阵心酸。伍连德柔声问道：“小家伙，方才这个男人可是你亲爹？”小男孩紧紧咬着嘴唇，用力点了点头，似乎只有这样用劲，才能证明他们是亲父子。伍连德见孩子圆圆的小脸冻得像一个大红萝卜，问：“冷不冷？”小家伙用力摇摇头。孟大胡子解释说：“东北小孩火力壮，三九天照常在外面啃冻梨。”灵问把十两银子包好，握起男孩的手，将系带轻轻地套在他手掌上，拳起他的手指，让他攥紧，见那片冻疮已经溃烂了，叮嘱他务必要到药房买一服治疗冻疮的药。灵问转身，请孟大胡子派一个士兵将孩子送回家去。没走出多远，灵问喊住了他们：“请稍等，这位兵哥，劳烦你先带他去药房抓服药”。灵问走过去，递给那个士兵一两银子。伍连德感叹灵问不仅机智过人，而且心思细腻，料事周全。他说：“真没想到，你一个留洋的学生还有这等手段。”灵问也不谦虚，说：“您别忘了，我们家除了行医，同时也是经营草药的商贾。”孟大胡子竖起大拇哥，说，大人物一贯是用智不用力，今天真是百闻不如一见，这一箭双雕之计可比他那粗暴的方式高明多了。

越过几条曲折的街道，他们进入了傅家甸的腹地，空气里充斥着烧纸的味道，街上的人很少，各家各户紧闭大门，十字路口可见多处灰烬冻在了冰雪的表面，显然是活着的人为遇难的亲人烧了纸钱。

伍连德和灵问一连几天到这里探访病患，看来只有通过解剖患者的尸体，才能确定是否为鼠疫。但是解剖尸体与当时的风俗、观念和法律完全相悖，甚至还会激起民变。他们的想法得到了何厚琪的大力支持。伍连德提议说，目前当务之急，需要找到自愿捐献尸体的家属。何厚琪说，这还不容易，我派孟大胡子抓来便是。灵问说，现在本来人心危乱，这种方式不可取，我建议一方面贴出告示，征集自愿者，一方面派孟大胡子领着一队人马沿街广泛宣传。何厚琪说，先生所言极是，我这也是急得乱了方寸。不过，计划实施几天后未能如愿。灵问又建议用钱买，结果也没有一个人愿意出售亲人的尸体。

吴敬天在一个傍晚无缘无故地登门造访，他领来了一位老人。吴敬天还是以前的装束，背着和服包，他指着那位老人向灵问介绍说，这就是王三根。王三根给灵问跪下磕头，神情疲惫，又十分呆滞。灵问赶紧将他扶起，满脸疑惑。吴敬天解释说，那天你在街上救助的小男孩正是王三根的外孙子，那个男的是他姑爷刘增义，女的便是鹤顶红。吴敬天说，那时我恰巧路过，目睹了这一切。灵问对王三根柔声说道，老人家，人的膝盖生来是用来走路的，就算受了天大的恩惠，也无需下跪磕头。王三根的嘴唇因悲伤起了火泡，下垂的手冻裂了，手背上布满一道道的伤痕，好像冬季皲裂的盐碱地。他站在那里一动不动，表情木讷，仿佛他的意识远离了世界。灵问请他坐下，递给他一杯热茶，他颤抖着接过茶，似乎才被拉回了世界，他的感激之情也借此流露出来。当灵问问起他的小外孙时，王三根迷茫的眼睛里闪烁着泪花。吴敬天哀叹说，可惜了，那天孩子拿着钱回到了家里，两日后就一病不起，估计是染上了瘟疫，今天早上没了。灵问听了一阵心酸，深深地呼吸，才没让眼泪流出来。吴敬天说，我跟王三根讲好了，他愿意做志愿者，把孩子的尸体交给你们。不过他有个条件，完事了要请个手艺好的皮匠，再给缝上，他希望孩子在阴间不至于受那开膛破肚之苦。灵问终于找到了可以解剖的尸体，却一点儿也高兴不起来。当那个瘦小的身躯被抬上了手术台，一双干瘪的小手上冻疮依稀可辨，灵问无论如何都下不去手。伍连德请灵问到休息室休息，他亲自主刀，孟大胡子帮他打下手。

解剖的结论显示，目前流行的鼠疫是可以通过飞沫传播的肺鼠疫。西方列强的同行瞧不起他们，坚持认为灭鼠才是防疫的关键，搞隔离和卫生运动根本没有必要。但伍连德和灵问坚持自己的见解，他派灵问到铁岭主抓公共卫生运动。

去铁岭的头天晚上，灵问正在收拾行囊，吴敬天带着王三根来了。王三根的眼神破碎而空洞。灵问招呼他们在外间坐下，王三根死活也不坐，只木木地站立着。吴敬天说，王三根说他最近几天总是做梦，梦到他外孙子摸着肚子喊疼。我劝了，也解释了，告诉他那就是梦，但他就是不信，非要见你不可。我问他见你干什么，他也不说。好了，王三根，你有什么要说的，就当着真人的面说吧。王三根似乎有些不好意思，讷讷地说，您是我的恩人，我是一把老骨头了，种地也种不动了，我想——我想，求您再给我几两银子，一来我为孙儿做个法事，为他好好超度，二来等开春了，也好准备一笔安葬的费用。说完，咕咚一声，他跪下给灵问磕头。吴敬天听后极为不悦，说，王三根啊王三根，真个是人心不足蛇吞象，人家孙先生不是已经给了你十两银子，后来又派人送来了二十两银子，作为补偿解剖的款项吗！灵问上前搀起他，他却不起来，只是一声不吭，茫然地望着灵问。灵问说，吴先生，也怪不得他。灵问体谅王三根和自己的立场并非相同，又给了他二十两银子。王三根又磕了三个头，方才站起来。灵问意识到，最终还是银子统一了他们的立场，他极为痛心，本想说点什么，但欲言又止。吴敬天对王三根说，你是遇到好人了！王三根一脸木讷，仿佛又回到了梦游的状态。吴敬天长叹一声，转过头问灵问，孙先生答应在下的事是否还记得？灵问说，什么事，真得请您指教。吴敬天说，我们约定在先，若闲着时，要切磋棋艺。灵问拍了拍脑袋说，还真是给忙忘了，最近实在无暇，容晚辈日后请教。吴敬天说，我上次说过，破棋局之法在一句上古歌谣之中，你不想闲着时事先参悟参悟？灵问说，我也说过，对弈必须公平，而且每一步必须要由自己来做主，否则胜之不武。吴敬天说，棋局破解之时也许正是永无瘟疫之日。灵问莞尔一笑说，如果在西方，您应该算是一位行吟诗人了，诗人的想象力都无比丰富，恕晚辈直言，我是搞医学的，真想不出棋局和瘟疫之间能有什么关系。吴敬天说，既然这样，恭敬不如从命，听说你要去铁岭，能否借你的通行证，把在下也带出此地，你不要误解，我不是怕得病，我是想跟你下这盘棋，所以，你到哪里，我就到哪里。灵问没想到吴敬天老先生竟然是一位棋痴，便笑着答应了他。

灵问那天中午到悠茗居宣导防疫措施，他将士兵留在了外面。当他独自一人走进大堂时，茶客们正自听吴敬天讲《仓颉传》。灵问当场宣读了防疫措施，建议大家居家隔离，不得聚众集会。吴敬天说，来得好，来得好！他当着众茶客的面假装不认识灵问，挑衅说，你这套措施灵与不灵，首先得让在场的看官服气才行。灵问意识到老先生假装不认识他的用意——他是要帮助他说服众人。灵问也假装不认识他，问道，先生，怎么才能服气呢？吴敬天说，自古只有智者之策方能服众，我不知道你够不够格？灵问拱手，请老先生划出个道来。棋艺高低能见分晓，吴敬天说，我这里有个棋局，我们赌三局一胜，或三局三和，就算你赢了。灵问想，是他自己提出的划道，倘若今天再拒绝，于情于理都说不通了，就算耽误时间，也得硬着头皮把这出戏演好。两人选了一张大堂居中的桌子，分上首和下首坐下，茶客们围着观战。吴敬天解开缠在腰间的麻绳，取下背包，摊在桌子上，外三层里三层，包了足足有六层，打开了，拿出一块铜镜，闪闪发光，平放在桌面上。灵问发觉那个铜镜原来是一个棋盘。吴敬天又从包裹里取出棋子，按照棋盘上的标记，白子摆在白点的位置，黑子摆在黑点的位置，摆好了棋局。他说，这个棋局叫《双鱼棋局》，四千多年以来，至今无人能破，执白执黑你来选。灵问为了尽快结束这场游戏，抓起白子说，那晚辈就不客气了。灵问原有十足把握三局三胜，他自小就与父亲学习围棋，在日本又拜访了多位当时的名家，身经百战，几乎未逢敌手。他一心想赢，上来便全力拼杀，结果三局下来，每一局都是四劫循环的和局。吴敬天把黑子向棋盘掷下，哗啦一声，清脆悦耳，笑着说，你赢了。灵问说，惭愧，承蒙前辈相让。他看得出，吴敬天是位不世出的极品高手，看得出他也是在全力拼杀，并未丝毫相让。然而，令他百思不得其解的是双方居然都未能胜出。吴敬天对茶客们说道，我输了，从今往后，铁岭再也没有吴敬天了，诸位还是听这位官人的话，快快散去，保命要紧。茶客们唉声叹气，悻悻离去了，房间里只剩下了吴敬天和灵问两人。灵问说，连日来多谢您暗中相助，晚辈无以为报。吴敬天说，你果真要报答我吗？果真，灵问答道。吴敬天说，那好，我把破解这个棋局的那句上古歌谣告诉你，供你参研，你答应了，你我就算两清了。灵问说，您又在开玩笑，这哪里是报答，另外，我这个人生性顽固，也好强，我渴望破了这个《双鱼棋局》，但我决不允许自己假他人之手。现在彻底消灭鼠疫最为要紧，等有了时间，我一定再向您讨教。我建议您还是留在这里，否则我的良心过意不去。吴敬天说，人生和世界就如这棋局，哪有什么赢家，几度夕阳红，棋局依旧在，但下过这盘棋的那些人如今都在哪里？你和我将来又都在哪里？又何必如此执念呢？算了，还是那句话，恭敬不如从命，该走的时候就得走了，天下没有不散的筵席。灵问说，您打算到哪里去？吴敬天这时已经收拾了棋盘和棋子，按既定的次序里三层外三层打上包裹，重新背在背上，用绳子在腰间牢牢地捆了三道。他拱手告别说，八荒之人，四海为家。灵问起身恭送，问道，将来在哪儿能找到您？吴敬天头也不回，和服包冲着灵问答道，年轻人，相逢何必深相知，有缘定会再相见。

灵问在铁岭的时候，正是烟火村防疫的艰巨时期，已有几十个村民感染了鼠疫，加上从哈尔滨、长春等地路过的难民日渐增多，他们把疫区中心描述得如末日一般，眼看大难临头，烟火人决定逃进关内。

“烟火是一块宝地，我担保大家肯定会没事的。”孙继祖指着骆驼山说，“咱们的老祖宗始终保佑着咱们，从来没有食言过。”为了赢得他们，孙继祖违心地将烟火的祖先认作了自己的祖先，第一次使用了“咱们的老祖宗”这种共情的说法。

烟火人一直相信自己的老祖宗，但从未亲眼见识过老祖宗是否真的神通广大，但许多年来孙继祖却救过很多人的命。他们犹豫了。

“上帝有好生之德，”梁先生说，“有本说书人在此，你们莫要惊惶，我敢担保，大家是绝不会有事的。”

梁先生一直自称是一个新派的说书人，但与吴敬天只讲《仓颉传》不同，他只讲他师父的故事，只给那些日夜受苦的人讲授一点儿关于苦难的知识。梁先生与孙继祖年龄相当，一身全真派道家的打扮，脸上布满单纯的笑意，一度赢得了烟火人的好感。虽然人们对他的上帝并不感兴趣，但他们考虑梁先生既然有能力设计出令人反感的讲堂，那么说不定他可能具有以毒攻毒的本领。

赵福因为感念梁先生对自己儿子有救命之恩，也带头站出来响应，“乡亲们，我老赵家全家就是死，也要死在烟火”。

他们没讲家国情怀的大道理，好像一旦讲出来，就变成了假话一样，他们仅仅以各自的信仰、坚守和陪伴向乡亲们承诺。烟火人最终决定留下来守望相助。在整个关外，数烟火村疫情控制得最好，堪称成功的典范。不过最终因医治无效，感染者中还是死了十几人。这些死难者的家属拒绝将尸体火化，甚至和保甲发生了冲突。保甲扬言要抓他们治罪，家属们仍然不同意。不幸的是，孙继祖因那些未经火化的尸体感染了。

那天早上，一只乌鸦从村口石桥的上空飞过，二弟莫问和师弟雨霖远远地看见了兄长，便呜呜大哭起来，压抑了许久的悲伤像喷泉一样夺眶而出。灵问的眼睛湿润了，他知道情势不允许他懦弱，他咽下一口吐沫，把泪水顶了回去，握着他们的手，安慰说：“都别哭了，现在还不是哭的时候。”

乡亲们围在地窖的入口，孙继祖的感染为他们带来的不仅仅是伤痛，还有无法言说的恐惧。灵问坚持要到下面去，梁先生劝他说：“孩子，你们父子有什么话要说，我来替你们传达好了。”莫问告诉哥哥：“哥，这些天都是梁先生亲自照顾咱爹，他怕我们被传染了。”灵问见梁先生眼圈发青，心里感动说：“真是难为您了，不过，您不用担心，要是鼠疫能传染我，我早就被传染了，何以活到今日，从医学上讲，我可能是属于天生有抗体的那一类。”梁先生说：“医学方面我是门外汉，但是天佑义人，这个我还懂。”

孙继祖躺在一块门板临时搭建的床上，灵问喊了一声“爹……”哽咽得再也说不出话来。那时的孙继祖还有些气力，缓缓睁开了眼睛，借着昏暗的光线，见儿子双颊瘦削，却成熟了许多。他伸出手，举在半空，迟疑片刻后又缩了回去，露出了欣慰的笑容，但脸部的肌肉显得有些僵硬。“是灵问啊……”孙继祖咳嗽了一阵。“爹，是我……我是灵问……”他的心和胃像两条绳子紧紧拧在了一起，越拧越紧。“你怎么回来了？”孙继祖气息顺畅了一些问道。“是梁先生派人给我送的信。”灵问原以为这是父亲的意思。孙继祖责备儿子不该下来，虽然他听见了他和梁先生的对话。灵问强作欢颜说：“爹，我真的有抗体，百毒不侵。”孙继祖无奈，挑重点给儿子介绍了烟火的抗疫成果。

孙继祖主动将自己隔离在菜窖的当日傍晚，他迷迷糊糊，正在思索治疗鼠疫的良药，像做梦，又不是做梦。他见墙上有一男一女，搂抱着跳舞，先是纠结在一起的人头蛇身，之后完全变成了两条青蛇，卧在地上交尾。行乐之后，他们又恢复了人头蛇身。孙继祖深知关于烟火祖先的传说，立刻意识到是祖先显灵了，而在这种情况下为他显灵，一定是有重要的事情要告诉他。他挣扎着坐起来，跪在地上磕头，向两位先人询问治病的良药。两人和蔼地回望了他一眼，随即变成两缕青烟，而他们的回答犹自在空中回荡：“骆驼山上的古井之泉！”他想通之后，派莫问和雨霖请来了梁先生，叮嘱他告诉感染鼠疫的病人，烟火的老祖宗显灵了，启示了古井的泉水不仅能治疗各种皮肤病，也能治好鼠疫。梁先生依计划而行，结果其中三人已经痊愈。

孙继祖讲累了，就歇一会儿，这次歇息的时间足有半个时辰，他攒足了气力，提高声音说道：“乡亲们，必须配合火化，我愿意做第一人……”他以为声音很大，实际上那个音量刚好能够传到地窖的入口之上，乡亲们也刚好能听得真切。疫情面前，医护人员为尽天职，牺牲在所难免，孙继祖做出的这个举动，却让儿子和乡亲们更加刮目相看。灵问劝父亲多休息一会儿，免得说多了咳嗽，等养足了精神爷儿俩再聊。大约过了一个时辰，正午的阳光从入口处射在了地面上，菜窖里顿时明亮了许多。孙灵问也打了一会儿盹，当醒来时，他感觉这短暂的睡眠仿佛使他错过了人生中所有重大的变故。他心中一惊，急忙呼喊父亲，孙继祖没有回答。他摇着父亲的手，又喊了几声，他仍然没有回答，只见父亲的眼角滚下了一滴泪，同时他感觉到父亲的手用力握了一握他的手，随即那只手像骨头被抽出了一般瘫软了下来。

父亲走了，他的人生像一部医书那样平静地合上了。灵问在心里告诫自己，他是顶梁柱、是主心骨，他的心却痉挛般疼痛，脸上也忍不住表现出了某种无奈。

经过一年的努力，鼠疫终于被控制住了。灵问和伍连德预测鼠疫可能还会再次暴发，他们拒绝留在京城做官，打算在东北建立完善的防疫网。

师弟雨霖在那时加入了灵问的工作，在师弟向他讲述一个梦境之前，雨霖协助他采集了大量的资料。

叁章　梦中之梦

三

雨霖和莫问同年同月同日生，一同在孙继祖的精心呵护下长大。他们两家祖辈上是世交，雨霖满岁抓周时，小手越过了果木、食物、笔砚、算盘、秤等一百多件物什，将一本《本草纲目》摁住了。孙继祖看在眼里，认定这孩子又是一个孙灵问。择了吉日，两家摆上酒宴，在村里长辈的主持下，举行了正式的拜师仪式。雨霖的生辰八字里多土，少木，缺水，师父为他改成了现在的名字。

还是懵懂的孩童时，雨霖和莫问听了《桃园三结义》的天津大鼓，不禁热泪盈眶，一股豪情驱使他们背着大人偷偷跑到了骆驼山的山顶，效仿十六位乃至更多的古人结成八拜之交。雨霖比莫问小两个时辰，从此对莫问不再直呼姓名，而以兄长相称。

下山的路上，走在后面的二弟问道："大哥，媳妇也能共享吗？"

"只要是大哥的，"莫问回过头，拍着胸脯说，"无论你要什么，大哥都给！"

到了入学的年龄，他们一起上私塾。不上学的时候，他们一起出入讲堂，投身于破坏活动，使里面本就残缺的桌椅变得更加残缺，抑或饶有兴致地装作听懂了梁先生讲解的寓言故事，一度相信它们在地球上曾真实发生过。他们最爱听梁先生坐在古井旁的二胡独奏。古井的周围遍布荆棘，野枣树丛生，梁先生像调音似的拨弄胡弦，曲调未成之先便充满了柔情，然后他轻声吟唱，仿佛窃窃私语，一会儿稍稍提高，如父亲的臂膀，一会儿压低声音，如母亲的叮咛，在微弱的高低衔接中重复着一个他们根本听不懂的词。只有一个音调的琴音像时间一样单调，如泣如诉的吟唱制造的微小变化仿如人的思绪不被察觉。一只只山雀飞来，有的落在枝头，有的在上空盘旋。一个中年人，一口古井，一把二胡——单调的组合衬托着毫无变化的琴音单调得似乎没有终了。虽然他们听不懂，但他们希望吟唱和琴音像无私的母爱一样永远存在下去。

最不可思议的事情发生在孙继祖梦到烟火祖先的那个傍晚，雨霖和莫问去请梁先生。那时大雪垂落，没一丝一毫的风。当两个孩子行近古井时，方才发现一只白狼静静地蹲在井旁。由于遍地白雪覆盖，若非少年人的眼睛贼，几乎分辨不出。两只蓝幽幽的眼睛试探着向两个少年逼近。

梁先生听到了他们的呼救，急忙跑出了院子，挡在他们身前，安慰他们："不要怕。"之后他们再次听见了那首熟悉的曲子，单调的韵律像清澈的山泉从眼前缓缓流淌，他们的脉搏渐渐平缓下来。与此同时，那只白狼蹑脚向后退去，然后转身，径直向山顶逃走了。

雨霖和莫问的八拜之交在直面白狼的患难中经受了考验，他们更加确信这段深厚的友情必将地老天荒。两人形影不离，几乎夜夜抵足而眠，毫无保留地分享少年的惆怅，分享青春的躁动，直到莫问娶妻成家。

一九一一年，玉米定浆的时候，孙灵问回到了烟火。因为父亲过世，他这个长子理所当然成了一家之主。母亲在他十五岁时撒手人寰，在日本留学五年后没等踏入家门半步，便应征奔赴了抗疫前线，自上次见父亲最后一面，在家中的短暂逗留并没有如其所愿找回少年时熟悉的感觉。原本似乎耗费两个时辰才能走遍各个角落的全村最宽敞的宅院猝然间变得促狭起来，原本宽阔凶险的六星河，如今在他看来不过是一条温顺的小河沟。还有那座曾经高耸的骆驼山，当年站在某一点，某一时刻，只能看见局部的一面，如今仿佛能在同一时刻看见上下左右东西南北各面的全部。因为人一旦掌握了某种宇宙法则，时间就变成了可供自由驱使的意志。灵问经历了与鼠疫的残酷斗争，他更加确信，人并不比宇宙渺小，而敬畏则是征服的开端。

午夜时分，他独自站在庭院的中央，房檐的滴露声，邻居家大婶的鼾声，鸽子调情的咕哝声，老鼠吱吱的磨牙声，青蛇爬过草丛的沙沙声，山泉里蝌蚪离开母亲远游的哭声，自己匀净的脉搏声，也包括世间此前他未曾觉察的所有细微的喧嚣，全都冲破意识的闸门，革新着他陈旧的记忆。当他让自己的追求变得单纯，宇宙的法则也变得单纯了，一切既陌生又透彻。

按照恩师的分工，自烟火以东到铁岭以西是归他管辖的区域。他带着雨霖在辖区内确定民间防疫的负责人，建立疫情观测站。他要求各站点重点关注老鼠的异常情况，如有发现需迅速向他报告。他规定每月月底汇报一次当月的观测情况。大约用了半年的时间，布点终于完成了。

父亲孙继祖医术高超，但只会辨症配药，除了发现古井山泉尚未完全证实的药效外，终其一生他老人家也未发现或发明任何一味新药。作为药神的后人，这是莫大的遗憾，几乎辱没了药神世家的英名。抗疫过程中他们遭受了来自列强的普遍歧视，这使灵问下定决心，要用鼠疫的研究成果打破世界对中国的偏见。

然而这个乍看起来一切都不够宏伟的生他养他的烟火村，正好成就了其心无旁骛专注志向的不二选择。

在院子里，灵问按照亲手设计的图纸将父亲的诊室改造成了四间日式的建筑：一间书房，一间实验室，一间煎药室，一间起居室。莫问在入户门的上方挂上哥哥题写的牌匾“忘我堂”。为了减小灰尘对实验结果的干扰，地面一律用南山的花岗岩石板铺就，雨霖带领工人用糯米石灰浆将粗糙的青砖墙壁粉刷如镜面般锃亮。灵问通过各种渠道，弄到了在当时中国他所能弄到的最好最全的实验仪器：试管、漏斗、蒸馏瓶、过滤器、胶头滴管、烧杯、广口瓶、细口瓶、锥形瓶、蒸发皿、砂锅等简单器械。实在弄不到的玻璃器皿，就以相近的陶器或瓷器代替。此外，在靠近西面的第四间屋子里搭建了火炕作为卧室，第三间屋子里，与炕洞相连还搭了一座精致的砖炉以供煎药和冬季取暖之用。为了赢得更多的时间和减少打扰，他亲手设计了室内给水和排污系统，在卧室里安装了木制水箱和马桶。雨霖和莫问对兄长的发明惊叹不已。他将各种医典和药典分门别类地摆进师弟专门为他打制的书柜里。关于疫病或含有疫病介绍的著作，像《治鼠疫法》《鼠疫汇编》《鼠疫约编》《伤寒杂病论》《青囊书》《瘟疫论》《伯罗奔尼撒战争史》《塔西佗编年史》《战纪》《法兰克人史》《十日谈》《佩皮斯日记》《罗马帝国衰亡史》《希腊史》等应有尽有。经过两个月的紧张筹备，三间小屋俨然成了一个职业科学家真正的实验室。限于国内局势，他始终没有搞到能够用于分析水质成分的复杂精密设备。

莫问那时年龄尚小，尚无能力独立打理家业，他和药房掌柜把振兴家业的希望寄托在这位留过洋的抗疫英雄身上。他们试图让他打消不切实际的念头，把心思用在看病和卖药的经营性事务上，但最后不得不接受一个职业科学家的顽强意志。

灵问无暇安慰弟弟，也未对持有异议的其他人做出必要的解释。他在忘我堂完工的第一时间就投入到鼠疫的病理研究，彻夜不眠，因过度耗神导致目光呆滞、精神恍惚。他一连几天把自己幽闭在实验室的狭小空间里，除了吃饭和大小便，几乎把所有时间都用在了研读和鼠疫有关以及无关的大量病理书籍上——一边摘抄笔记，一边标注自己的心得。他充分运用归纳、演绎、类比、反比等各种逻辑分析的方法，从诸多相似案例和相反案例中抽取精华，以至于用四年零五个月的时间终于写出了一部论证极为充分、案例极为翔实、理论联系实际又无比高屋建瓴的鼠疫及防疫的社会学史专著。

该专著分为两大部分，共十二卷三十二章。书中内容结合宗教、政治、经济等社会形态对鼠疫的历史和现状解释得面面俱到、精细通俗。该使用专有名词时才使用专有名词，并附上浅显易懂的注释。他无论定义哪种概念，都力求使概念能反映其本身真实和具体的意义，如同上帝说要有光，便有了光那样名实相副，以期打破堕落的语言对思维方式的禁锢，同时设法兼顾唤醒人们的经验，使之成为能表示那种经验的符号。灵问试图以鉴古知今的史诗手法在宏大的篇幅里确定一种狭窄的命运，使作品和瘟疫本身脱离任何时间和秩序，让它们自在自为地创造属于自己的时间和秩序。对于这样一部既严谨、诚实、生动又富有创意的科学著作，他却谦虚地为它起了一个朴素甚至有些平庸的名字：《鼠疫新编》。

灵问原打算把该专著及其配套以资佐证的足有十米厚、上百斤重的实验记录派人送到北洋政府。但他考虑到兵荒马乱，担心路上发生什么闪失，就亲自带领雨霖将全部研究手稿押运到北京。到了北京，他不屑使用托人或行贿的中国权谋求见主管部门的领导，他认为科学的崇高不容任何哪怕再小的苟且玷污。结果几经周折，一个级别较低的穿制服的工作人员终于拨冗接见了他们。灵问的介绍才刚刚开始，就被不耐烦的制服人员打断了。

“基本情况我已经了解了，东西你们先带回去，等我请示了上峰后，会择日派人到烟火考察。”

师兄弟二人赶着马车，一路上揣摩着官员那句装腔作势的场面话，又带着全部手稿折腾回烟火。由于大小军阀把心思全都用在争权夺利上，或者因为行政模式像庄稼生长和潮汐运行那样按部就班，总之，灵问的激情在苦苦等待政府考察未果的两年后最终蜕变成厌倦。他时常想，可能不光是他们，当然也包括他自己，或许整个人类的一切行为都被七情六欲给腐化了——但他至少因为能认识到这个病症并且懂得如何去医治它而显得比别人更健康一些。不过，强烈的挫败感和清醒的认识并未使他愤世嫉俗，他仅仅在心里偶尔抱怨官僚主义的傲慢，结果却悄然滋长了忧国忧民的压抑。

灵问最终把自己无视政府的关注当作一次意志上的胜利，将精力投入到鼠疫疫苗的研究中。从一个农忙的季节到另一个农忙的季节，他把一家之主的责任全然抛诸脑后，将自己关在忘我堂里，只和那些实验器具打交道。在实验攻关的关键时期，为了集中全部精力，他甚至让师弟在屋外锁上了房门，吃喝拉撒全在里面，只允许留下一个小窗口作为递送饭菜的通道。

对于一个囚禁自己的人来讲，缓缓流动的一星河仿佛是静止的光滑镜面。一切没有开始，一切没有结束，所有的时刻都占据在同一个空间。灵问几乎达到了那种挣脱了时间枷锁的境界。一条小蛇偷偷爬进忘我堂房顶的苇棚里。他从未发觉小蛇的时刻与永恒有某种关联，然而这正是他苦苦寻觅的东西。

他沉迷于一次次中成药的提炼实验，为了检验药物的实际效果，达到精准的配比，总结时间和火候，甚至不惜像李时珍那样以身试药，结果在投入实验的第三个月就发生了一起严重的中毒事件，他先是昏迷不醒，后来终于缓过来，在挨了很长时间后，孱弱的体力才恢复如初。当掌握了大量的实验数据，对病菌的深入认知使他时而是病菌，时而是医生，仿佛对着另一个自己自言自语——实际上是两种仇敌的角色在一个灵魂里的漫长交流，一个讲它存在的使命，一个讲他消灭的信念，因为谁也说服不了谁，后来干脆变成一种光有诉说而没有倾听的谈话。正是在那段时期他染上了抽烟的习惯，叼着一尺半长的烟斗，与医学界已逝的著名幽灵不断辩论——偶尔让他怒不可遏，以至于多次出现这样的时刻：他试图砸碎某个实验器具以发泄胸中喷薄而出的怒气，但他很快又屈服于自己的理智，将那个无辜的器具轻轻放回原位。这些物件本来是没有生命的，在情感上几乎不能打动人。灵问频繁地使用它们，长期与它们生活在一起，它们不仅变得有价值，居然也能打动他了。甚至在某种意义上，他已经喜欢上了它们，仿佛它们是无骨无肉却有着生命的精灵。这种孤独脆弱的时光使他微微感觉到，它们与他构建的关系见证了他的存在，然而他也试图借此来认清自己。

那段疯狂的日子，雨霖在屋外的世界除了出诊，就是配合他寻找各种奇异草药，弟弟莫问在药房里忙得焦头烂额之余，还要不时分身到地里监督长工们播种、除草和间苗、储粮、卖粮。

雨霖连续两天将原封未动的饭菜拿回厨房，到了第三天傍晚，他发现师兄自早上到晚上一直熟睡未醒。掌灯时分，灵问悄然地走出忘我堂，步履蹒跚地来到餐厅，正在吃饭的莫问和雨霖目瞪口呆，他们很难将眼前须发及胸、乱成一团的野人与两年前从挫败中复活的那个英俊的科学家联系起来。

“我要吃饭！”

这是他说的第一句话。直到此时，两人透过熟悉的声音才敢确认这个野人是灵问兄长无疑。他狼吞虎咽地吃了两碗饭，意犹未尽地说道：“我想吃红烧肉。”莫问为哥哥亲自下厨。两个弟弟劝哥哥少吃一点，免得撑坏了肠胃。他们根据兄长的轻松表情，猜测他的研究一定是取得了可喜可贺的成果。灵问却平静地告诉他们，没有疫苗，肺鼠疫压根儿无药可防，我们能做的，只是与它和谐相处了。他接着补充说，这就是他目前的最终研究成果。两个弟弟立刻陷入了沮丧，对兄长的客观冷漠十分费解。虽然这个结论对当前来讲并不是福音，灵问解释说，但从长远来看，却不失为一个好消息，因为它毕竟是科学的。

莫问摆出一副不屑的样子。哥哥的自尊心遭受了来自亲人的严重伤害——甚于来自其他任何熟人。“除了经商务农，”灵问冲弟弟喊道，“你告诉我，你还懂什么？”多年操持家业的莫问感觉万分委屈，夺门而出后整夜未归。然而在这个委屈之前，莫问的行为却早已预定了他的人生轨迹。

事实上莫问泡在县城的松竹馆里已有些时日了。松竹馆既是一间赌场，也是一间窑子。松竹馆的一楼，供赌徒碰手气；二楼供嫖客寻欢作乐。楼里的空气混合着汗水、喘息、哀叹和窃笑的气息，一天二十四小时高速充斥着污浊和不堪。他只为怡情小赌，绝不嫖妓。莫问第一次见到她，顿时被勾走了七魂八魄。当听闻药王阁的二公子莅临赌场时，这个女人凑过来为他助战。她身材高挑丰满，肌肤光洁雪白，率真的目光所到之处，仿佛发出了友好的邀请。除了容貌之外，最吸引莫问的是她那种对立的双重气质。她时而恬静神秘，嫣然一笑，但笑容却使她显得冷漠；她时而天真直率，爆出一阵银铃般人畜无害的笑声，仿佛骆驼山上流动的泉水在整个楼里荡漾。她身着一袭白色的碎花裙，在这种地方相当罕见，因为风尘女子总喜欢用鲜艳的颜色让欢快的环境更欢快，以刺激男人荷尔蒙的迅速升高。淡淡的脂粉味道遮掩不住成熟的胸部，出卖了她心灵的狂野。这种狂野令人惶恐不安，但没有任何一个正常的男人觉得这是有悖于贤德的缺点，或是隐藏在纯洁表象下的温柔陷阱。

年轻的莫问站在她的身旁，一连输掉了几手好牌。她坚挺的胸脯有意或无意触碰了他正在低头看牌的脸。女人饱满火热的体温撩人又杀人，刹那间使莫问魂飞天外、神智迷乱。一股可以让腿软骨酥的热流遍及了全身，莫问拿牌九的手颤抖得无法继续下去。女人没再跟他发生任何肢体接触，但莫问却在未来的时刻——在广袤的苇荡里，在骆驼山的山冈上，在红海滩边，在神秘的古井里，在失眠的折磨中，整日整夜都在思念她胸部的体温，甚至在时间之外的那片空间——在那阵昏天黑地，热望将他的理智燃烧成灰烬的混沌中思念。那体温本是维持她活力的铠甲，却不着痕迹地成为捆绑他的枷锁。事实上她什么都无需做，他认为只要她站在那里，他就会疯狂地爱上她。

除了她，他不再想任何东西，几乎把天地乃至整个宇宙都忘掉了。他管不住自己的脚，天刚一擦黑，便跑去看她。但每次面对那袭白色的碎花裙，那种嫣然一笑后的冷漠，他的欲望就陷入一片洁净的沼泽，使他无计可施。他向雨霖倾吐他的渴望，并憎恨自己的笨拙。

圣贤的道德观念和古今无数的历史悲剧使雨霖意识到，这段高危的恋情不仅会招致师兄的强烈反对，也可能为莫问未来的人生埋下更大的祸根。师兄虽然留过洋，接受过思想开明的教育，但这并不影响任何人拒绝一个妓女成为自己的弟媳，因为弟媳是家庭的成员，相较狂热的爱情，性格沉稳的他也许更看重和谐的婚姻。

莫问向义弟详细讲解那袭纯洁的白裙，淡淡的脂粉味道，销魂的体温，令人无法自拔的冷漠，以至于一见到她积蓄的欲望如何瞬间消失。从小野惯了的莫问一点儿也不像雨霖那样担惊受怕，大丈夫立于世间敢爱敢恨是他的人生信条。雨霖渐渐地被他的勇气、执着和欲望传染了。他大胆地分享义兄的渴望，在梦里憧憬未知的幸福。热望的经历一旦有人分担，热望就增加了一倍。他们感觉身体的某个部位淤堵得厉害，从傍晚直到黎明。雨霖想到了自己的未婚妻。一天晚上回到家里，他向母亲提出了一个人住在偏房的要求。两个年轻人见识了生活的另一副面孔，水和阳光再也不能使他们回到单纯的快乐中了。

受到嘲讽的次日，没等那棵老杏树上的喜鹊率先闹腾，莫问就站在了实验室的窗户前，用一个真正男人的口吻向哥哥宣布：“哥，我想成家。”哥哥沉浸在对《鼠疫新编》的修订中，无心过问弟弟娶的是哪家女子，姓甚名谁。

她叫佟殊兰，满洲镶黄旗佟氏后裔。她的曾祖因为和珅案受到了牵连，被流放至宁古塔。败落的家世每况愈下，以至于到她这一代，一个柔弱的女子为了生计不得不流落红尘。老鸨看透了莫问的心思，开出了天价。莫问卖给张楚云二十垧地，加上家里原有的积蓄，凑成五千块大洋，替心爱的女子赎回了自由之身。

哥哥得知未来的弟媳并非良家女子，勿论门当户对，便试图阻止。莫问只说了一句话，就表明了他坚持一意孤行的决心：

“她已经怀了我们孙家的种，就算是一头老母猪，我也非她不娶。”

哥哥毕竟受过西式高等教育，较之常人明理。他决定为弟弟亲自操办婚事。由于殊兰与亲人失散多年，按照当地的风俗，迎娶之前她寄住在了雨霖父母那里，权当娘家。婚礼在孙家大院内隆重举行，莫问拒绝收受所有亲朋好友的任何礼物，满汉风俗结合的庆祝活动在宾客的感激中整整热闹了六天。

总算静了下来，灵问跪在父母的坟前，深切忏悔自己的失职，把弟弟的任性和出格的行为归咎于长兄对亲情的疏忽，并对整个事件的直接诱因——自己嘲讽了弟弟追悔莫及。短暂的自责过后，出于对科学的深沉眷恋，灵问再次投身于研究活动中。

转过年出了正月，莫问要去满洲里捕猎旱獭，以便挣钱买回经自己之手出卖的二十垧地。

临行之前，殊兰整整哭了一夜，但没耽搁为莫问整理行囊。为了防止路上被偷，她把大部分整钱缝在了丈夫的内裤里，仅留下小部分零用的铜圆和纸币存放于包裹，以备随时取用。她想目送丈夫走过村口的石桥，但莫问拦住了因为哭泣一宿导致身体虚弱的妻子。雨霖一直把义兄送到苇荡西侧的官道才洒泪告别。

灵问依旧不问俗事，把自己关在忘我堂里苦思冥想。按照义兄的托付，雨霖替他打理生意和家务，同时照顾嫂子和师兄。雨霖在孙家的药房里坐诊，俨然一位悬壶济世的名医。殊兰协助打理药房，就像莫问在的时候一样。她按雨霖开出的药方为病人抓药。她对这项工作十分纯熟，闭着眼睛也能找到各种药材的位置：黄连在上数第一行第一列，金银花在第一行第二列，当归在第二行第一列……称重时基本一次成形，这种仿若天赋的能力让雨霖不时赞美嫂子，一方面真心折服，一方面鼓励她专注于工作来转移对丈夫的思念，让劳碌化作忧伤的良药。

“你的病不重，”每次把药递到了病人的手上，她都要安慰人家，“吃两服药了，很快就会好的。”

若有人来为病人抓药，她便详细打听病人的康复情况，也不失时机地安慰几句。遇到年老的病人或脑袋迟钝的人，面对颠三倒四的询问，她都会耐心地一一解答。遇到有趣的人，她便和对方不失身份地开几句得体的玩笑，爆出银铃般的笑声，仿如山泉的潺潺流水在药房里荡漾。那笑声比三年前的夜晚莫问向雨霖描述的更加迷人，整个药房都洋溢着欢乐的气氛，以至于没病的人装病来这里看病，只为享受殊兰那令人愉悦的笑声。有时光顾几次方能如愿以偿，事实上偶尔听到一次的人真是不幸，因为他们当中的绝大部分人会为期盼下一次而食欲不振。雨霖则得天独厚，劳碌了一天，睡醒一觉后腰酸体乏，早上一到药房，便被嫂子当日的首次笑声治愈了。殊兰也赢得了乡邻的好感。村里的人一改对殊兰出身的偏见，羡慕孙莫问走运，感叹就算花上一万块大洋也值。

她嫁到烟火，当第一次从那间空气混浊的小酒馆门前走过，发现正在喝酒的男人们死死盯着她，总感到有些不自在。一次丈夫陪她去看海，她和码头上一个正在补网的女人无意中四目相对，她感受到了对方目光中那种由传统观念产生的带有成见的智慧。他们都不相信，她会真心喜欢上莫问，他们只相信这个女人谁也不会喜欢，而且她也不应该喜欢上任何人，她应该和更多的男人分享她的美貌，而不是把自己只献给一个男人。

命运把殊兰投入无边的苦海，她居然未被苦海吞没，以至能透过每一滴海水洞见生存的知识，并运用内省的方法将知识转化为自己的素质。

她利用这种素质，很快就理解了烟火和烟火的人民。她努力适应新的生活秩序，让自己表面上看起来是和他们一样的人。她跟他们聊大海，聊苇荡，聊红海滩，聊骆驼山，聊六星河，聊盐滩，聊女红……她和他们一起分享痛苦，一起分享希望。她变得跟他们一样关心庄稼的收成，关心每日的渔获，关心南北二屯街坊邻里的新闻，跟他们一样一顿不吃小咸鱼就食不下咽。她坚守烟火约定俗成的女人不上船的规矩，她深信不疑关于骆驼山的神奇传说。她积极参与每年腊月漏粉晾粉的古老习俗，向邻居大婶虚心请教后亲自动手制作和冻藏黄豆包。不仅如此，殊兰在药房里忙碌，接受病人的同时也接受了他们的家人。不久，当她走在街道和码头，她感觉每一步都走在了古老踏实的土地。她刻意改变自己的过去，最终接受了整个烟火，接受了烟火人的每一次欢笑、每一次眼泪。烟火最终也接受了她。

烟火的渔民在海边摆上祭坛、香案、猪头，为出海举行了盛大的祭奠仪式，看完热闹回到家里，殊兰发觉自己怀孕了。她推算孩子应该是在腊月漏粉时怀上的。一想起丈夫那句欺骗哥哥的谎话，一股暖意便袭上了心头，这时她不禁嫣然而笑，在镜子里看见自己那张冷漠迷人的脸，好像陶醉似的发愣。但现在让她伤心的是，莫问在遥远的中俄边境无法知道这个消息。她盼着他快些回来，共同分享爱情之果绽放的喜悦。或许一天比一天鼓起来的肚子预示了莫问能赶在孩子出生前到家。雨霖发现了这个秘密，劝嫂子待在家里休养保胎。雨霖的妻子干完了家务后就去陪她。

大约在预产期的前一天，她们刚吃过午饭，殊兰突然感到一种遍及全身的疼痛。这种陌生的痛感产生的惊惶像无边的黑暗笼罩了她。阵痛反复出现，一阵比一阵剧烈。两个女人意识到孩子要出生了。一只壁虎在房梁上爬一步，停一步，似乎暗示了某种不祥的征兆。

当接生婆赶到时，痛感的强大力量搅浑了殊兰的意识，连贯的思绪分崩离析，犹如狂风过后凌乱的芦苇，压迫整个沼泽狼藉不堪。她感觉自己的身体飘到半空，与房间里的空气浑然一体，没有形状没有重量，只见接生婆和弟妹的嘴疯狂张合，她们夸张的动作和焦急的神情彼此冲突。各种希望迎合了肉体的需求如期而至。而她最渴望的，乃是丈夫莫问能够站在身边，哪怕是焦急地站在屋外——只有自己信靠的男人才能让疼痛和恐惧一并从紧绷的躯体中释放出来。一阵前所未有的几乎撕裂光明的巨大痛感过后，殊兰滑入了一片混沌的深渊。

她醒来时，没在身旁看见自己的孩子。雨霖不愿徒增她的痛苦，在她醒来之前早打发人将那个生下来就不再呼吸的男婴埋在了一星河的北岸。她声嘶力竭地捶打雨霖的后背，哭喊着骂他是什么狗屁神医的高徒，连义兄的骨血都保不住。事实上是雨霖在危难时刻的一个果敢决定挽救了她的性命。后来她情绪平稳下来，为自己的冲动后悔不迭。

时间让一切恢复如初，却悄悄地来到了一九二〇年。在殊兰的痴痴等待中，莫问杳无音信。她偶尔走到村口，试图让晚上的梦境成真。但凡梦到丈夫，她就坚信只要自己主动将梦中的情景一一付诸实践，便可以在村口遇见那个日思夜想的惊喜。有一次，等了约莫两个时辰了，她决定再往远处走走，以便通过超额的诚意赢得老天的眷顾。她离村子越来越远，走着走着，走过了整座芦苇荡，等发觉时已经快到了县城，便索性不再回头。

到了晚上，雨霖派人去给嫂子送米，从伙计的口中得知，殊兰失踪了。他撂下手中的医书，带着妻子和几个伙计，沿着官道四处追寻殊兰的踪迹。灵问没有跟着去，他认为不出一个时辰，他们就会找到她。

天已经漆黑一片，浓云密布，路上见不到一个行人，雨霖只听见阴森的鹤鸣从苇荡的上方跃出，眼前一片迷茫。

凌晨两点过后，几路人马纷纷回到药房复命，都摇头叹气。这样大海捞针地寻人注定于事无补——除了等待，实在没有其他更好的选择。此后的几十个小时，直到奇迹出现，深陷沮丧的雨霖再没得到过一丝安宁。

殊兰在失踪三天后的早晨突然出现在药房里。这个奇迹几乎使雨霖误以为自己走错了地方——虽然在胜过三秋的三天里，他时刻向老天求告，甚至许诺不惜折寿或用自己的生命来换取殊兰的平安归来。殊兰为自己的不辞而别向众人道歉，但更多地展现了婴儿般的无辜表情，反倒使雨霖为自己的虚惊而深深惭愧，到嘴边的嗔怨随即化作了一股柔情。之后，她异常紧张地告诉大家一个使人震惊的消息：鼠疫又来了。

这三天里，殊兰住在一个已经从良的姐妹家里，借互诉衷肠排遣内心的郁闷。这位姐妹丈夫的弟弟刚从满洲里回来。她没有得到她一心想要的关于莫问的任何消息，而听说那里刚刚暴发了鼠疫，所以这个弟弟才逃了回来。据说那里的人都在谈论鼠疫，已经死了几十个人。

莫问至今未归，又没捎来一句口信，使人很难不联想到那几十具不明身份的尸体。殊兰越想越担心，险些晕倒，还好雨霖及时扶住了她。身边的人自认为比殊兰更坚强，他们纷纷好言宽慰，虽然都不十分真正相信自己的话。灵问告诉弟妹，估计现在的疫区已经封锁了，莫问极有可能被困在了里面。接下来的日子，殊兰不断地对自己的耳朵重复这句话，最后连她的心也从中获得了安慰。

灵问命人送信到各处的观测站，要求提前做好防疫工作，但切忌引起民众的恐慌。雨霖每天在村里巡查可疑的情况，也特别注意问诊者中是否存在异常的症状。

任何瘟疫都和战争一样，制造灾难时，也制造混乱。烟火人开始三五成群地聚在一起，除了鼠疫再也不谈论其他话题。殊兰坐在药房里，听见人们议论：

“这次会比上次大吗？”

“听说县城里已经有人开始向关内搬家了。”

庆幸的是，烟火村因为有抗疫英雄坐镇，人心终究稳住了。后来，她又听见大家交换对疫情的看法：

“满洲里情况怎么样了？是好转，还是更严重了？”

“反正到现在没发现一个逃出来的流民。”另一个回答。

“封锁能在白露前结束。”大皇姑自信地说道，走出了药房。

当天夜里，殊兰一宿未眠。大皇姑绝不会算错。她是本村最神通广大的萨满，虽然年纪不大，但有未卜先知的能力。

于是，殊兰从次日起便开始为迎接丈夫着手准备。她请长工们的妻子帮忙缝制新的棉被，到裁缝店按照在莫问旧衣服尺寸基础上再加大一定的尺码为丈夫做两件新衣服。离家时，莫问十八岁，她确信这匹尚未发育完全的小马驹回来时应该是一匹高头大马了。每顿吃饭，她多摆一副碗筷留给丈夫，往他的空碗里夹菜，晚上睡觉总要挨在自己的枕旁放上莫问喜欢的高粱枕芯的枕头，手搭在上面像猫一样睡去。她企图再次利用先决的行动唤醒老天的怜悯，她确信莫问指不定会在某个时刻突然出现，甚至连拥抱欢迎的方式都预先想好了。

她就这样一个时刻、一个时刻地等待。从立春、雨水、惊蛰、春分、清明、谷雨、立夏、小满、芒种、夏至、小暑、大暑、立秋、处暑直到白露，等待了时间爬过整整十五个节气，但是封城没有结束，更没任何征兆默示丈夫即将在虔诚的祈求中归来。

雨霖利用没有病患的间隙，为嫂子讲解《素问》和《灵枢》两部医书，并结合历代名医的趣闻逸事哄她开心。时间和等待是医治忧虑的神奇药方，它使殊兰接受了残酷的现实。快乐不再是秘密——她开始在药材上，在墙壁上，在盛药的抽屉里，在一切可见可闻的事物上感受到了它的存在。

雨霖的风趣时常使她笑得流出眼泪，她用手擦眼睛，有一次不慎将药材的粉末揉进了里面。雨霖鼓起嘴，吹风，还是不管事，她示意他用舌头帮她舔出来。

雨霖愣在了那里……殊兰轻拍了一下他的肩膀，他方才缓过神来。他提议回家喊自己的媳妇来帮忙。“你是一个医生，我现在只是个病人。”殊兰嗔怪道，“你怎么婆婆妈妈的，等弟妹来了，我就成算命的瞎子了！”

迟疑片刻，雨霖随后小心翼翼地照做了。他牲口似的粗壮喘息使殊兰的脸泛起了红润。然而真正的情感解放，意志屈从，却产生于仿如电击的那一刻——当雨霖的舌尖碰到殊兰的睫毛，一股熟悉的震颤发起于柔软的舌尖，流经后脑，由脊椎直射到脚后跟。那种感觉反复袭来，以至于雨霖夜不能寐，在浑浑噩噩中辗转挣扎——

那是一双无比柔软的手，在女人最脆弱的时期，曾在他坚实的后背上尽情地蹂躏，仿佛毫无杂质的圣物急于获得某个神灵的青睐，那种令人迷失的魔力使雨霖生出将它们据为已有的邪恶念头。那双手几乎融化了世间万物，包罗日月星辰，包罗一切有形的对立和一切无形的纠结。那也是雨霖今生体验到的除柔软和白皙之外最纤细的一双手，仿如溅在他背上的两挂瀑布。渐渐地，那双舞动的手化作两条蛇。他们在一星河的河面上缓缓升起，先是探出头，是人形的头；而后露出了胸部，显见是一男一女，男人肌肉发达，女人乳房丰满，最终蛇形的腰和尾巴完全跃出了水面。在清脆的月光下，他们跳着古老的性感舞步，徐徐地向附近的石桥移动。最终，他们卧在石桥上，拧作了一团，明朗的夜空为他们搭建了婚房。

雨霖在梦中着迷，缓缓睡去，进入了另一个梦境。他梦见拉着妻子的手走进了河北岸的杨树林，没有月光，一层漆黑压着另一层漆黑，他看不清她的脸，只是恍惚中觉得这个女人是自己的妻子。在林子的深处，他们各自褪去外衣和内衣，黑暗并没使他们迷失方向，依靠仿佛具有自我意识的那双手，试探着摸到它们熟悉的位置。然而急促的喘息中接触到纤长的手指和那双不失儒雅的大脚，他为之一怔。这种并非妻子的体貌特征使他脑海中浮现出殊兰的面容。淡淡的脂粉味道瞬间抚平了他自两年前起一直深藏在内心的隐秘惊惧。他意识到自己正在做一件很久以来不敢做却时刻都想做的事。于是两个躯体像两条蛇一样缠在了一处，灵与肉完全合一，软禁已久的欲望在大脑的一股震颤后最终获得了自由。

次日一早，雨霖背着妻子狠狠扇了自己三个耳光。妻子发现了他脸上的淤青，他早想好了借口——以晚上睡觉时被鬼掐了为由，轻松掩饰了过去。妻子信以为真。白天，他在药房里极力躲闪着殊兰的眼睛。殊兰却像其他的所有女人一样：想起礼仪和规矩时就表现出冷漠，一旦欲望被唤醒，情感里预留的母爱就转化为情爱的热土。她却装作什么都没有发生过一样，整个白天无时无刻不在寻找各种机会，甚至制造各种机会，来捕捉他游离的眼神。他们各自以不同的表达方式企图掩盖一个双方都心照不宣的真相：从昨天中午起，那种无法抗拒的心灵共振，已经将他们的命运打成了一片。

挨到了傍晚，雨霖没有直接回家，他来到古井旁，在那里无助地徘徊。他强迫自己回忆和莫问遇见白狼的情景：在梁先生未出现之前，大哥首先挡在了他的前面，并将握紧他的手握得更紧。但是那双柔软纤长的手，那双儒雅的大脚却像幽灵一样死死占据着他的瞳孔。还有银铃般的笑声，如一颗颗子弹持续袭击他的耳膜。它们仿佛一伙悍匪一次次把他的意识劫持到那个可怕的梦境山寨。

他说最近有些心烦意乱，请梁先生为他弹奏那支单调的曲子。雨霖看见的景象，起初是春风披上薄薄的轻纱，远近的积雪渐渐融化，骆驼山褪下了白色的斗篷，蜜蜂落在枣树的枝头化作了果实的雏形，他和莫问跪在骆驼山的山顶上堆土为炉，插草为香，下山时义兄拍着胸脯向自己慷慨承诺。后来，白狼突然出现在一片远古的荒野，那荒野显得极其苍老，除了白狼空无一物，冰冷空旷的孤寂饱含敌意。他从两个蓝幽幽的光点中，看见那两条蛇缠绵起浮，并徐徐地向自己一步一步逼近……

琴声停了下来，雨霖没能得到满意的答案。又是傍晚的时候，他拖着憔悴的身体再次来到了古井旁，再次邀请梁先生为他吟唱那首单调的二胡独奏曲。但是他依旧不能释怀。再后来，他又来过三次，又听了三次，那个梦境在琴声中又重复了三次。不仅如此，画面一次比一次更清晰，更强烈，更可怕——那只满载贪欲的母狼，欲望已然彻底觉醒，誓要捕到某个性命方休……

第五次的琴声吃力地向前推进，在雨霖惊惧的梦呓下突然中断了。他被满身大汗浸透。他告诉梁先生，他被白狼一口吞掉了。梁先生安慰他，不要怕，那不过是幻觉罢了。雨霖平静下来，一口气问了梁先生三个问题：先生，这首曲子叫什么名字？为什么只有一句歌词，一个音调？那个歌词是什么意思？

“孩子，如果你告诉我发生了什么，”梁先生说，“那么我也告诉你我所知道的。”

雨霖深知梁先生的性格，如果他不想说，就算刀架在了脖子上，他也不会吭一声。

“不过，劝告总不会显得多余，”梁先生笑着说，“关键是我们两个人不用交换，不是一种交易。”

梁先生问他，孩子，你还记得我曾讲过的那个关于约瑟的故事吗？雨霖回答，记得。那么，大卫的故事呢？他说，记得，记得清清楚楚，就像在眼前一样。说完他沉默不语。月上山冈时，向大地投下了冷漠的光，好像要开始一场无情的审判。雨霖向梁先生深深地鞠了一躬，道了声“珍重”，垂着头向山下走去。

雨霖认为梁先生的那支曲子充满了邪气，与其借助一个不知何意的歌词来左右自己的命运，倒不如让自己的心来做主会更好。

那天药房打烊了，殊兰请他帮忙到家里去捉老鼠，有一只会藏猫的小家伙搅扰得她心神不宁，不能入睡。

乌鸦和喜鹊在忘我堂对面的那棵杏树上为争夺地盘叫个不停，凌晨才入睡的灵问被吵醒了。他发现师弟正站在窗前。雨霖拒绝了师兄的邀请，就那样在晨光里站着。他告诉师兄，最近自己三番五次地梦见师父在地窖里见过的情景，梦到了成仙得道的老祖宗。末了他说，最近他要出去一段时间，采买些名贵的草药回来，望师兄自己多保重身体。

雨霖一改往日的随性，第一次采用如此拘谨的告别仪式，加上莫名其妙地讲述了那个梦境，让灵问摸不着头脑。

三

据我母亲回忆，当鼠疫卷土重来的时候，她的父亲确实在一个离奇的梦中惊醒了，自此神情恍惚、坐卧不宁。这个梦境使他终其一生对她和姐姐未尽到父亲应尽的职责。他每顿三碗的饭量瞬间减至了一碗，而且三口两口不加品味草草吃光，裤腰也随之变得松松垮垮了。此外，眼神也失去了往日的光彩，那几天再没敢正视过师兄的眼睛。他无论怎么努力，都无法集中注意力，以致在防疫工作中多次犯下低级错误。

雨霖的妻子是一位传统的小脚女人，嫁给他已近两年。从完婚那天起，她所展示的宽容大度、忠诚、责任感，以及面对逆境仍平和坚忍的控制力就赢得了整个家族的认可。她对丈夫的百般安慰和温柔地劝诫最终都消弭于虚无。因为欲望、温情和智力已然将丈夫和另一个女人捆在了一起。

孙莫问的妻子和雨霖私奔的消息像鼠疫一样在烟火村传开了。而这只是个开头。事实上他们两个人最终至死都未曾分开，合葬在一个墓穴——雨霖在第一个合法的发妻之外又娶了第二个妻子。维系他们婚姻稳定的与其说是坚不可摧的不伦恋情，倒不如说是永不缺席的共同罪过。因为他们的良心在一场睡眠后为觉醒而懊悔，在他们各自生命的期限里，这种内疚一直持续，从未停止。然而倘若负罪感存在，那么罪过就一直存在。欲望之果所铸就的亏负甚至需要几代人来偿还。因此，每当兰若拒绝故新关于订婚的提议时，不是检讨自己的固执，而是把遗憾归咎于第二次鼠疫暴发时父亲的那场梦境。

雨霖走后，由心吾的父亲为孙家管理家业。当故新再次见到这位老人时，他已经九十一岁高龄了。多年的体力劳动和简朴的饮食使老人看起来至少年轻了十几岁。由于老人务实能干，在同辈人中，无论是长工，还是地主，都敬他三分。一九一九年立夏那天，雨霖、张楚云、心吾的父亲、未在场的莫问、赵化和吕清六个年轻人跪在苇荡的南侧，结为了把兄弟。心吾的父亲行二，灵问没参加结拜，但大哥的位置留给了他。雨霖确信为莫问预留老四的位置，莫问定然赞同。雨霖为二哥送号炎忠。炎忠名叫李汉，后来李炎忠这个标志特殊身份的名号比他的名字更响亮。

雨霖和炎忠在七个弟兄中感情最笃，若有谁惹了其中一个，必然招来两个仇敌。后来雨霖做媒，将自己的妻妹嫁给了二哥。

下乡时，故新和心吾的关系甚密，常去他家做客。他家的靠山墙上挂了一幅相册，里面保存着一张他父亲炎忠和雨霖的合影照。照片里的炎忠身材高大，一米八五左右，像所有高个子人一样有点水蛇腰，仿佛由于不适应那种高度，使他们恐慌似的。站在身旁的雨霖，头顶刚到他的耳丫，中等身材，脸部棱角分明，颇讨人喜欢，坚毅的眼神显示出些许的玩世不恭。

这次在兰亦家里，故新看见了另一张雨霖的照片。那时他年纪已在三十岁上下，背景是今天沈阳柳条湖的北塔，身着一套笔挺的军装，腰里别着勃朗宁，精明干练却掩盖不住眼神里的某种忧郁。这是故新第一次见到这张照片，因为那身军装的缘故以前被藏在了柜子底下。

“挂出他的照片，”兰亦倔强地说，“不表示我不恨他了。”随即她带着几分苦涩补充说，“大前年他没了，在伊春没的，我怕忘了恨他，才把照片挂出来的。”

故新后来曾问我，你母亲还那么恨你姥爷吗？我说，和以前比好了许多，毕竟生命短暂呀，让人没有太多的时间去恨，我觉得她似乎已经习惯了用怨恨来代替思念了。

我记得我九岁那年，放学后去帮母亲收谷子。母亲的眼圈通红，似刚刚哭过了一场。我问她为什么哭。她说，你姥爷没了。说完又哽咽起来。我自出生起就没见过姥爷，他也没见过我，他和我，我们仅仅有一段时间在不同的地方使太阳照耀我们。但我见母亲哭，也情不自禁地跟着呜呜哭了起来。我也许是出于对母亲身世的感伤，或者是被至亲之人的情绪所感染。她看我哭得激情四射，比她还凶，倒像是我死了父亲，担心野风侵蚀了我幼小的身体，她便忍住悲声，提手抹了抹眼睛，对我说道：“想他干啥！你妈又没死。”

如果纠结是一种疾病，那么母亲至今宁愿带着病痛活着。也许在她看来，这个病治好治不好，从来都无关紧要。

肆章　比喻

三

故新的父母都是纯粹的知识分子，母亲做统战工作，是分管宗教事务的干部，父亲毕业于西南联大，是冯友兰先生的高徒，时任东北大学哲学系教授。还是很早的时候，父亲就背叛了学术信仰，发表了多篇论文，批判他的老师在政治上是软骨头，在学问上是新儒家，似乎他早已料到将来会发生什么而事先为自己造好了护身符。母亲暗地里信奉佛教，同时又是一个自然主义者，佛祖在她那里成了一个上了发条后任其自行机械走动的钟表。她一方面以入室弟子的视角贬低肉欲，另一方面对生理器官应得到合理的满足不吝歌颂。这两种美德集于一个现代的女知识分子之身，并非罕见。除了在某些需要的时刻，她并不想念佛祖，她确信在死后能够轮回，喝过孟婆汤之后再次步入人道，所以即便在私密的生活中，佛祖也像她身上的一块胎记被视而不见。

父亲则不然。宗教父亲全不放在心里，他似乎是个无神论者。他不相信轮回，认为但凡轮回之说都不合理：那个梦幻般的轮子无始无终地转来转去，每个现世都是前世结出的果，同时现世的果又成为下一个后世的因，但是时间若不被征服就不能决定任何东西。他更不相信永生之说，认为永生无足轻重，延长生命只是延长痛苦，不过增加死亡的次数而已；而且除了人类之外，所有的生命体都能永生，因为它们不像人有能力意识到死亡，并知道死亡是什么。人在清醒时需要这种意义，因为人是时间的囚徒。囚徒都渴望牢笼外面的世界，而那里却永远指向将来。所以，永生不过是人类野心徒劳重温的一场梦——人类无休无止地为自己的欲望编织这个镜之梦。然而人一旦从梦中醒来，便是死亡。他认为基督教、伊斯兰教，以及部分犹太教信徒相信永生学说，但历史证明他们缺乏这种坚定的信念。永生的意识在他们心中同样可怕、神秘和高深莫测，因为他们对公元三十年某个时刻的过度解读暴露出他们只相信公元三十年那个特殊的时刻，而把之前和之后的所有时间只用作对那个时刻的评价。

“不管是谁做出惊世骇俗的行为，”父亲教导故新，“若跟那个时刻重叠，都将不朽。”

但事实上，除了宗教以外，他也什么都不相信。由于怀疑一切，但并没有导致他相信一切，才使他没成为真正的唯物主义者。换个角度看，正因为父母在各自信仰上的不忠才挽救了他们的余生。从苦海的此岸到彼岸，所幸在那个动乱的年代没有使故新成为孤儿。

母亲希望儿子能有个宗教信仰，不管信什么，只要信一个就好：以防精神空虚，因无所畏惧而走上堕落的邪路。然而，设法把故新锻造成世俗人文主义者的继承人，则是父亲的毕生心愿。

就这样，他们试图将各自的追求变成他的法律，使他单纯的思想游离于两个仇敌之间，时而认为自己是前世修成的正果，时而认为自己是日月天地的兄弟。

为了求证，从六岁到十三岁，在这段尚未建立存在感的时期，他几乎读遍了家里的所有藏书。自三岁起，母亲便利用各种机会、任何可见的字迹教他识字，到六岁时，他便可以独立阅读，到九岁时，《三国演义》和《红楼梦》已经各读了两遍。而《水浒传》则令其终生憎恶。在他心里，一百单八将是一群心智尚未发育健全的婴儿，即使要么武功高强，要么足智多谋，要么能言善辩，要么大义凛然，也只不过是大宋王朝惯坏了的一伙徒有成人躯体的残缺灵魂。

除了阅读中国的经典名著，他也阅读了大量的外国禁书。他幼小的心灵固执地觉得如果不把所有的书读完，就感到内疚似的。一九四九年以后，苏联的意识形态统治了中国的人文科学领域，成了真正的老大哥，整个二十世纪五六十年代都是如此。这种特殊的不正常学术现象，形成了一种社会性的逆反心理，结果故新那位喜欢藏书的父亲就一直在悄悄地收藏这些非主流作品。当时有一种内部发行的图书——若称为图书似乎都有些高抬——后面印有“供批判”的字样，俗称黄皮书，装帧简单到只剩下书名和黄色的封面，譬如萨特的《存在与虚无》和《呕吐》，爱伦堡的《人·岁月·生活》和《解冻》，加缪的《局外人》，还有《堂吉诃德》《麦田里的守望者》《愤怒的回顾》，等等。猎奇在冒险之先，冒险激发猎奇，越是不让看就越想看，故新反倒成为那些禁书的直接受益者：它们在他身上的影响丝毫不亚于那些早已成为古代经典的中国任何一部名著。

孩子读书全凭兴趣，但没人否认兴趣之下掩盖着某种不为人知的动机。在人生的很长一段时期，他一度认为这些观点各异的书，亲眼目睹他从虚无中来，也将亲手把他送到虚无中去。

有的作品告诉他，理念比事物更可靠，有的作品告诉他事物比理念更真实。不过，方寸的纸质空间使他无需离开书房或卧室就能遨游未知的领地——探索神秘的古迹，寻访荒凉历史，并与先哲对话。以至于他首先是从书本上认识一草一木，认识芸芸众生，认识迷宫般的世界，认识无限未知的宇宙。理念抢占了认知的先机，由此催生了他的客观唯心主义。

母亲暗自高兴，因为对佛祖的理解，对黄泉的认知，只能从概念开始，因为这些偶像和幻象，直到今天人间都缺乏经验的支撑。

“难道你忘了，”父亲不以为然，坐在客厅的沙发上，瞪着透过厚厚镜片的眼睛挑衅道，“二十一岁那年，你可是对党旗宣过誓的，你发誓要终生信奉唯物主义。”

父亲确实有资格这样攻击母亲，因为他是个非党派人士。母亲也不甘示弱，自结婚以后产生了第一个分歧起，她便自觉地在任何事情上和丈夫唱反调。

故新通过这种主观上的先天矛盾获得启发，对科学实证主义产生了浓厚兴趣，他持续地创造他自己。直到一九八八年他重返烟火之后，才渐渐打碎了原有的认知模式，不再将宗教与科学对立。

这次回家，故新是要统一父母的思想。他如实地介绍了兰若，父亲听了对全世界反感地阴沉着脸。

“所有的爱情都是背叛！”他一定是想到了伊甸园里令人失望的情节，像所有遭遇儿子背叛的父亲一样怒吼道，“鬼迷心窍！城里的姑娘配不上你？你却非要娶一个比你大七岁的农村寡妇！”

而母亲则表现出反对者的一贯作风，坚决支持儿子的选择。她说她有一种预感，这个未来的儿媳妇不但美得惊心动魄，甚至令人恐惧，而且会对儿子相当体贴，对公婆相当孝顺。用眼睛的余光看着气呼呼的父亲，她一连用了七个恰如其分的形容词，丝毫不顾忌它们组合在一起可能产生的语病，大赞儿子遗传了她的眼光。然而作为儿子，故新希望父母两人有一天不再较劲，若因为自己人生大事的一次决定，反而使他们一辈子无法和解，会让自己终生内疚。

故新几乎决定要违抗父命，但到了第三天晚上，搞不清母亲用了什么魔法，父亲终于让步了。后来他从家里猝然变得和谐的氛围中得知，当时父亲提出了一个近乎苛刻的和解条件：母亲必须以他为头，大事小事都由他做主，而母亲不能像以前那样再和他唱反调。母亲终其一生信守承诺。虽然更多的是出于屈辱，而非谦卑，但总算结束了夫妻间长达二十年的纷争。

故新连夜坐火车赶回了烟火。他幻想着兰若这次能允许吻她。自他们相爱以来，他的欲望遭遇了一种无形的历史力量的强烈排斥。风吹动芦苇的声音传进了夜晚的树林，他请她闭上眼睛。当他送出的嘴唇令血液沸腾，即将到达渴望许久的目标时，两只柔软的手指横在中间，变成了一堵无情的墙，挡住了这最后的礼物。一切都遁入沮丧，又轮回到历史当中。

“长城现在都变成景点了。”故新笑着说，“我只是想凑近一点，观赏观赏。”

“那就先让你握握长城吧。”兰若把手递给他说，“对不起，现在真的还不是时候。”

她解释，早在有道去世时，她便决定了要为有道守孝三年，而今刚满两年多便和另一个男人，虽然是自己深爱之人，仅次于床笫之欢的亲吻让她心里也难以承受。炙热的欲望被泼了冷水，但感情一旦内敛起来，就不再是当下的肤情浅爱，故新对兰若更加敬重了。他意识到，眼前这个女人值得他用生命去爱，甚至还要加上灵魂。热恋中的男人总爱用贵重的有形信物来表达无形的忠贞，兰若并非世俗女子，但他仍许诺送给她一块符合她气质的石英宝石。因为那时他想到了一个传说：拿破仑的妻子拥有一件令人眼花缭乱的宝石藏品，它是彩虹石英制成的首饰。

二

距离春节还有两个多月时间，张乙趁故新尚未回北京之前就宰了那头三百斤重的嫩江猪。猪膘有一巴掌厚。他把全村的长辈和要好的哥们儿弟兄都请来喝猪血。莫问腿脚不好，当年走出山洞时，因体力不支摔了一跤，导致左腿小腿骨折，接上后总比右腿短了一截。老人拄着拐杖，走几步就得停下来喘口气，同时随手从裤兜里掏出一瓣大蒜，凑到鼻子上闻一闻后再一口吃掉，才能继续赶路。

掌灯时分，张乙派人把饭菜送到了莫问家里：一盘熘肝尖、一盘白菜片炒肥肠，一碗蒸猪血、一盆猪肉炖粉条，一碗红烧肉炖籽乌干豆腐，一盘排骨炖干豆角，一盘盐爆花生，一盘虾油泡盐豆。来人告诉莫问，虾油泡盐豆是他三哥张楚云特意为他点的。故新事先已经通知了张乙，今晚他要和孙二爷在一起喝两盅。

莫问见满桌的佳肴，露出了七颗雪白的芝麻牙，掩饰不住发自内心的天然兴奋。这是一位饱受命运捉弄和摧残的老人，天生的乐观主义让他的牙齿掉一颗就长出一颗。若非亲眼见证，故新很难相信这个奇迹。

“上天是公平的。”莫问说。

“除了天上的龙肉，我这辈子什么都吃过了。”唯恐故新不懂，他随即补充道，“可能是出于补偿，他就赏给了我一副好牙口。”

看似玩笑的解释，却足以看出衰老及它所预示的东西并未造成老人的焦虑。然而这绝不仅仅因为一个有意识的人从不向自己掩饰它们的可怕，考察他一生的遭遇，故新发现老人已然将命运视为一种奖赏。

莫问清晰记得，他是在一九二一年正月十六那天晌午，回到了故乡。他没先回家，而是径直找到了张楚云，用一千块大洋赎回了那二十垧地。村里人见到他仿佛见到鬼魅一样，打声招呼后便迅速躲开了。炎忠不知该如何告诉他家里发生的变故，但他明白无论换作是谁，都不得不面对这一切。

“他为什么不直接向我要？”莫问得知了真相，只说了这一句话。

当晚，呼啸的北风慷慨地为烟火送来了开春的第一场大雪。莫问第一次，也是烟火有史以来第二个人，爬进了烟火的禁地：骆驼山的狼洞。

整整失踪了七天，莫问以一种令人难以置信的信念爬到山下，在那里遇到了四处寻他的炎忠。他在狼洞里不吃不喝，整整熬了七天七夜。这段日子里，他对着那块透明的石头，把同样的一句话重复了上千遍，直到无力可说，只好下山。

他说，当他从狼洞的洞口摔下的那刻，他就顿悟了。他在狼洞里，果真见到了那块石头，小时候他不相信，遇到白狼后似信非信，当他亲眼见到那块蛇形的石头，他想不信都无法原谅自己了。在石头面前，他抱着满腔的热诚，开始向全能的老祖宗倾诉。不过，在那漫长的时间里，他没向老祖宗请求改变已经既成的事实，没抱怨命运对他如何不公，也没向老祖宗请求降下天灾人祸来惩罚那对奸夫淫妇，而是一直只重复着一句话，问同一个问题："他为什么不直接向我要？"他先是问三次，咽一口唾沫，后来渐渐地，问一次，咽一口唾沫，再到后来问一次，咽三口唾沫。

难怪吃饭时老人三口酒配一口菜，整场都按照这样一个规律性的节奏用餐——故新意识到，这是当时落下了病根。

直到第八天头上，当一只麻雀的影子从洞壁上掠过，勉强支撑的莫问发现石头里出现了两个影子，从朦胧渐渐清晰起来。那个背景是一星河，北岸的密林清晰可辨，莫问不会看错，分明是两条人头蛇身的蛇仙缠绕在一处，跳着古老的舞步，仿佛两根缠在一起的芦苇随着微风摆动，自河面缓缓升起。他看见了男人发达的胸肌，女人丰满的乳房。他开始浮想联翩，看见了一袭白色的碎花裙……

莫问不再往下讲，他用清晰的头脑总结说，他从未见过那么让人心智迷乱的舞步，就算柳下惠再生也会把持不住。最终他从幻觉中挣扎了出来，拼尽了仅有的一丝力气问道：

"他为什么不直接向我要？"

他们和蔼地回望了他一眼，随即变成了两缕青烟，而他们仿如出自一人之口的回答兀自在空气里回荡："塞翁失马，焉知非福！"

莫问很失望。他吃力地站起身，走路时条件反射似的还在继续模仿着那种舞步，导致他从洞口踩空了，直接摔落在地。他仰面朝天，不禁为自己忘记了天空竟然如此阔大而吃惊。撕心裂肺的痛感在虚弱的体质里显得微不足道，但那个痛感赋予了他活着的权利：一是唤醒了他的饥饿；二是让他宽恕了亲手为他酿就祸端的雨霖。

时隔三十七年后，雨霖举家迁回了烟火，莫问终于等来了迟到了三十七年的歉意。但往昔的深情厚谊已经不复存在，懊悔和宽恕难掩生分与隔阂。懊悔是一种刑罚，并不等于救赎。但雨霖期盼解脱，三十七年来，那种对自己的怨恨咬噬着他的良心。这种承认自己卑鄙的意愿不免使他痛苦，同时却又使他良心稍安。虽然殊兰从来不承认自己的心情很糟，看似一直很开心，却也欣然地同意了丈夫的一个决定：为了补报对义兄的亏欠，雨霖请大皇姑看了生辰八字，决定把八岁的女儿兰亦嫁给莫问的三子有道。两家请来村里的长辈公证，由炎忠做媒，这桩娃娃亲便定了下来。但兰亦性格刚烈，极有主见，从小缺乏完整的父爱，对父亲成见颇深，三岁时父亲想抱她，她都不让抱，自十五岁起便多次就婚姻一事向父亲提出强烈抗议，甚至拿着剪刀以死相逼。雨霖不愿再负义兄，无可奈何之下，劝三女儿嫁给比她小五岁的有道。兰若的性格遗传了母亲，答应了这桩为父赎罪的婚约。但有道体弱多病，一直不见好转，莫问坚决反对雨霖提出的用婚事冲喜治病的建议，更是多次提出了解除婚约的要求，以至于直到有道病故，两人终未完婚。

然而，一方面兰若不像妹妹那样性情刚烈，敢于冒险，她视对承诺的遵从为不容败坏的良心；另一方面，她坚持认为只有用自己没有任何污点的清白之身方能洗刷父亲的罪孽，否则将使他罪上加罪。

故新告诉莫问，那块蛇头形状的石头是石英，而且是大号的整块，当年下乡时，他就发现了骆驼山的西脉富含石英矿，知青常到那里捡拾拇指肚大小的晶体，拿回农场做室内的各种摆设。莫问说，他当时不管什么矿不矿的，反正为了保护那块石头不被别人发现或偷走，他和炎忠两人亲手用石头把洞口封得严严实实，并做了与石壁一样的伪装，甚至走近仔细察看，也看不出什么两样，后来青苔填补了缝隙，使洞口和整个石壁浑然一体了。

“灵问老先生是否见过那两条蛇？”故新向莫问请教。

“他听是听过很多次，但连梦都没梦到过，”莫问淡淡地说，“因为他只相信科学，信则有，不信则无。”接下来，莫问话锋一转，“就算他亲眼见到了，他也不会相信的。”

那件事发生在莫问到家后的第四个月。他的腿伤基本痊愈了，只留下了一长一短的后遗症。家里各项事务都由炎忠打理，他不便插手，免得二哥多心。人一闲下来，不免选择性地回忆过去，心里虽然原谅了雨霖，糟糕的经历却时常唤醒悲伤的记忆，心结始终无法完全化解。直到梁先生临终时，陪伴其左右的莫问才彻底明白了宽恕乃是一种交易。

在满洲里打猎的那段时期，莫问养成了吃旱獭肉的习惯，进而爱上了其他所有野味。也许出于特殊嗜好，也许出于打发沉闷的流光，也许出于转移某种情感，总之，他制作了各种捕捉老鼠的工具，布置在全村的各个角落，开始捕猎老鼠。哥哥起初以为弟弟是在协助他开展捕鼠运动，以防范未来可能的瘟疫。当弟弟上山抓野兔、进苇荡抓野鸭时，哥哥也同样表示支持。但当莫问把抓回来的老鼠剥皮，剁成小块，哥哥便开始迷惑起来，直到他把兔子肉块或者鸭肉块一同下锅，哥哥才恍然大悟。事实上，因为筹办新式学校的事务缠身，弟弟已经不止一次这样烹饪了。灵问理解弟弟的苦闷，便放纵他的所为。

持续的捕鼠活动最终变成了机械重复的生活本身，开始乏味起来。莫问决定重返满洲里。在他即将起程的那个清晨，哥哥和炎忠带着几个长工正在扒忘我堂，准备改建成新式学堂。当工人们扯下顶棚时，一条烟火人从未见过的大蛇跳了出来。那条蛇足有一米多长，脑袋比身体粗许多，咻咻地吐着芯子，狭小的瞳距使两只眼睛的怒气汇成一股摄人心魄的力量，竖起了上半身，比炎忠只矮了两头。灵问认识那个稀有物种：眼镜蛇。他吩咐大家立即后退。炎忠企图用扫帚把它赶走，大蛇反而将脑袋扬得更高，随即向后弯曲了脖子，做出发起进攻的准备动作，灵问喝令他不要硬来。这条毒蛇赖着不走，况且它想走，灵问也不想放它走。按灵问的想法是要将它整死，以防害人。而莫问、炎忠和几个长工因相信祖先是半蛇半人的蛇仙对它充满敬畏，只想赶走即可。但看如今的情势，它是想常住下来，这片安逸的热土让它心生嫉妒以至充满了眷恋。当得知咬到了即会丧命，没人再敢上前一步了。双方僵持着，呼吸在晨波中凝固了。只有久经野外冒险的莫问从肃杀的气氛中镇定下来：想起了梁先生。

梁先生赶来了，他先拣选了一块干净的空地挡在众人面前，盘腿坐下。他按照习惯的姿势，像调音似的拨弄胡弦，嘴唇翕动，发出了柔声吟唱，嗓音一会儿稍稍提高，一会儿稍稍压低，保持着亘古不变的频率，在微弱的高低衔接中重复着一个他们根本听不懂的词。琴声单调得仿佛苇荡里只剩下了一根芦苇，在茫茫苍穹下纹丝不动，又仿佛骆驼山、南山和整个烟火突然消失了，只见一缕孤烟直勾勾地立在天地之间。

那条眼镜蛇先是跃跃欲试，试图发起攻击，随着琴声在单调的节奏中令人无法察觉地徐徐推进，它终于低下了头，让肚子紧贴着地面，向入海口的方向滑去了，直到隐没在水平线以下。随着琴声戛然而止，只听砰的一声，二胡掉落在地。梁先生满身大汗，水洗般浸透了衣衫，身体虚弱得如大病初愈。

除了灵问呆呆地出神，众人随后都长嘘了一口气。当大家把赞美送给梁先生时，灵问却埋怨他放走了毒蛇。

“我没有能力除掉它。”梁先生说，“这宅子离入海口很近，我们亲眼见它已跑进了大海，相信我，它不会回来了。”

“你怎么知道它不会回来？”灵问不服气，反问道。

“我知道它不会回来了。”梁先生答道，那坚定的态度一看是源于某种特殊的教训。

莫问两次见识了二胡独奏的神秘力量，不免唤醒了强大的好奇心。他问这个曲子叫什么名字？为什么听起来那么单调，而又那么神奇？

本来尴尬的气氛因此被化解了。梁先生用赏识一个年轻人的目光看着他，做了一番较为详尽的解释。

那首曲子叫《比喻》，只有一句歌词，只有一个音符，所以听起来单调，但喜欢它的人并不觉得枯燥无味。那句歌词在汉语里的意思是比喻，因为梁先生吟唱时使用了一种方言。这种方言是贵州一支苗族的语言，因此不懂它的人听不出比喻这个汉语的意思。

至于为什么神奇——梁先生说——事实上它一点儿都不神奇——但是它的含义超越了时间的界限，经得起几乎各种各样无穷尽的描述、解释、质疑和歪曲。相信它的人，因人因时不同，可以从曲子里看到不同的异象，确切地讲是感受到，并能够从中获得同一种力量。不相信它的人，要么看不到异象，要么因人因时不同看到的异象各不相同，但无论是哪种情况，不信的人也能从中获取另一种力量。总之，任何人都能从中得到他想得到的那种力量。

“这就是音乐的魅力，”灵问说，“所以，才有了知音的典故。”

“先生，”莫问问了一个后来故新也曾向他请教的问题，“比喻究竟比喻的是什么呢？”

“只能靠你自己悟，”梁先生真诚地答道，“别无他法。”

伍章　万龙图

二

梁先生走后，炎忠带领长工收拾残局。灵问摆手，示意他们暂停手中的工作，教导他们不要大惊小怪，告诉他们音乐是一种动力，当蛇听到某种音乐后做出某种反应，并非什么灵异之事，而仅仅是一门科学。因为古今中外，驯兽师和专门训练蛇的驯蛇师无一不掌握了这种本领。在中国个别偏远或少数民族地区，这种现象更是常见。

灵问认为梁先生的解释有悖于科学常理，只不过是他用自己信以为真的东西支配了他的行为而已。在单调的曲子里，他没看到琴声对他所能勾起的任何异象。自白狼传说到白狼出现，烟火本就有狼，莫问说那天的雪很大，那么他们目之所及还有什么不是白的。灵问又想到了雨霖向他讲过的那个梦境，他意识到烟火人极端迷信的可怕。虽然在特殊时刻，迷信能激发人强烈的求生欲望，并转化为强大的免疫力，以至于得了鼠疫也能侥幸痊愈。显然宁死不喝古井之水的父亲悟出了其中的深意。同时，他也感觉到了父亲除了配合火化之外的第二点伟大之处。但是绝大部分情况下并非如此乐观，师弟雨霖便是典型的例子。他把自己的所作所为归咎于梦境的辖制，殊不知当罪恶伏在眼前时，因它恋慕他，除非依靠他自己的理性方能制伏。况且没有鼠疫疫苗，也许正如恩师所说，人类不可能放弃自讨苦吃，为了教训人类，今天是老鼠，也许有一天，老鸹也会找个人多的地方自杀。灵问此前已经想了许久，最终决定调整自己的方向，尝试把对科学观念的普及作为后半生的全部追求。

几天以后，烟火发生了一起滑稽事件，两个女萨满使他的构想变得更为宏大。

一八六六年，即清政府同治五年，烟火村来了一个二十多岁的女人。她自称是上帝的长女，道成肉身的先知。她带着十来岁的儿子，以看相算命和治疗异病为生。在灵问的记忆里，她是烟火村的第一个女萨满。村里谁家操办红白喜事，盖房子上梁，或者乔迁新居看日子，为新生儿取名，订婚看生辰八字，或者治疗医生束手无策的怪病，她几乎样样精通。她住在骆驼山的山脚下，距离梁先生家不远。这位先知自恃法力无边，从不放低身价走出家门半步，而是等着求教之人登门拜访。

不过仅有一次例外。那是灵问出生的当天上午，老萨满拜访了孙继祖先生。她说，昨天夜里看见孙家大院的上空出现一颗明亮的星星，她断定先生将喜得贵子，今日一见果不其然，那时丫鬟的怀里正抱着那个男婴。她说，她寄居烟火贵宝地已达二十多年了，承蒙先生照应，心里不胜感激，无以为报。说着，她打开包裹，拿出一把宝剑、三两白银和一部失传的华佗《青囊书》，决意要献给新生的婴儿。孙继祖受宠若惊，因礼物过于贵重而再三推辞。老萨满坚持说，她看出孩子将来能有一番大作为，宝剑留给年轻人才能派上大用场，拿着它降魔除妖，替天行道，若守着她这个棺材瓤子就是一堆废铁了，而那本医书更是物尽其用，孩子长大成人定能悬壶济世，至于三两白银权当给夫人下奶用的一份薄礼。最后实在推辞不过，孙继祖只留下了宝剑和医书。那柄宝剑剑柄内侧镌有“洪宣娇赠”四字，外侧镌有“张造”两字，全长约二尺六寸，剑身约二尺，楠竹的剑鞘，镀金的银鞘箍，剑柄和剑鞘上刻着寓意吉祥的二龙戏珠、双凤朝阳、鹤鹿同春和喜鹊登梅的精美图案。《青囊书》虽纸张熏黄，却是后人的誊抄之作。灵问五岁时，父亲把这两件宝贝摆在了他面前，问他喜欢哪一个。他说喜欢剑。父亲问他为什么。他说，有剑可以行侠仗义，斩尽天下所有的坏人。父亲告诉他，坏人是杀不绝的，反而会越杀越多。灵问眨了眨大眼睛说，如果所有的坏人只有一个脖子的话，那么一剑下去就都可以了结了。父亲摇头，哭笑不得。后来，灵问将这把剑赠给了一个朋友，果然杀了许多人。

小时候，灵问经常和伙伴们去附近的沟壑里打鸟，老萨满家掩映在一棵老槐树的浓荫里，成人一抱粗的树上足有六个喜鹊的鸟巢。一扇大门迎送访客，院内一座芦苇织就的屏风制造了无法言说的神秘，两扇明窗接收阳光。她和儿子就在这座房子里安顿了下来，直到一九二九年离开烟火，这种格局从未改变。唯一变化的是屏风——旧的坏了，换成新的。由于她看得挺准，逐渐赢得了烟火人的信任。

据说她既不设香案，也不挂任何神像，只穿上白色的麻布大褂，跪在地上，嘴里重复着没人能听得懂的相同的咒语，通过这种祷告的方式为求教之人提供他们想要的答案。极个别的时候，她会从前胸的兜子里掏出两块石头，将它们恭敬地摆在地上事先铺好的白布上，虔诚地问卜。有好奇的来访者问她为什么用石头而不用签，她毫不隐瞒，抬眼望着屋顶，双手放到胸前划着十字，而后才严肃地告诉他们这是世上仅有的两块象征着权柄的宝物，黑色的叫乌陵，白色的叫土明，是上帝赐给她这个爱女的占卜信物。灵问见过它们并无特别之处，不过是六星河里鸡蛋大小的两块普通石头，随处可见。这两种仪式主要用于小事的占卜或小病小灾的袪除。如果遇到疑难杂症之类的大事，她便采取禁食的方式获得启示。禁食的天数一到三天不等，根据所求难度的大小而定，同时也决定收费的高低。按照约定好的时间，在禁食结束的当天，她会再次接见求教者，传达神的旨意，那时她面现愁容，把脸弄得似乎忍受了极大苦痛般难看，故意叫人看出她刚刚禁食过。

在灵问的印象里，老萨满一直像忠实的儒家弟子或犹太教门徒那样，恪守着严谨规范的礼仪程序，对每一个细枝末节都要求完美，几近苛刻到如同执行神圣威严的法律一般。灵问受过她的馈赠，内心却不欢迎她，因为她的威严往往引起人们的厌恶。但是她信奉的标准能几十年一成不变，不随社会上任何新潮而转移，而让人反感恰恰证明了严谨，她的坚守和努力不免令他钦佩。

当有人向她求教医病的原理时，她倒也不吝啬，慷慨地吐露了一段神秘玄乎的道理。结果使听众更加迷惑了。老萨满是个信奉神秘主义的狂热分子，灵问曾对她的逻辑作出了总结：地上所有血肉之躯的人都由两个自己组成，真人则是在天上的另一个。当地上的人清醒时，另一个在睡觉；当淫乱时，另一个保持贞洁；当背叛时，另一个坚守忠诚；当偷盗、抢劫、杀人、做坏事时，另一个却施舍行善；当地上的生病或被鬼附身时，另一个却十分健康平安。只有在死后，地上的才和天上的那个合并在一起，不再分裂。然而地上的自己管不住自己，也帮不了自己，只能归天上的那个管辖；而所有天上的那个都归她管辖，所以她通过对天上的那个发号命令，来成全人们在地上企图得到的且同时符合她旨意的东西。

灵问从结尾这句限定语推断出了言外之意，倘若人们所求不符合她的意志，她便不会出手相助。实际上这种被拒绝的案例时有发生。老萨满离开烟火已经很多年了，而那些仍在世的见证者们至今也没能摸透符合她旨意的规律。

一九一九年雨水，大皇姑在奉天师从叔父学成后回到了家乡。她叔父的法号叫玄诚子，七岁时撇下父母随一个独眼道人云游四方，最终落脚奉天。据说能未卜先知。坊间传言张作霖及其手下一干将领如汤玉麟、孙殿臣等都是他的座上宾。名师出高徒。大皇姑回到烟火后第三天便大摆筵席，当着全村男女老少的面介绍完叔父的辉煌成就后，正式宣布了自己出道。

大皇姑那年二十三岁，长着东方女人中少见的大高个、大脚、大手、大额头、大眼睛、高鼻梁，唇珠圆润，绾着发髻，一派仙风道骨，尚未出阁。她性格泼辣，在不同场合多次扬言要嫁给一个不世出的男人。扶乩、看相、算卦、解梦、看风水、看吉日、选良辰——但凡《周易》之术无一不通。

她的抱负不是成为烟火最年轻的女萨满，不是成为烟火最负盛名的女萨满，而是要成为烟火前无古人后无来者的唯一的著名萨满。倘若人们评价她时在前面加上“女”字这个定语，她就表现出反感。面对已经站稳脚跟、已经赢得了烟火人信任的那个老萨满，她凭着年少轻狂和叔父的威名向竞争者发起了挑战。

她与那个老先知不同，法力取自于中国传统的各路神仙。她并不自诩为先知，而是谦虚地把自己形容为沟通神界和世界的桥梁。每当有求于神时，她首先要清水沐浴，梳洗打扮一番之后，才对着神仙牌坊或画像焚香叩拜，直至胡言乱语的疯癫境界。她在这种通灵的状态里，要么以太上老君等神灵的口吻训话，要么以求教者已故的亲人口吻倾诉，而那位死者她却从未见过，但声音和神态活灵活现俨然那位死者。对于疑难杂症的治疗方案，她和老萨满也不一样。大皇姑借神仙的建议，要么要求病人在指定地点或四通八达的十字路口烧一定量的纸钱并摆上供品，把魔人的鬼魂或灾星送走，要么在家中为已经成仙得道的某位精灵立上牌坊，奉为保家仙长期供养。

老萨满绝不这样做。她只问一句话：“你信不信我？”如若对方回答“我信”，在支付了费用之后，她便用充满权柄的口吻肯定地说：“你的病，因你的信好了。”在烟火出道了几十年，从来没人敢明目张胆地回答她“不信”。如果遇到没治好的病人前来讨要说法，她便沉下不耐烦的脸，义正词严地责备道：“我已经有言在先，只有你相信我，病才会好。现在看，一定是你心里并不真信。”

灵问曾听父亲讲过一个较久远的例子。烟火地处特殊的地理位置决定了小旱小灾如家常便饭年年发生，但一八九二年那场超常大旱使烟火人陷入了绝望。他们相约到老萨满家里求救，祈求她降下一场及时雨，在百般推诿后，老萨满终于点了点头，算是承揽下了这桩业务。当她禁食三天后，天上依然没出现一丝云彩，大家不免质问，老萨满辩称，这是因为全村真心相信的人没有超过十个所致。之后又过了五天，一场瓢泼大雨突袭了烟火，老萨满以一句“患难生忍耐，忍耐生老练，老练生盼望，盼望不至于羞耻”的教导，才挽回了她的声誉。

大皇姑却具有一种真诚的亲和力，对病人表现了极度的耐心，几乎有求必应，而且只收一次香火费，甚至治不好不收任何费用，直至治好为止。同时她对穷苦人也相当仁慈，经常少收或不收香火钱。起初冷落的门庭渐渐地热闹起来，她占领了烟火几乎半数的巫术市场。她离自己的目标越来越近。但是经过一年多的苦心经营之后，她发觉业绩提升的速度放缓了许多。她潜心研究村民的心理，发现人们更相信自己的祖先。于是她选在一个良辰吉日，郑重其事地在家里立起了两条人头蛇身的交尾挂像，以迎合人心。不久，这种做法起到了些许效果。但还是有很多人不买她的账，或者在求教她之后，再偷偷跑到老萨满那里取经。然而这不是她想要的最终结果。

事实上有一点她被蒙在了鼓里。自梁先生落户烟火，不间断地宣导上帝之道，已经对一部分村民产生了潜移默化的影响。这些人可能算不上真正的信徒，却模糊地相信上帝才是唯一的真神。所以出于肉体需求，当他们想占卜、看病或其他有求于神时，他们选择了那位自称上帝次女的先知。面对这种亵渎的行为，除了兢兢业业履行传道人的职责，梁先生也无计可施。冥冥之中，他的启蒙工作帮助老萨满维护了一席之地。

大皇姑极为执着、狂热，为了适应人生舞台的需要而不遗余力地塑造自己残酷的命运，让遭遇和处境最终组装了她自己。她自诩为正统，显然非正统是谁便有了明确所指。她喜欢用正统的思维和正统的手段，来彰显其正统的自信，然而并非所有的正统都表示永恒或真理。她洁身自好，内心却持续遭遇某种热望的撕咬。她自信在这个领域里独一无二，容不下其他人的存在。她试图让整个烟火臣服在她的意志之下，甚至渴望一动信念，全烟火人都将按她的意志运转。她不达目的决不罢休，坚信只要她拼命想完成一件事的时候，别人就不再是她的对手了。她立刻觉得增添了无穷的力量，随之而来的开阔视野使她清晰地认识到那个老萨满拥有一个强大的后台，而自己不过是一个桥梁而已。

一九二一年小满那天的中午，天空呈淡蓝色，几只大狗慵懒地躺在地上，时不时睁开眼，看着几只白鹭在河边悠闲地走来走去，天空偶尔掠过一片浮云，遮住了太阳，大皇姑在烟火的小酒馆里又摆起了筵席。小酒馆三百多平方米的面积不足以撑起偌大的场面，外面的空地也摆满了座椅。她把叔父为她预备的嫁妆和近两年的积蓄几乎全部投资在这次登基的盛宴上，企图通过满足人们的口腹之欲来收买他们的意志。在正式用餐之前，她站在主人座位的椅子上，对着到场的乡亲们庄严地宣布，她是真龙天子，理由是因为清朝毁于男人之手，而没有毁于慈禧太后这个女人之手，所以玉皇大帝——她强调，是中国的最高神，派他的女儿来重掌人间事务，而她就是那位女真龙天子，她才是正统。宣布时，她没有模仿历史上的任何一位开国皇帝假借托梦或异兆，而是硬生生直接宣称了自己的重大使命。

在场的所有人都认为她疯了，以至于面对满桌的美味佳肴顿时失去了食欲。抵不住诱惑的孩子刚伸出手，就被身旁的父母用筷子打了回去。她见众人如高粱秧子直挺挺地愣在那里，没有任何回应，就宣布了事先筹谋的第二步计划：她要单枪匹马独自一人进入狼洞，取下那块传说的神石，亲手当众砸碎，看她是否被白狼吃掉，如果被吃掉，证明她不是真龙天子，如果没被吃掉，证明她就是真龙天子了。

她疯了——居然妄想砸碎祖先栖身修行的神石。张楚云、赵化和炎忠听到了这个骇人的消息，赶紧去请灵问。大皇姑早就听说过本村的这位大才子、大英雄。灵问赶到时，她正金口玉言般为村民封官晋爵，挥出的手掌却顿在了半空一动不动。

大皇姑最终放弃了砸碎神石的疯狂计划。按照常人的想法，大皇姑消灭了烟火迷信的图腾，应该算是帮了灵问。而灵问却认为迷信本身破除不了迷信，甚至会滋生新的迷信。人内心里无形的东西比有形的东西更可怕，如果不是出于自愿和自觉，迷信将永远不会消失。他正是出于这种考虑，才制止了大皇姑，扩大办学的规模也因此成了必要。

冯学义的加入，为他实现这个宏大的构想提供了有力的支撑。早在一九〇二年，他与灵间便相识了。那时清政府对义和团运动由起初的利用支持转而疯狂镇压，大肆抓捕拳民为死难的外国人抵命。冯学义从天津，经河北，绕过山海关，从建昌山区潜入烟火，身负重伤，深夜来药王阁求治。年轻的灵间接待了这个被政府通缉的要犯——因为被他的为民族独立勇于献身的伟大精神所打动。灵间将冯学义藏在家里的暗室，亲自为他治疗剑伤。那段时间，他们针对政府和时局交换了意见，共同认识到，只有向西方学习方能救国救民。冯学义决定去日本留学。临别前，灵间将自己的那把宝剑赠给了他。冯学义在日本法政大学期间加入了同盟会，一九一〇年回国后开始组织革命活动。三个月前，他来到了烟火。他一直未暴露真实身份，而是以一个得力助手的形象协助灵间创办学校，以一个优秀政法教师的光辉形象在烟火兢兢业业地教书育人。灵间始终未能识破这种伪装。

炎忠不懂什么家国大义，但他认定灵间大哥是个不计较个人得失有热心肠的好人，是个念过大书、留过洋、见过大世面的新人，那么他的决定不会错。另一方面，由于自己出身贫苦，自小为地主扛活，只能蹲在私塾的窗外偷偷羡慕坐在里面的同龄人，他不希望自己的孩子也和自己一样是睁眼瞎，而希望他们像继祖神医和梁先生那样博学多识，像灵间那样学有所成而光宗耀祖。

限于自身的财力，他只能依靠多操心、多出力气来协助灵间完成这项宏伟计划。他按照灵间亲手设计的图纸预算成本，核算工期，再大胆的构思他都视为近在咫尺的可能，有条不紊地推进施工。为了节约资金，他甚至承担多个工种，一个人干多个人的活。瓦匠和木匠的技术他颇为精通，除了指挥也亲自上手。到上午十一点时，他又充当大厨为工人们做饭。到了十月底，终于上梁封顶，只差窗户和门没有安装。整个冬季也未停工，他带领木匠打制桌子、椅子、书架、实验设备等教学办公用品。村里合格的树木用光了，他们依靠高超的水性和古老的杠杆滑轮机械原理打捞出南山港的明代沉船，获取了大量的古船木，也意外收获了价值不菲的官窑瓷器。炎忠在艰苦的劳作中享受了成就感带给他的甜美，但令他最头疼的是，手艺人的挑剔与难缠像豹子身上的斑点一样亘古不变。工地上的伙食比工人们自家的饭菜要好上许多倍，挑剔和怨声仍然时有发生；如果按日工计算工价，工人们就偷懒耍滑拖延工期，如果以工作总量计算工价，他们会在中途以工作难度较大或工作量比预期增加为由提出加价，有时甚至还以罢工相要挟。为了降低造价，与这些毫无契约精神的工人博弈耗费了炎忠多半的心血。像苦役犯一样奋力劳作，像精明的商人一样讨价还价，一年时间奋战下来，炎忠魁梧的身材瘦了一大圈，使它的弧度变得更大。

与此同时，灵问为赢得更多的赞助者而奔波。张楚云出色的经营管理能力与生俱来，父亲已经把偌大的家业交给了他。烟火唯一像样的饭庄，五十垧的旱田，海盐的独家经销，这些产业经他的打理，业绩都比以前更上了一层楼，张家俨然超过了孙家，成了烟火的首富。灵问依仗长者的身份，在家里约见了他三次，说服他赞助学校，并承诺让他出任校董会的负责人。“大哥，兄弟间理应互相支持，互相帮助。”楚云每次都这样表态，但每次都以父亲不同意，请大哥容他一段时间做父亲的思想工作为托词。灵问不愿强人所难。不过他要再做一次努力——亲自到楚云家说服他的父亲。朝阳下的庭院大有苏杭园林的风范，不合时宜的建筑风格证实了首富的传言。

楚云闭着眼睛，半倚在太师椅上，妻子张氏蹲在地上，服侍他洗脚，那双脚像在福尔马林里泡过一样白嫩。“灵问大哥来了。”妻子用手拍打丈夫的小腿，提醒他。灵问那时已走近房门，楚云来不及穿鞋，光着脚下地，连跑几步迎上去，牵住了灵问的手，“大哥，有失远迎，来，快坐。”

张氏邀请灵问一起吃早饭，灵问推辞说：“弟妹，你忙你的，我跟三弟说几句话就走。”

“大哥，我猜你是夜猫子进宅，无事不来呀。”

“我想亲自和伯父谈谈。”

“大哥，兄弟间本该互相支持，”楚云面现难色，“不过……你伯父这几天得病了，实在不方便见。”

楚云再一次通过演戏显示了其本色，将沮丧的灵问恭敬地送出很远，直到几乎跨入孙家的大门方始返回。

梁先生的突然造访让深陷苦闷的灵问看到了一线曙光。那时村里的灯火全部入眠，只有孙宅的一扇窗户闪烁着微弱的亮光。灵问给客人倒了半杯浓茶，围着煤油灯，两人分宾主落座。梁先生开门见山，说他愿意出钱，而且愿意出力帮他办学。梁先生生活简朴，除了和妻子自种三亩荒地以粗茶淡饭勉强度日，并无其他固定的生活来源，但他的独子梁启在长春经营三家饭庄，收入颇丰。灵问对眼前这位老人一直怀有成见，此时此刻却瞬间充满了感激。

在学校设置的课程中，小学阶段的重点是体育、公民、社会、自然、数学和国文，在初中和高中阶段，重点是体育、数学、物理、化学、生物、国文、政法，几乎清一色是关注体魄、独立意识和科学的学科。灵问把培养学生的独立思考、质疑、探究和创新的能力摆在了第一位，贯穿了整个教育的始终，甚至在行为细节上也下足了功夫。鉴于中国传统的竖着的读写方式，边读写边点头的动作将导致唯唯诺诺的弊端，他规定横写的读写规则。这种规则使学生边读写边摇头，以便从行为上塑造质疑的科学习惯。

灵问结合具体的课程设置，介绍了新式教育的根本目的，以及教育教学的基本思路，这个长篇大论成为半年后他在开学大典上演讲的雏形。梁先生不住地点头。他首先给予了充分肯定，接着以探讨的口吻提出了自己的见解。

“靠教育打破少数人掌握的科学特权，从而实现人格上的平等和自由，”梁先生平静地说道，“这个思路很先进，西方已经走在了我们的前面，但我还是担心如果缺乏某种信仰，可能会留下隐患。”

在他的眼里，工业文明是建立在一种以技术为取向的文明，拥有极其强大的功利性和实用性。而这种容易演变为功利主义和工具主义的倾向将导致学生和周围的真实世界相互脱节，追求真理的愿望将遭受冲击。最终追求成功的极端个人主义会让人的灵魂败坏，再也没有人会为自己的行为负道德上的责任，他们会误以为赚取大量的金钱或对世俗的贡献就是“赎罪”，以至于规训自己这样做是正确的。只有当人们真正摆脱了内在奴役的时候，也就是勇于承担起自己的责任，在各个方面停止了归罪于外在力量的时候，人们才能真正摆脱外在的奴役，中华民族才能像新酒装在了新酒袋里，而不是新酒装在了旧酒袋里那样得到重生。因此，梁先生认为他跟灵问的教育目标和原则性理念不谋而合，而且十分推崇他提出的塑造独立人格、培养活力的悟空论、哪吒论。不过，他也表达了不同看法：倘若没有对佛祖的敬畏和唐僧的道德教化，一个失控的悟空恐怕会像婴儿一样绝对地以自我为中心，像坏孩子似的胡作非为。但是他同样憎恶紧箍咒的禁锢，因为用恐惧、贪心和平安的应许来管理人民，良善终将被丢进无边的黑暗，并制造出失去基本道德准则的专制者。他借用灵问关于龙的传人的看法，指出龙身上天赋了一种源于魔性的活力，这种活力充满的强烈欲望推动着科技不断向前发展，但这个跟魔鬼同质的魔性却需要有效的管控——这种管控既不能依靠外在的强制，以至于效果短暂，最终使蕴藏的潜力变成灾难性的破坏力，也不能对活力过度扼杀，以至于失去原本的创造力，导致个体和社会死水一潭。强大的生命力若被祝福，除非拔掉龙的牙齿，得到有效的管控。所以，梁先生不免担心单一的科学观固然可以塑造独立的人格，却不足以担当塑造具有强烈道德感的完美独立人格的重任。

具体来说，他希望在学校开设内化道德的宗教课程，让信仰成为孩子们日常生活不可或缺的部分，从而防止极端个人主义思想对社会的侵蚀。最后他总结说："假如我们使孩子习惯了不思考高于科学的信仰，他们将会成为世俗功利主义者，因为他们需要有某种东西为之献身。"

出于礼貌，灵问并未打断梁先生，也没摆明自己的立场以至于发生争论，而是一直静静地倾听，把其中有益的成分吸收过来化为己用，以便完善办学理念和思路。因此当中兴学校成立时，各教学阶段均增设了音乐、美术、劳动和品德的德育课程。

那天晚上，两个信仰不同的人因自觉遵守了赞美和倾听的沟通规则，都感受到了思想碰撞的愉悦。

灵问挣扎了三天，最终派炎忠给梁先生捎去了口信："您的美意我心领了，用道德约束极端个人主义对我的启发甚大。但是开设宗教课程，恕晚生不能从命。"

灵问是个聪明人。聪明人不该多问的绝不多问，不愿意相信的也一概不信。在他看来，科学是在解放基督教对人的思想束缚的文艺复兴之后才蓬勃发展起来的，道德对健全人格的塑造固然重要，但绝非宗教一途。

接下来的日子更加难熬，灵问几乎决定要缩小办学的规模。不过，意想不到的两个女人最终帮了他的大忙。

早在小满称帝那天，大皇姑第一次见到了传说中的灵问，此后心里一想到他就会引起一种糟糕的生理反应。这种反应麻痹了她称帝失败的沮丧，却辩证地滋生了暗恋的无限烦恼。前三次这种反应过后，她有些好奇，确信那失态的动作可能是刻骨铭心的真爱明证。她无法忍受失态所带来的窘迫，却渴望频繁暴发这种症状，因为不断强化的欲望渐渐消弭了内心的羞愧，使她沉迷于这种特殊反应对古老需求所引发的躁动不安。这种满足感产生了既甜蜜又苦涩的复杂感觉，那个唯一能让她降低到尘埃中的男人因此显得不再缥缈，而像是触手可及的诱人果实。她躲在房间里，好像自我逃避一般，尝试着改变自己的形象：换了一套又一套服饰，按照那个年代时髦的发型梳理一次，再拆毁一次；举棋不定之后，她又对着镜子塑造各种音容笑貌和各种顾盼的眼神；她试图从中挑选一个最佳的组合，来展现在恋人的面前。她渴望见到他，渴望向他表白，她为此设计了无数个借口，设计了无数个机会接触他，但都被自己的羞怯一一推翻。她沉迷于想象中寻求慰藉，以至于她燥热的灵魂被一股力量拉过了广袤的苇荡，在沼泽的边缘沮丧地发芽。她觉察到这种病态的反应在满足幻想的同时，也加强了相见的恐惧。她把自己关在院子里，踱来踱去，试图消磨相思的时间，以便让自己可以坦然面对，不至于激动得打嗝。但都无济于事。

当时只有刘崇文老师的姐姐雪嫣能够理解表姐的苦痛。刘老师的父亲刘尚业是烟火镇南山村人，经营着松竹馆，是当地有名的商人，母亲是烟火村人，因母亲是二姨太，他和姐姐是庶出，便一直住在烟火村的别院。在刘老师的印象里，烟火有史以来最美的两个女人：一个是他姐姐，另一个是兰若，而且两人的气质极为相似。表姐称帝那天，在场的雪嫣也是第一次见到了威名远扬的灵问。回到家里，她一反常态，寄情于没完没了地弹奏古筝。她在早上梳洗完毕后弹《凤求凰》，在用过早饭后弹《凤栖梧》，在中午午睡后弹《春江花月夜》，在傍晚掌灯后弹《雨霖铃》，而所有的曲子中都有灵问的影子：灵问在梳妆镜里自己清丽的脸蛋旁，灵问在上午无所事事的沉闷流光中，灵问在阳光高悬的正午梦境中，灵问在昏暗的煤油灯的光影中，灵问像延绵的时间流淌于脚下，灵问像生生不息的气流弥漫在头顶的天空。她试图把他埋在琴声里，却偷偷地埋进了骨头里，她越是在排解的乐曲里刻意忘掉他的形象，乐曲本身却最终变成了他。

母亲是过来人，深谙自己青春时代惯用的含蓄技巧。在母亲的不断追问下，姐姐忸怩地吐露了心声。母亲对女儿的一见钟情没表现出惊讶，因为对于那些名声在外的好男儿，当女孩第一次接触时实际上已经是第二次了。她爽快地答应了女儿，坦承她也很喜欢那个孩子，会让父亲托媒人去提亲。雪嫣建议母亲，最好先送给他一份大礼，而后再提亲，她请母亲劝父亲出资赞助灵问办学。

已经二十多天未登门的大皇姑在一个傍晚来见表妹。她想从精通音律的表妹那里找到驱除打嗝的良方。雪嫣正在弹《雨霖铃》。

“妹妹情有所托，一定是选好了意中人。”雪嫣听见了表姐的声音，才发现她正站在自己的身旁。

“姐姐竟会说笑，”雪嫣难掩内心的喜悦，“还不知人家的意思如何呢？”

“不知是哪家的公子有福气，能配上我这个如花似玉的妹妹？”

平日里姐妹俩无话不谈，今天也不例外，雪嫣把自己饱受相思的折磨毫无保留地告诉了表姐。大皇姑顿时控制不住，打起嗝来，恐被发觉，连忙解释说，方才是她想说话却一口气不顺，被呛了一下。大皇姑借口身体不舒服，匆忙回到了家里。

“一定有机会，您一定能治好我打嗝的毛病。”多日来大皇姑早晚两次跪在祖先的画像前祈求说，“您是万能的老祖宗，您一定能创造这个机会，您一定能治好我打嗝的毛病。”她重复了无数次，如此坚信不疑，终于那天傍晚，在姨母的家中，她感知到神灵应许了自己一半的祈求。但是她却陷入无限的苦恼。尽管表妹的出现看似多了一个情敌，但在她看来，与她像西洋女人的成熟相比，表妹的稚嫩还不足以征服那个潇洒的假洋鬼子。烟火人多次当面夸赞她长得大气，不像汉人，而像别有风味的沙俄女人。种种情况或许表明人们认为她具有超常的美貌，尽管并不是她所有的形象或所有人都支持这种假设。她自信无需采取其他任何措施便能轻松击败表妹。当务之急唯一要做的是抢在表妹的前头实施和表妹一样的计划。几乎使她发疯的是，在持续的祈求中，打嗝的毛病非但没有减轻，反而加重了，当想到或听到那个男人的名字时都要发作。

当晚她清晰的意识渐渐瓦解，在梦魇中支配了漫漫长夜，第一声鸡叫后她吓醒了。她感觉有无数条龙像网一样缠住了她。她环顾四周，上下左右没见一张蜘蛛网，也没见任何网状的东西，排除了日有所见引发梦境的一切可能。她凭借自己解梦的知识和经验意识到，这极有可能是老祖宗借托梦赐给她某种启示。她回顾《周易》的教导，没有任何一个形象不牵涉整个宇宙，不牵涉一连串的事实：龙网这个形象可以联系到构成它的龙，变成龙的人，龙和凤，龙生的儿女，可以看作龙的蛇，龙吐出的火，以及映出的光，提供光的日头、天空或佛祖……而老祖宗托这个梦无非想暗示她，若要治好打嗝的毛病需要她立即纠正一个错误：祖先作为两条蛇仙已经修炼成龙，以至于可以代表无数条龙的境界，而她每天顶礼膜拜的还是那两条不堪入目时刻交尾的蛇。她自责，痛恨自己有眼无珠。她想到了用什么方法来实现梦的寓意。

仓促间实在找不到比狗皮更珍贵的动物皮革，大皇姑只得在一张狗皮上画了一幅《万龙图》。画中的那条大龙由无数条龙组成，斑驳的鳞片里有不计其数大小不等的龙，看着像蛇，又好像宽大的衣衫被它们一一洞穿了，每条龙都闪耀着太阳的光线，叫人眼花缭乱，顿时生出眩晕的感觉。张扬和内敛的矛盾完美地统一在大龙的形象中，甚至用来烘托它威严的骆驼山、苇荡、红海滩、大海和码头也都是龙形构成。它炫动在烟火村的上空，沉湎于自我追逐，在一场貌似清醒实为迷乱之中咬着了自己灵动的尾巴。倘若仔细端详，实际上那是一幅烟火的鸟瞰图，里面的每一条小龙又是另一条小龙，而所有的小龙都是那条大龙——它们在不同的角度反映它的万千仪态，仿佛地球的地貌变化无穷，而产生地貌的地球却一成不变，或者仿佛历史永恒的戏剧舞台上演员不断变换而角色依然还是那个角色。整幅工笔画突出了龙头和脸部的特写。

她看着自己的杰作，似乎忘记了使人烦恼的任何东西，甚至不愿想起除了这条龙以外的任何别的东西，因为其他任何东西所带来的快感都不及它瞬间带给人的安慰。但是这种安慰并非绝对，只是短暂的绝对。

大皇姑意识到了这一点，但为了抢在表妹前头，还是敲响了孙家的大门。灵问对这个出乎意外的造访不明就里，勉强按照乡邻的礼数接待了她。她略显局促，询问了学校的进展情况，他因赢得科学仇敌的关注而兴奋地讲了起来。她却一直盯着茶杯，不敢直视灵问，也未针对办学发表任何见解。时间约莫过去了一个时辰，谈话渐渐索然无味。“这个留给你，你办学兴许能用上。”她指着桌上的包裹，说完双手捂嘴，像一支箭夺门而出。灵问打开包裹，估摸里面大约有五百块大洋，还附了一张纸条，上面用隽秀的小楷写道：以后请叫我婉盈。

大皇姑是她的别号，她的真名叫周婉盈。但从她出道那天起，她就宣布，以后的烟火再没有周婉盈了，只有大皇姑。倘若有人失口叫错，她像强迫症般可以一口气纠正人家三次或更多，时间长了，人们发觉叫她周婉盈或婉盈的确别扭。

灵问从窗户里望着大皇姑颤抖的背影渐渐远去，因她的无偿赞助心里充满了无限感激。从那一刻起，大皇姑作为女人的形象才开始正式成立了。

大皇姑边走路边打嗝，确切地说自她方才一见到日思夜想的那个人时，她几乎控制不住了。当实在无法控制时，她意识到是时候该离开了，她不想让心爱之人发觉自己的窘迫。

那段日子，大皇姑一直在观察情敌动静的焦虑不安中度过。一旦激动引起了打嗝，她就看一眼挂在墙上的万龙图。这幅万龙图已经取代了那幅双蛇交尾图，象征着烟火的祖先已经修行到了最高境界。她几乎每天都去表妹那里刺探消息。最初听说，姨夫托楚云的父亲出面，带去了一千块大洋，专程为雪嫣向灵问提亲。灵问因无法接受以无价的爱情做交易，慨然拒绝了。当她见到表妹时，表妹哭得跟泪人似的，趴在她怀里，埋怨父亲改不了商人的恶习，把一桩好事给办砸了。见此情景，一方面，大皇姑紧张的心情多少平静了一些，虽然表妹的嫁妆比她多出一倍，但相比她不是收买爱情的方法，显然低俗得多，在这一层上表妹已然处在了下风。另一方面，她对楚云和炎忠生出了些许恨意。在她拜访灵问前，她认为亲自出马难免唐突和尴尬，也试图托人把钱拿给灵问。但楚云以父亲生病为由婉言谢绝了，炎忠以人微言轻为借口，同样拒绝了。现在她转念一想，还好他们没有答应，否则真不知该如何收场。她变得宽容起来，开始同情起他们的头脑像石头一样简单。并非所有的消息都是好的。后来姨夫亲自拜访了灵问，发誓他是出于造福烟火的真心，而非当作一桩买卖，执意请求灵问收下他的心意。

事情出现了于己不利的转机，不免再次令她忐忑不安。灵问除了忙于筹备学校的事务，没对大皇姑的痴心等待做出任何回应。她也没有勇气再踏入孙家大门半步，每天早上藏在离学校大门较近的地方，一棵大柳树的后面，看灵问上工地视察，从此经过。她无数次盼望，他能喊她一声婉盈，哪怕一声周婉盈，也心满意足。她坚信前生早已注定，天上人间只有一个男子，能把她的名字喊得深情百媚，而这个男子就是孙灵问。她也深知这个称呼意味着什么。她不断地咀嚼这个称谓一旦定型了，可能预示的某种命运。表妹那边也没有新的进展。

一个傍晚，平衡的寂静突然被打破了。雪嫣告诉她，灵问答复了——当学校步入正轨满一年了，到那时他会考虑婚事，昨天父亲已经到老萨满那里为他们两人看了生辰八字。大皇姑感到四肢无力，差点儿像泥巴一样瘫倒在地。她刹那间打起嗝来，伴随着一股凉气直达心底。这段时日，她不仅在幻想占有灵间时犯毛病，而且在幻想失去他时会更严重，万龙图也瞬间失灵，虽然她一直不相信令她绝望的情形会真的出现。她曾设想无数种办法来应对这个意外，但由于过度自信，又碍于和表妹自小结成的深厚友情，她下定决心不到万不得已的时候，要和她公平竞争。在她神秘的世界里，记载了各种各样可以消灭敌人于无形的恶毒手段，想到这里，她把自己吓得打了一个激灵。最终她让自己冷静下来，决定采取一个不光彩却较为中庸的措施。具体做法是，她要抢在学校上梁之前，在校长办公室的东南方向的墙角里放置一个镇物。这个镇物是个人形，代表灵间，用高粱秆和芦苇扎成。她规定灵间脑袋的左边想着表妹，右边想着她，要在左边插上一根针，她设定由这根针把表妹从灵间的脑袋里赶出去。据叔叔玄诚子讲，这是一个几近失传的古老方法，灵验与否尚不可知，关键时刻她也只能大胆一试了。

烟火村有一个习俗：在盖房子时，直到上梁前的那段时日，务必派精细的人日夜值班坚守，以防仇人做手脚，在墙里下了镇物。

这些应该难不住大皇姑。不过她是如何避开严密的看守，成功实施了计划的具体细节却不得而知。

三

芦苇编织厂是在烟火的第一所新式学校——中兴学校的校址上改建而来的。这所学校的创建人是孙灵问先生。

按照灵问的最初设想，远比现有的规模小很多，小满称帝事件之后，他改变了思路，决定建一所更正规的新式学校，由最初规划的在忘我堂基础上的四间教室、只含小学阶段的教育，建成了占地三十多亩，拥有十间教室、两间教工办公室和三间实验室，以及足够宽敞的活动场地，涵盖了初中和高中阶段教育的正规学校。这所学校对烟火的所有子弟一视同仁，完全实行免费的义务教育，开了烟火历史的先河。

为了纪念五四运动的爆发，学校选在一九二二年五月四日这个特殊的日子举行了开学典礼。这是烟火有史以来开风气之先，最盛大的一次历史事件。整个操场黑压压坐满了人。

灵问吩咐不设置主席台，算他在内的五位校董和十二位老师一律坐在听众当中，只为方便上台讲话而坐在了第一排。张楚云在几天前终于为学校捐了一笔巨款，灵问出于鼓励和感恩，也鉴于他是个识大体的人，推举他做了校董会的负责人。当二十响礼炮响彻天地，一通喧天喜庆的锣鼓过后，张楚云踱着方步，走到了前台。他先清了清嗓子，舒缓内心的激动和紧张，随后介绍了与会的校长、校董以及各位老师。接下来是盛典的重头戏：烟火中兴学校的第一任校长、发起人、创办人孙灵问先生致辞。灵问那天身着白色的中华立领中山装，令人耳目一新。

整个演讲过程，灵问的十指绝大部分时间呈塔尖状放在了肚脐偏上的位置，事实上这种彰显平等自信的手势并未起到应然的效果，在场的烟火人几乎都没真正听懂。任何先知的思想都起笔自一部荒诞的《创世记》，灵问遭遇了所有拓荒者相同的命运。

五十年后的那天深夜，孙家大院的火堆旁——炎忠老人永远不会忘记，灵问因主办西式中兴学校、鼓吹个人主义被定罪为资本主义走狗——他凭着直觉和一贯的固执，把那篇演讲稿从灵问大哥的手里夺了下来。

当心吾决定报考大学时，炎忠让儿子把墙上的相册摘下来，撬下三块青砖，从一个一尺见方的暗室里取出了这篇演讲稿。炎忠教导儿子务必要熟读这篇圣贤文章，只要领会此中的深意，就一定能考上大学，而自己是睁眼瞎，弄不懂里面的精髓。从小受父亲的熏陶，心吾对孙伯父也是打心眼里佩服。当天晚上，他如饥似渴地拜读了那篇闪光的作品。

后来他高考落榜，他为此后悔读了它。故新不信有那么神奇，非要看个究竟——

同学们、乡亲们：

我十六岁东渡日本求学，双脚刚踏进国门，便投身抗疫的前线，一九一一年回到家乡直到一九二一年，在这十年宝贵的光阴中，我把全部精力都用在了和鼠疫有关的医学研究上，可说是两耳不闻窗外之事。去年年初，我方顿悟，一个人的科学救不了烟火，救不了整个民族，只有你们，只有所有人都树立了科学观，都有健全的理性，方是民族自新的唯一之路。

走出忘我堂后，我得知天下发生了很多变化，以陈独秀、胡适之、鲁迅等先生为首，提倡的新文化运动如火如荼。他们提倡德先生和赛先生，前者叫民主，后者就是科学。这个革新情况令我惊讶的同时，也令我欣喜若狂。因为同样的钟声在不同的时刻敲响，我的想法与他们不谋而合。但是，我的主张与他们又不敢苟同。我的想法受胡适先生的影响很大，我们要多关注赛先生，少谈论德先生，我在这篇稿子里也多处引用了他的原话。因为不是建在真正科学观基础上的民主是假民主，是为少数人谋取功名利禄的政治工具。

近两年我阅读了大量的报纸，了解了当前的社会情况，尤其各种思潮在学校明争暗斗，皆试图给青少年灌输。一种是激进的革命派，他们号召你们为国家这个大我牺牲个人的小我；一种是保守的国粹派，他们鼓吹传统文化至上，全盘否定西方先进的文化。我看这两种都是极端。极端就是偏执，而偏执距离真理往往比无知更远。所以，今天我要从这两个极端谈起。

我赞同先爱小我，而后爱大我的人性之道。正如《中庸》所讲，爱己方能及人。假如一个人连自己都不珍惜，都不爱，那么，你爱别人，爱国家，岂是真心？爱自己首先是一种责任，不爱自己就是推卸责任。一个对自己都不负责任的人，岂能对别人和国家负责任？我看是居心叵测，抑或沽名钓誉。此外，毕竟个人乃组成家庭的基本细胞，家庭是组成村落和城市的基本细胞，而无数个村落和城市又组成了国家。所以，没有个人就没有国家。因此，希望你们首先在主观上是一种健全的个人主义者，在不侵害别人利益的前提下，你有时要觉得天下只有关于你的事最要紧，其余的都算不得什么，你要想有益于社会和国家，最好的态度是首先对自己负责，最好的法子莫如把你自己这块材料铸造成器。只有把自己铸造成器，首先是不给国家拉后腿，在做好本职工作的同时，方才可以有益于国家和社会。

故新看后有些意犹未尽，“不会就只有这两页吧，我感觉好像没写完似的”。

“哪能只有两页，”心吾说，“不瞒你讲，当我得知落榜的原因时，一气之下就把后面的给撕碎了，本来想全毁掉的，不料被我爹发现了，差点儿把我打死。”

“活该！可惜了……”

“你就别幸灾乐祸了，你要是想看，哪天不忙时，我给你默写出来，我记性好，一个字都差不了。实际上，余下的部分不外乎是孙伯父对两种思潮的批判与反思，当然他还谈到了质疑，谈到了科学和理性。”

“听你的意思，”故新试探着问道，“是这篇演讲稿害了你？”

“可不是嘛，”心吾苦笑道，“它能让全校第一的学生名落孙山。”

心吾在县第一高中就读。那里聚集了全县最优秀的学生，竞争异常激烈。他把孙先生的演讲稿朗读、默读、诵读、精读，运用多种阅读方式，加起来读了不下百遍，从中悟出了以质疑为出发点的“理解 + 总结 = 记忆”的学习方法，这种科学的思维使他的成绩一路上升，在历次测试中均名列全校第一。但事情总是辩证的。由于他爱较真，在课堂上多次对答案的唯一性和方法论提出质疑，不可否认，他提的问题质量都很高，多数情况下能获得老师的表扬和肯定，但老师也多数情况下无力应对，因而惶惶不可终日。心吾站在科学的制高点上，俨然具有了权威一般的潇洒和倨傲，但在私下里又表现得极为谦虚，当着同学的面不停地夸赞每一位教过他但对他招架不住的老师，是他有生以来见过的最出色的人类灵魂工程师。

在一次语文课上，他曾因写作的方法论与老师发生了争执，语文老师教导说，写作实际上也是在搞政治，要有政治觉悟，要有大历史观，除了严格按照凤头猪肚豹尾的写作程式，首要的是，主题先要达到政治高度，而后才能达到艺术高度。心吾未经老师允许，站起来反驳说，老师，按您刚才所讲，岂不是说艺术高度比政治高度还高那么一点，如果按这个逻辑推演下去，您这句话可就显得没有政治高度了。他那尖锐的论证带有批判、挑衅和嘲讽的意味，使正怀有身孕的语文老师因语塞当场落泪。

尤其在化学科目上，他的疑问更多。他的提问几乎没有一次不使教他化学的班主任老师难堪。这位老师的外号叫汪老七，在学校所有化学老师里已经算是顶尖高手了，然而当遇到心吾提问时，却总是在全班学生面前卡壳。

心吾落榜后，通过关系到省里查了成绩，他报考的是清华大学化学系化工专业，分数远远超过了录取分数线五十多分，离休老干部金银铁为心吾查明了落榜的真相：高考阅卷前，省招生办的领导接到了一封他班主任的来信，信中的核心内容基本可以用“此人狂妄自大，不堪重用”十个字来高度概括。

在心吾的印象里，汪老师为人真诚友善，质朴得像一位东北农民，翘舌的发音几乎占了百分之九十九以上，但却无比耐心地辅导学生，以至于自己的儿子无人辅导而落榜，尤其对心吾更是给予了其他同学所享受不到的特殊关怀，他把他所能找到的所有化学书籍，全部借给心吾研究学习。即便这个骄傲的学生因多次提问给他制造了无法挽回的尴尬，他也未曾因难堪而丧失师长的风度，只在他和心吾两人独处时，教导他要多虚心，切忌骄傲。如此看来，汪老师不可能背后给他下绊子，但事实是汪老师果真这样干了。无疑人们无法借助行为来辨别真实的情感，除非可以证明它们彼此相称。也许汪老师顽固地认为，偏执才是他的价值，而社会需要的是听话的全才，他更加担心他已经习惯于古怪的创新思维，而国家更需要的是稳健和平庸，所以举报信很可能并不是出于私人恩怨的打击报复，而是出于为国为民的公心直谏。

最终经过一天的心灵征战，心吾放弃了找老师理论的冲动想法。悖论的时间平复了他往日的悲伤，却加重了挫败感。他决定认命，不再复读参加高考来遮掩自己骄傲所带来的羞耻。他从中吸取教训，从此不再自以为是地思考，一心做一个和别人一样唯唯诺诺的人，领导说什么，他就恭敬地听，就不住地点头，强迫自己不去怀疑，上面让他做什么，他就做什么，不去想这样做到底有没有价值，结果在改革开放的大潮中错失了被提拔重用的良机，最终在烟火镇渔业助理的岗位上熬到了退休。

父亲像往常一样，用两匙白糖泡了一壶高粱小烧，那天晚上他第一次让儿子上桌陪自己喝两盅。入口不辣的白酒像糖水一样容易下咽，受挫的情绪却不胜酒力，心吾带着八分醉意便口无遮拦放肆起来。他抱怨孙伯父的文章毁了他一生，直至对父亲他们几位前辈兴办中兴学校发表了在老人看来十分不当的言论。他甚至指责按照这种教育理念教出的学生因其刻意挑战权威怎么能不骄傲，这样的学校岂不误人子弟。

老人办学的美好初衷、无私的付出和一切酸甜苦辣，被他轻描淡写的一句话给全盘否定了，气得胡子撅起老高，摔了酒壶酒杯，一脚连桌子带儿子踹到地上，放声大骂：

“滚！混账东西。”

陆章　九章经

三

故新认为，跟心吾相比，自己更像是一个混账东西，因为他的年少浮躁辜负了一生中最重要的两个女人：一个是兰若，另一个是孙灵灵。

一九七〇年的元旦前夕，灵灵和故新在一次诗歌才艺大会上正式相识。中兴学校的大礼堂座无虚席，全公社的青年男女和所有知青都参加了这场盛会。为了吸引异性，年轻人都掏出了压箱底的“干货”，纷纷踊跃登台。

故新第十一个出场，即兴作了一首现代诗，题目叫《凰飞凤舞》。全诗共三章，三千五百个字，以凤凰独一而终的爱情故事为线索，全诗无一句不是双关句，无一句不具有象征意义，它借着爱恋情愫的变化，浅层表达了对爱情的忠贞不渝，深层表达了年轻人对真理、对党和国家的紧紧追随和无限的忠诚。更让人叫绝的是，他把中国的古典诗词意境和西方的现代诗歌技巧完美融合：诗歌的第一章，“不知将相思的墓志铭刻在烟火的何处”紧扣“昨夜西风凋碧树。独上高楼，望尽天涯路”。第二章，“我决意用主席的箴言束腰，纵使化作憔悴的音符，我心依旧，欣然为你编织革命的乐章”紧扣“衣带渐宽终不悔，为伊消得人憔悴”。第三章，“在那里——我将自己投入伴侣的火焰，因寒冷而燃烧”紧扣“众里寻他千百度，蓦然回首，那人却在，灯火阑珊处”。三种境界层层推进，最终顺其自然地达到了情节高潮，但不着一丝痕迹，原词中的成句，一句都没有引用。兰若优雅地登上舞台，代替故新吟咏，感情极为充沛，使诗歌更得益于文字、声音和形象三者的珠联璧合，掌声好像被看不见的恶魔驱使，此起彼伏。当那句“血液、大河、溪流、泉水、井水……也包括淡化了的海水，有的过去不可饮，现在皆可喝；然而，我不选择其中任何一个——因为造物的元素不属于你”诵出时，所有的女性都认为那是在赞美自己，陶醉其中，长时间无法自拔，以至于跟不上诗歌的节奏。当那句“你是冰川下的火焰，于是我开始嫉妒解放地极的将士；金石的精神，钢铁的意志，可以为你打造一艘顽强的船，请你把船推下水，将我交给无情的暴风雨——我愿做鲨鱼的诱饵，为你引开偷袭的食道”响彻礼堂时，所有女青年都感动得热泪盈眶，所有男青年都热血沸腾，他们站起身来，仿佛立刻要为某种伟大的东西献身而付诸行动。全诗朗诵结束了，掌声、喝彩声、口哨声一浪高过一浪。之后，有人高声喊道：“这么精彩的诗，如果不配上一幅好画，岂不可惜了？”“孙灵灵是绘画天才，非她莫属！”紧接着，全礼堂的人齐声叫喊：“孙灵灵！孙灵灵！”

此时的孙灵灵已小有名气，她在烟火公社革委会任宣传干事，烟火那些富有创意、极具讽刺的大字报都出自她的手笔。历经运动的残酷磨炼，当初羞怯的她早就变得落落大方了。从她改变的那刻起，对全体男青年而言，这个曾经腼腆的高个子女孩不啻为在兰若之外的全新发现。她出众的外表本来就不缺乏魅力，舒展妩媚的形体和那个时代的服装，甚至和那个时代格格不入，矜持地表达出某种令人向往的喜悦，清爽的英气中闪烁着一股若隐若现的恬静。还有她那双无可比拟的眼睛，找不到任何恰当的词语来比拟，比拟什么都亵渎了眼睛的真实，只有她的眼睛才配得上叫作明眸。当她眨眼的时候，任何见过的男人都会因自己肮脏的内心被洞悉而感到尴尬。因为那一瞬间，她最美。

花六从隔壁的灵灵办公室抱来笔墨纸砚，清理出那张三米见方的古船木画案，铺上一张宣纸。一切都准备停当了，长得老气横秋的他站到灵灵的身旁，弯下腰，像个专业的书童似的为她研墨。受万龙图的启发，灵灵伏案挥毫，众人围拢过来，看得眼睛都花了，大约用了两个多小时，完成了一幅能完美表现诗歌寓意的画作。画中两条凤凰首尾相接，在烟火的上空灵动追逐，每条凤凰的羽毛也都是一条小凤凰，俨然身着宽大的五色彩衣，缤纷呈现。整幅画以骆驼山、苇荡、红海滩、大海和码头为背景，无一不是凤凰的形象构成。

那幅《凰飞凤舞》看起来像《万龙图》的姊妹篇，区别仅在于，前者是具象的工笔，后者是抽象的写意，但是那种魔力传递的震撼效果一脉相承，使所有人为之着迷。

故新和灵灵的默契配合仿佛完满地演绎了一首古老情歌。张乙带头无理取闹，预言他们是天生的一对，祝福他们有情人终成眷属，最后煞有介事地问身边的兰若：“兰若，你看他们是不是很般配？”兰若笑而不答。其余人也一窝蜂地跟着起哄，好像波涛击打着两块礁石，现场一片沸腾。

在故新才情的巨大压力下，没人敢再登台献丑。花六恨不得立刻结束这种让他难以忍受的状态。他提议，因为诗歌太严肃了，他不喜欢严肃的东西，他决定给大家表演一段轻松的模仿秀，为这次成功的盛会画上一个圆满的句号。

花六精通口技，善于模仿自然和社会的各种声音，也能模仿许多大人物的讲话。倘若他模仿正处于发情期母驴的叫声，能使全村的公驴无法安心劳作，甚至出现集体罢工。那天他用标准的日语模仿了日本天皇，就是“朕深鉴于世界大势及帝国之现状，欲采取非常之措施，收拾时局，兹告尔等臣民”那段完整的《终战诏书》，不但语调流利逼真，还自创了惟妙惟肖的肢体语言，将那个曾经不可一世的侵略者陷于绝望中的情绪演绎得活灵活现，像纪录片一样再现了一个失败者的无奈和落寞。观众无不惊叹他的表演天赋，礼堂里的掌声经久不衰。

散场时，故新四处寻找兰若，发现她不怀好意地盯着他的眼睛，似要透过两扇明窗，摸清他心跳的轨迹。她向他的前排努努嘴，故新回过头，见灵灵狡黠地挪开了射向自己的眼神。

花六像随从似的跟在灵灵的身后走出了礼堂，不期踩到了一块三角形的冰上，滑了一跤，在可以自救的关键时刻，他不惜磕破自己的嘴唇，只为保护手里那幅《凰飞凤舞》周全不损，他向前平伸手臂，擎着那幅画，趴在地上。故新抢上几步，俯身拉他。“不用，”他打开他的手，自我解嘲道，“一定是小日本恨我，给我下绊子呢。”

“他经常这样，脚下没根。”灵灵转过身，面无表情地说道。

“是，灵灵所言极是。”花六用手背擦净了嘴角的血，赶忙附和。

故新曾向心吾坦诚，男人可能都贱，灵灵那高贵女王般的气质确实让很多男人甘愿为她去死，他要是没先爱上兰若，说不定真会爱上了灵灵。

然而，灵灵对他的崇拜正始于此时，并悄然变成那种一见钟情的信仰。他是她有生以来第一个，也是她毕生唯一崇拜以至于深爱的人。作画时他站在她的身旁，散发的男性体味近在咫尺，那种魔法般的感召力，使她在未来的所有时刻不可救药地思念他。清冷的夜晚，她看着画面上那只雄性的凤凰变成他的模样——只要她愿意，任何一只都能变成他的脸、他的唇、他的胸膛和他的热情……一眨眼，没有疏离，没有扭曲，而是饥渴地向她伸展了双臂。她被那急于兑付这种欲望的幻象感动得颤抖不已——那是一个短暂痛苦却无穷温柔的概念。她宁愿在他定义的诗情画意里死去，腾云驾雾般，轻快地摆脱这个荒诞的世界，直到肉身被飞舞的凤凰熔化，从此像那支情歌传唱的古老故事，在冰川下变成永恒。村里的女伴在她工作不忙的时候，聚在她家里，跟着她练习《九章经》。她们相信那套和谐的动作对调节情绪和女人形体的塑造具有不可估量的神秘作用。无论在满足成就感的指导中，还是在榜样般的示范中，她总会走神，偷偷地想象那个场景，内心无法获得片刻安宁。在繁忙的工作之余，她也尽最大可能把自己孤立起来，为满足没有回报的激情，将清醒的意识驱进一个昏昏欲睡的角落，就这样痴痴冥想。

灵灵始终不敢确认，她为了爱他而点燃自己，甚至忘记了生命的短促与虚无——把光影当作有生有息的东西来对待，他是否也能感应得到。不过，她绝不去主动示爱。她的意志无力使她成为爱情的主人。但是她也不承认这就是命运，因为爱情使命运变成了男人和女人之间的事，这种事情最终也只有人才能解决。

二三

再有几天，学校正式运转就快满一整年了，雪嫣似乎生病了。

她不再弹琴，开始变得茶饭不思，夜夜不眠，对任何事情都提不起兴趣。其实不用雪嫣说，母亲已经发现了女儿的心事。母亲两头为难，不敢把实情告诉她。刘崇文老师后来听他母亲说，事实上灵问当初从未许下什么婚约，父亲和母亲怕姐姐经受不住打击，对她撒了谎。

婚约一天天临近，雪嫣发觉家里到现在也没出现任何筹备婚礼的迹象，焦虑使情况变得更为复杂了。她颜面苍白，全身发抖，牙齿打战，后来寒战停止了，面色开始转红，却呻吟不止，辗转谵妄，甚至有时抽搐或不省人事。这下可把母亲吓坏了，因为这种状况不像是相思病的症状，倒像是打摆子。刘崇文去学校请来了灵问，灵问看到病人的情况，心里也是一惊。他为雪嫣搭脉，发现脉搏微弱，心律不齐，他告诉母亲，雪嫣得的是疟疾。他开了方子，用小柴胡汤治疗。几天以后，雪嫣可以下床轻微走动了，但更多的时候还是躺在床上发呆。刘崇文告诉她，姐，是灵问大哥救了你。雪嫣叹了口气说，他这是何苦呢。刘崇文不理解姐姐的意思。他说，灵问大哥一点儿也不辛苦，他给你诊断时举重若轻，姐，你看。说着他模仿起灵问的动作，抓起姐姐的手，掏出自己的丝绸手帕覆在了她的手腕上，郑重其事地将手指搭在了上面。雪嫣记得那次在校长办公室，表姐说她偏头疼犯了，灵问直接将手指搭在了她雪白的手腕上。雪嫣迟疑地说，你说的可是真的？刘崇文说，那还有假，我亲眼所见，不信你问母亲，她也在场。雪嫣眼角流下了泪水，过了一会儿说，好——好——真难为他了。刘崇文发现姐姐的眼泪打湿了枕头，问道，姐，你怎么还哭了？雪嫣说，来——扶姐起来。刘崇文把她扶起来，将枕头竖着垫在床头，好让姐姐靠着舒服些。雪嫣摸着弟弟的小脑袋，强作欢颜说，好弟弟，大人的眼泪是复杂的，悲伤的时候会流泪，高兴或感激的时候也会流泪……唉——等你长大了，你自然会懂了。刘崇文点了点头，认定姐姐的眼泪必是出于高兴和感激。

灵问不住地向刘崇文打听雪嫣的情况，得知她的病情好转了些，心里安慰了许多。后来又听说，雪嫣的身体依然慵懒，还时常冒虚汗，他又为她开了一剂有助于恢复体力的药方。不料三天后的一个清晨传来了噩耗：雪嫣去世了。灵问没有表现出过度的悲伤，而是平静地接受了这个现实，继续埋头整理着他手上的教案。

据刘老师回忆，当母亲和他发现时，姐姐安详地躺在床上，身上穿着那套在学校里常穿的黄色连衣裙，圆润的玉珠扣和笔挺的立领整洁如新。至于死因，经母亲仔细查验，当时唯一可以确认的是姐姐绝非死于自杀。

雪嫣死后，大皇姑的脾气变得越来越古怪了。她曾日夜祈求祖先，祈求各路神灵，希望自己的计划可以及时生效，以期改变灵问既定的想法，然而表妹的死绝非她希望的结果。表妹到死都不知道她也在为一场持久的单恋而饱受折磨，一直把她视为人世间唯一的知己。当她称帝的闹剧失败了，村民们见到她就像见到瘟疫躲得远远时，表妹用默默地陪伴给她安慰。当她们为学校共同出力时，孩子们因此获得了无限的快乐，也为她们制造了快乐。雪嫣和她都是校董，同时雪嫣也担任学校的音乐老师，负责教授各个年级的音乐课。她除了精通古筝，还精通琵琶、笛子和二胡，她巧妙地将灵问的科学精神融合到中国的传统文化中，针对不同的年级，自编了多支寓教于乐的曲子，并配上诙谐的歌词。刘崇文老师至今还能轻声哼唱其中的一首，叫作《哪吒》的那首曲子：

“哪吒，哪吒，三头还六臂，不是不孝；哪吒，哪吒，胆大又勇为，淘气的他，对准礼教的屁股，一顿——啪、啪、啪……”

孩子们都喜欢上她的音乐课，在那里他们获得了源自音乐的美妙动力。大皇姑不在学校任教，凭借她绘画的能力，她担任一名美术老师绰绰有余，皆因打嗝的毛病，她拒绝了灵问的邀请。但她也没闲着。她从肉铺买来猪皮，亲自熬制成熟皮，参照蹴鞠的制作原理，并加以改良，先用棉布缝制一个类似沙包的球形，里面塞满糠秕，外面再用一张张小块的猪皮拼接、缝制，制作的成品供孩子们在体育课上玩耍。灵问见到这些几乎接近西方技艺的足球，发现了她手上的烫伤，被她的爱心深深打动。

刘崇文那时刚读一年级，若非姐姐意外身故，他真希望时间在那段光阴里能多停一会儿，可惜小时候总嫌过得太慢，日夜盼着过年。

学校里洋溢着和谐的氛围，没有权力之争，也没有因情感纠纷产生的殊死对抗，灵问体验了一种形而上学的幸福。灵问对雪嫣的表现十分满意，仅有一次稍有微词。他不知道雪嫣当时是否觉察到了这种变化。那是周一的午休时间，雪嫣说，昨天我去了讲堂，专程向梁先生请教乐理，他那首二胡独奏真的非同凡响，如果能从中借鉴一二，对教学应该会有些好处的。刘崇文在一旁插嘴说，梁先生还夸了我姐，夸她悟性高。灵问鼓励他继续说下去。刘崇文说，我问梁先生，曲子里为什么只有一句歌词，为什么只有一个单调的音符。梁先生问我姐，雪嫣，你是怎么理解的？我姐连想都没想，她说，因为这句歌词本身就叫比喻，我猜它的目的是想让听者见仁见智，而只有一个音符，并且没有变化时，我们才会产生那种没完没了的错觉。

“先生是谬赞。”雪嫣说，“别听小孩子胡说。”

“他的曲子比较怪异。”灵问略显严肃地告诫道，“在德育上，他和我们的教育理念不同，除了研究汉字注音，以后你最好少去请教他。”

事后，他反思自己是不是把话说重了，自责不该过于较真，不该太敏感，不该太小题大做了。

他后悔没来得及向她道歉。他从未向雪嫣承诺过什么，但在雪嫣去世后，他变得寡言少语，不再给学生上课，而是躲在办公室里搞研究。弟弟莫问走后，他每年都能按时接到他派人送回的一笔巨款和一封报平安的信，得知弟弟再婚，他脸露欣慰。仅此而已。

大皇姑发觉雪嫣的死并未引发他巨大的痛苦，更像是一种有过之而无不及的消沉，她意识到她从一开始就误判了。

一年前的开学典礼上，她和表妹都坐在第一排。灵问用同志的礼节和她们一一握手，灵问看她的目光十分自然，就像老朋友一样，他第一次喊了她“婉盈”，令她狂喜，仿佛拥有了整个世界。那一刻，她几乎为此忘记了自己。然而他看着表妹的目光却躲躲闪闪，似乎紧张得要命。

现在她明白了，她和表妹在他心中的位置其实并不一样。涌起的妒恨差点儿使她失去了良知，认定表妹的死是命中注定，与她无关，上天既已为她扫除了障碍，她下决心要抓住难得的机遇。终究有了一个好的开端。她觉得现在必须彻底克服打嗝的毛病，以便到学校任职，多多增加与灵问接触的机会。

她试着用叔叔独创的气功秘法——她曾操练过的《九章经》，来驱除难缠的病症。“老祖宗，不是我不相信您，”她跪在万龙图前解释，“我相信，您一定不会喜欢一个懒蛋的。”

她卧室那片青石板的地面上，正中的位置绘有八卦图的图案。她立在图案的中央，站直了身体，目视窗外，深吸一口气，慢慢闭上了眼睛，同时向身体两侧伸展双臂，手心朝下，接着缓缓地将两条手臂挪到身体的前方，直到两条手臂平行，手心朝上，做三次深呼吸，再缓缓放下，任其自然下垂。第一章完毕之后，她双膝跪地，坐在自己的脚后跟上，随后下弯身体，令自己的额头自然地贴附在膝盖之上。同时，两条手臂向身后伸展，仿佛一个胎儿在母体的子宫中自由漂浮。她让自己尽最大的努力放松，抛开一切杂念，使头脑处在虚空的状态，持续匀静地呼吸。于是，她感觉到一片混沌，环形的四周好像包裹着密密麻麻的海水，渐渐地她听到了大海深处的声音，舒缓而灵动。她感到自己变成了一条小鱼，周遭的一切都舒服得令人心旷神怡，空间感在迷醉中开始瓦解，很快就被安静的睡眠所取代了。

整个过程，因她刻意的想象而梦到或感觉到自己像一条小鱼在渐渐长大，逐渐长成了大鱼，然后大鱼的鱼鳍再慢慢变成翅膀，身体渐渐长满羽毛，一点一点从水里飞出。

当小鱼逐渐长成大鱼的时候，大鱼不想再做大鱼了。她觉察到自己的一根手指轻轻蠕动了一下，她确信那是一根手指，力量微弱，但足以撼动她的意识。它试图唤醒她，激励她冲破水面，探索更广阔的未知世界。她却甘愿浸淫在沉寂的意识里，但这根手指仿佛巨大的引擎，轻松地带动了一双手，一双手又带动了另一双手，最后带动了两条手臂。事实上，那并非两条手臂，而是一对稚嫩的翅膀，它们企图冲破水的阻力，顽强地向上面的空间进发。接下来，她感觉到上半身的所有器官被这种向上的能量逐一更新。她艰难地向上游去，先是肩膀抖动，接着是头，最终带动了身体主干。水的阻力企图将她幽闭在舒适的海底，以至于速度极为缓慢，然而那股更新的力量却更为强大，使她终于挣脱了紧绷的肌肉，立直了上半身，屁股稳稳地坐在小腿之上。这时，阻力瞬间消失了，她跃出了海面，感觉可以毫无滞碍地向四面八方伸展双臂。那里是蔚蓝的天空。她变成了一只大鹏，身体大到千里之外，翅膀如云，几乎能把江河群山和万丈阳光揽入怀抱。她将手臂向两侧慢慢平伸，再慢慢放下，反复多次，自然呼吸，她感觉自己正徐徐地向南飞去，目的是寻找另一只和自己长得一模一样的大鸟。她认为那是她的一根羽毛幻化的一只雄鸟。他们在一片大海的上空相遇，相互追逐。

到了第八章，她完全站直了身体，双脚岔开，与肩同宽，闭着双眼，向前张开双手，掌心先是向上，之后再慢慢平移，直至缓缓相对，回收到腹部，刹那间她感觉有一种气息蠢蠢欲动，向两侧的手掌挤压。最后一章，她把自己驱除打嗝、顺利入职学校的愿望放入气息之中，气息随之渐渐变大了。她感觉这股气息光明耀眼，她伸出自己的翅膀，渴望和那只雄鸟接连。

她意识到她成功了。她长嘘一口气，睁开双眼，回到了现实。很长一段时间以来，时至今日，她第一次发觉空气原来如此清新，窗外的阳光格外柔和，麻雀单调的叫声居然变得如音乐般动人。

接下来的一周，她把自己关在屋子里，按照这个方法反复训练。当她感觉自己焕然一新时，她兴冲冲地跑到学校。我要到学校任教。她说。

“好啊，我们都欢迎你。”灵问没抬头看她，盯着手里的书稿回答道，“婉盈，明天就来上课吧。”

她感觉受到了莫大的羞辱。但对爱情的占有热望使她克制了愤怒和泪水，脚下软绵绵地走在回家的路上，整个烟火仿佛一下子陷入了凄凉晚景。不过，当她回味那声亲切的“婉盈”时，心里不免又产生了一丝活力。

“他本来就是个科学狂。”她告诫自己，“万事开头难，好事还得多磨！”

这一个多磨，几乎磨掉了她一生宝贵的青春。她甘心为那个男人自卑自贱，甚至牺牲自己热爱的神秘事业，换来的全部回应也仅仅是一声“婉盈”的称谓。在无尽的等待中，她的眼睛不再明亮，身材不再苗条，乳峰被野蛮的时间碾平，但她依然宁可让心中的余烬重燃，也不将自己的贞洁留给尸虫尝鲜。而生活总不会缺少一个意外，使她窥见那微弱的火焰。

一九二九年，国民政府通过了《禁止污蔑太平天国案》，几乎被大皇姑遗忘的老萨满作为那段历史仅存的亲历者之一，被南京当局接走了，人们方知她是太平天国的一位女将军。直到此时，她才如梦方醒：自己居然把这个死对头忘得干干净净了，不是别人，一定是她出于报复从中搞鬼，阻挠她实现愿望。

“小姑娘，别当我老太婆好欺负，如果你把我当成了敌人，我就把你当成一辈子的敌人。”一九二〇年清明那天，淅淅沥沥滴着小雨，这是老萨满撂给她的最后一句话，险些将它忘记，当时她刚跨出老萨满的家门。老萨满的口气充满了恶毒，但她不惧她分毫。在她看来，老萨满没有什么真本领，无非是自相矛盾两头堵，用西洋的那套把戏蒙骗中国老百姓，她能唬别人，却休想唬她。这是两个竞争者的第一次会面，也是唯一的一次。

那还是她刚出道时，大皇姑向老萨满发起了疯狂的进攻，扬言不出半年将她赶出烟火。但凡来她这里求助，或逢人交谈，她便自觉地把话题引到老萨满那里：

“你们想想，病治不好了，她就找各种借口，责怪你们不相信她，这不明摆着的事，是在为自己的无能推卸责任吗？”听众频频点头附和。接着她果敢地下了结论：“我看，她就是一个卑鄙无耻的老骗子！”

有好事者把她的话稍作加工，传到老萨满那里。前两次，她还能沉住气，摆出一副宽宏大度的姿态，“嘴长在人家身上，随她怎么说去”。到了第三次，她再也无法忍受，气得几乎发疯，失态地嚷道：“她这是在血口喷人，是在嫉妒我，是怕我抢了她的风头，我就不信一个黄毛丫头能有什么真本事！”她感觉论据还不够充分，又补充道，“她不就仗着那个徒有其表的玄诚子，给她撑腰吗？！”好事者便逢迎她，“您老足不出户，有所不知，整个烟火都炸锅了，都赞成您老有涵养，宰相肚里能撑船。”她却不完全相信。她在屏风上贴出了告示：凡在大皇姑处看过香火者，恕不接待。她才暂时咽下了这口气。

但纷争并没有停止。她们继续互相指责，甚至谩骂诅咒，最终演变成一场人身攻击的闹剧。大皇姑请炎忠给她捎话，要和她当面谈判。老萨满的回复却相当强硬：“什么时候你放弃诋毁我，我就见你，否则一切免谈。”当炎忠第二次捎话，她的回复是：“我的条件不变，据我所知，人们都相信我，不相信你。搬起石头砸自己的脚，现如今你才知道怕了，你又何必当初？”大皇姑气得连续三天不吃不喝，躺在炕上思考着如何报复。初出茅庐的年轻人和老江湖比起来，总是耐不住性子。那天清晨，大皇姑为父母上过了坟，不请自来了。

老萨满还不是老萨满的时候，她的儿子在十岁上淹死了，多年来孤身一人寄居烟火。她略显憔悴，好像又在禁食，属于老人特有俊俏的那张脸上闪过一丝惊讶，随即不冷不热地说道："我早就料到，你迟早会来。"听见这句居高临下、自吹自擂的大话，大皇姑恨不得冲上去扇她两个耳光，但坐在对面的毕竟是一个满头白发的古稀之人，看上去远不如想象中那么可恶，源于古老传统的教养及时制止了她。

"我们俩之间的事，你又何必牵扯那些无辜的人进来？"大皇姑没给她好脸色，劈头盖脸地诘问。

"姑娘，气坏了身子，当心嫁不出去呀。"老萨满像年轻人一样声音清脆，顿了顿后，正色道，"我正要问你呢，你干你的，我干我的，我们井水不犯河水有什么不好，而你偏偏放出大话，非得赶尽杀绝，发誓要在半年内把我赶出烟火。"

"老人家，话可不能这么讲，干哪行哪业都得讲个良心，你还不承认你那一套是瞎子算命两头堵？"大皇姑继续反驳，"我是土生土长的烟火人，看着乡亲们上当受骗，你说我能眼睁睁不管吗？"

"你说谁是骗子？我是名正言顺的先知，小姑娘，我劝你还是留点口德吧。"老萨满威胁说，"你可别忘了，无凭无据，血口喷人，可是要下地狱的！"

"少来这套，少拿狗屁地狱吓唬人，我只相信周公！"

"我懒得跟你争辩，公道自在人心。"老萨满可能想到了自己是外来户，改口说，"我这个人一向开明大度，我倒有个法子，我们俩以木桥为界，西面归你，东面归我，我们互不干涉，你看如何？”

大皇姑未加思索，只用两个字果断地答道：“妄想！”说完，甩手向屋外大步走去。

几只喜鹊像起哄似的叽叽喳喳叫个不停，让她心烦。走出了院子，她偷偷绕到房子的西面那棵矮趴的老槐树下，捡起一根木棍子，“我让你叫，我让你叫！”一股脑把树上的六个喜鹊窝全都给捅掉了，随之扬长而去。

大皇姑对自己九年前的英勇气概感到好笑。我是她一辈子的敌人。她提醒自己。她感觉仿佛全身的血液遭到了一阵凌厉的鞭笞。她不寄希望于老萨满因革命家的身份被政府认可而良心发现，放弃对她的报复，而是在家中悄悄地摆了一场法事以求破解。关于这场法事，除了后来她告诉了灵灵，当时的任何人都不得而知，唯恐传到了灵间那里。因为她曾向他承诺：崇拜科学。但是很快生活再次戏弄了她。

她日复一日地操练《九章经》，对着手掌间神秘的气息许下心愿，但那气息一次比一次变小，小得如虱子般若有若无，最终皆化为水月镜花。这表明法事失败了，之后她患了失眠症。她整日整夜地跪在炕上，祈求全能的祖先赐给她睡眠的力量，并邀请各路神仙、叔叔、死去的父母以及天地间所有的妖魔鬼怪来到梦中为她分担孤独，甚至包括令她隐隐愧疚的表妹，不惜向情敌弯腰。但都未能如愿。巨大的孤独感使她迫切地需要一个孩子。

在接下来的三年里，她先后抱养了两个女孩。第一个孩子长到一周岁时，天花没出来，因毒气憋在体内，一命呜呼了。灵间也束手无策。她为此大哭了一场，忧郁了一年，不敢再抱养孩子。

第二个孩子，水灵灵的大眼睛，人见人爱，过三岁生日的那天下午，突然从秋千上掉了下来，口吐白沫，蹬着小腿，连一声妈妈都没来得及喊，便把遗憾、绝望和无尽的思念留给了她。后来人们分析，孩子可能是死于食物中毒。在无望的等待岁月里，大皇姑一直向沈阳的叔叔要钱，每年按时把赞助费交到灵问的手中，她想通过锲而不舍的义举来证明他是个有眼无珠的人。然而怨恨远不及她认为的那样持久，她依然英雄般坚持赞助学校，到了后来变成服从于良心，不惜让自己过着清苦的生活。当日中午，大皇姑为女儿过生日，像普通的农民家庭一样给她煮了两只鸡蛋，但她又别出心裁，特意在灶坑里烧了三个用红泥包裹的土豆。这两样都是孩子最爱吃的，但偶尔只吃烧土豆，一次都没和煮鸡蛋同时吃过。结果那天鬼使神差，她相信是因为两种食物的混合作用产生了毒物，才断送了孩子的性命。

大皇姑不忍将孩子草草埋掉，而是在一星河的北岸立起了一个坟头，每逢清明她都要到那个矮小的土包前烧几张纸钱，痛快地哭上一场。

柒章　和局

三

孙灵问先生是清朝末年著名的抗疫英雄。抗疫胜利后，他拒绝了晚清政府的高官厚禄，蜗居乡村，建立防疫体系，投身于医学研究，虽然研究成果显著，鼠疫社会学的前沿理论被后人证明具有极强的预见性，却始终未能出版问世。他仅凭整合微弱的民间力量投资兴办新式义务教育，开烟火历史的先河。他主张科学至上，高举新文化运动的大旗，为争取民族独立和平等启发民智。

为了实现自己的理想，他一生没谈过恋爱，一生没娶妻生子，而是极力克服禁欲主义滋生的困顿和无能，把人生中最宝贵的东西都投入他坚守的价值观里。他固执地用自己的行为证明小我和大我的矛盾在现实世界完全可以调和。弟弟把他和梁木先生进行比较，指责他通过彻底泯灭自己的肉体和情感需求，为理想而阉割自己，仅仅获得了一份可怜、冷漠、封闭而僵硬的内心安宁。而他却不以为然。他不承认自己给生命赋予了某种意义意味着背叛生活。他宣称，他不像梁先生那样降服永恒的使命而使自己过上虔敬的生活。人的全部不幸皆源于必有一死，固然如此，他却深信，面对无情的命运，有意义的抗争是唯一出路，因为人在永恒的绝望中能够证明其存在的，只剩下了意志和行动的自由。他因此终生未悔。

经过了这一切，新中国从未因他在医学上或教育上的成就授予其任何荣誉，却在八十年代初鉴于他的抗日爱国精神，经县政府审批决定，将烟火村最宽的一条街道命名为灵间大街。这是关于他的唯一印记。那条大街成为在国道开通后烟火村的第一条柏油街道，连接南北，纵贯东西，在忘却的纪念中彰显荣耀。然而，他从不把任何荣誉与死亡相提并论，视为不朽的存在，即便那天中午他对关东军说客的严词拒绝，他也从未想过以此来博取“荣誉”二字。

早在“九一八”事变爆发后不久，日本关东军便接管了葫芦岛军港和山海关要隘，按照战略位置的重要次序在东北全境逐点布防。而且整个东北，包括蒙东和承德，已经脱离了国民政府，于次年三月一日在新京（今天的长春）成立了日本的傀儡政权——伪满洲国。

赵化第一时间得知了这个信息，头天晚上，伪满洲国的特使和关东军代表出示了一封舅舅玄诚子的亲笔信，住在了他家。次日中午，一支关东军的先遣小队，驾着汽车，载着三门迫击炮光明正大地入驻了烟火，营地设在距中兴学校大约五百米的盐滩岸边。这支队伍军纪还算严明，对当地居民尽力表达出友善。到傍晚时，后续的大队人马也全部进驻。

第三天早上，校长办公室闯入了两个不速之客。大皇姑跑去实验室请灵间，慌张地说明了情况。

“他们愿意等，”灵间继续手上的工作，“就让他们多等一会儿吧。”

赵化和大皇姑两人再次来请他。灵间洗了洗手，不紧不慢地踱进办公室。两个客人恭敬地起立，纷纷拱手施礼，赵化首先为双方做了介绍。一个是伪满洲国的特使，台安人张观全，发际线靠后，露出两块白白的额头，是参议府议长张景惠的堂侄；另一个是关东军代表，一身戎装、五短身材、眼神如刺刀般冷冷逼人的岸谷少佐。但是，这个日本人一开口说话就仿佛嘴里含了一团火。

“结识先生，鄙人真是三生有幸。”岸谷用一口流利的汉语文绉绉地说道，“久仰先生大名，今日一见真乃国之栋梁。”

“山野村夫，少佐谬赞。”灵问礼貌地答道。

“先生过谦了。”张观全说，“如果您是村夫，那我们这些土包子可是连村夫都当不成了。”

“是。”赵化插言，“我大哥是鼎鼎大名的抗疫英雄。”

“我看——”岸谷挑起大拇指，“不仅如此，先生在我们大日本帝国受过专业训练，是大大的科学家，也是大大的教育家。”

“国家初立，正是用人之际。”张观全挑明来意，“政府想请先生出任奉天省卫生厅副厅长一职。”

“我这个人懒散惯了，决计做不了官。”灵问拒绝道。

“是的。”大皇姑看出了灵问的心思，“他要是想做官，早就做了，何必要等到现在？”她接着补充说，“你们看，他老得连头发都白了。”

“难道您是嫌官职太小？”岸谷笑着问道。

灵问沉默不语。“您看，这样好不好。”张观全建议说，“出于对先生的尊重，您可以在卫生厅副厅长和教育厅副厅长里面任选一个。”

“任何人都不需要在他不愿意做的事情上做选择。”灵问回答。

“如果今天我们把两份委任书都带来了，就摆在这里呢？”岸谷问道。

“那就请多包涵，”灵问欠身，指着门外的石凳说道，“只能委屈你们两位换到那里坐了。”

赵化拼命向灵问使眼色，灵问装作没看见。大皇姑打圆场说：“既然这样，两位还是请回吧。”

赵化把岸谷和张观全送到了校门外，再三抱拳致歉并承诺由他出面再行说服。目送客人走远了，直到不见踪影，他才转身折回校长办公室。他试图用各种理由说服灵问。灵问告诉他，就算他真愿意做官，也坚决不给日本人做，那是汉奸，要遗臭万年的。他劝他也要和日本人保持距离。日本人咋了，赵化说道，谁当皇帝，老百姓不都一个样，大哥，我们不能不识抬举，新政府对老百姓不错，我听说教育全部免费，这和您的办学理念完全相同，而且您还是留日学生，我看，人家比过去哪个朝代都重视人才，您要是不干，真是太可惜了。灵问反驳说，不管以什么借口，也不管做了什么，只要把别人的国土据为己有，那就是侵略。大皇姑也警告表弟，当心将来溥仪和日本人失势，难免受到牵连。赵化说，那好，就听你们的。

赵化表面上满口答应，然而他的观念驱使他热衷于自以为诚实的生活。他当起了烟火的保长，管辖着周边共计十二个村子。

时间到了五月中旬，村子里刚刚安静下来，又被大批日本移民打破了。军用卡车拉着各种日式家具，载着大量妇女和孩子闯入了烟火。这些人对当地居民不失时机地宣传中日亲善的大东亚共荣政策，烟火人渐渐接受了那些和自己长得几乎相同模样的异族。

月底的时候，张观全身着笔挺的警察制服，带着两个手下，再次邀请灵问出山。灵问再次拒绝了。既然这样，我们也不勉强您，张观全说，按照关东军和政府的指示，希望您能将您的鼠疫研究成果交给政府，一来造福人民，二来也可获得嘉奖。灵问回答，可以，请给我三天时间整理，三天后，我们在办公室见。三天时间很快过去了。灵问答复说，张局长，真对不起，前天夜里，煤油灯倒在桌案，一把火将资料全部烧光了。这种简单的借口，怎么能瞒得过精明的张观全。他被自己的疏忽和轻信戏弄了，气得呼呼喘气，对手下嚷道："带走！"灵问被软禁在日本驻军的大院。几个月前临时搭建的帐篷，如今已经变成了砖石建筑的正规军营，高墙、铁丝网、碉堡一应俱全。

连续几天，大皇姑和炎忠在未经批准下的冒昧探访纷纷被枪托赶了回来。她曾试图通过赵化疏通关系获得批准，但是专横跋扈的日本少佐根本没给这个小芝麻官半分面子。据说日本人对传教士秉持一定的尊重，但她想错了。梁先生那时已经成了宪兵队重点关注的对象。日满政府企图用唯一的意志支配社会生活的所有领域，推行极权主义和政府利益至上的意识形态，前不久颁布了《暂行寺庙及布教者取缔规则》，由文教部礼教司对一切宗教活动和宗教人士实行严格管理。日本本身信奉佛教，其道德形态与日满的建国精神也有相似之处，当局对它的统治比较顺利。而扎根于中国本土的道教奉行消极出世，与社会交往不多，当局既鄙夷他们终日过着无所事事的生活，又庆幸他们对社会的治安与和谐无害，所以也不过多地关注。但是当国际联盟派李顿调查团前往东北调查"九一八"事变时，奉天的基督徒利用交流上的优势，将揭发日军罪行的五百封信件交给了调查团，部分牧师和神甫还提供了弹片证物。这让当局大为光火。为了化解矛盾，基督教组织宣称积极纳税，将肉体奉献给政府，将精神奉献给基督，但当局对他们的妥协仍不满足，当局的意思是既要他们的肉体也要他们的精神。当局怀疑他们是西方势力设在东北的情报机关，给予了特殊关照。岸谷担心梁先生背后有西方背景，当大皇姑找他时，梁先生刚刚受到了当局的训诫。现在，唯一的希望也破灭了。上面已经传出消息，灵问若不交出研究成果，就永远别想走出宪兵队的大院，甚至还有被枪毙的可能。实在没有门路了，大皇姑只身一人去了宪兵队。

大门前有两个士兵端着步枪，向前跨上一步，用枪身挡住了去路。

“我是孙灵问校长的未婚妻，我要见他。”她自我介绍，觉得有说谎的必要。

两个士兵说了一通日语，看那架势和表情，倘若没有上级的命令，任何人都休想通行。

“就算死，今天我也要见他。”大皇姑没有硬闯，只站在原地，指着自己的胸口说，“有种，你们就朝这里打！”

一个军官听见了吵闹，从院内走到近前，他身着茶绿色军装，肩章金边一杠缀了两颗星，两个士兵急忙转身敬礼。军官挥手示意，让他们退在一旁。

“我是孙灵问校长的未婚妻，现在我要见他。”大皇姑重申。

“您都这么大年纪了。”那个军官用蹩脚的汉语取笑道，“我看您是冒充的吧。”

“你见过哪个女人无名无分地愿意给你当媳妇的！”大皇姑毫不示弱，“按常理讲，只有当你老娘才够本。”

军官或许没有领会其中的意思，笑着说道：“那好，请随我来。”

他带着她来到少佐的办公室。岸谷坐在办公桌的后面，脚上漆黑的大皮靴搭着桌沿，仰在宽大的椅子里闭目养神。那个军官敲门，进去报告说：“彼女は果して来た。”[①] 岸谷彬彬有礼地把大

① 她果真来了。

皇姑请到里面，让到正座，亲自为她斟上半杯茶。大皇姑说，我是来看孙灵问的，不是来看你的。岸谷笑着说，周小姐息怒，我们不是囚禁孙先生，我只是把他请来好吃好喝好招待，与我切磋几日棋艺，探讨中国的古老文化，如果由您出面劝劝先生能顾全大局，我们大日本皇军和我本人将不胜感激。大皇姑对他文绉绉的语调极为反感。好吧，她说，那就让我试试。岸谷站起来，躬身施礼，再次表示感谢，吩咐那个军官带她去见灵问，岸谷用中国礼节拱手相送。

在一个装潢别致的房间里，大皇姑见到了灵问。房间里，一张红木办公桌，一组红木沙发，一张红木茶几，还有一张可供四人用餐的红木餐桌，墙上挂着两幅中国古代字画的真迹，一幅南宋李迪的《红白芙蓉图》，另一幅是王羲之的《丧乱帖》，墙角除了各种珍贵的瓷器摆件，便是各种盆景名花。没等说出第一句话，她就流下了眼泪。

“婉盈。”灵问安慰她，“我这不挺好嘛。”他指了指屋内的摆设说，“这可比我的办公室豪华多了。”

“都火烧眉毛了！”大皇姑仰起头，抽泣说，“你还有心开玩笑。”

“在哪儿都一样。”他拍了拍自己的脑袋说，“只要它还在，照常思考。”

大皇姑说：“那本《鼠疫新编》，依我看，就算给了他们，他们就成了大日本？不还是那个小日本嘛。”

“婉盈。”灵问严肃起来，“不一样的，当年抗疫我们所受的歧视，我永生难忘。”

“我不管，”她执拗地喊道，“我不管什么民族国家，我只要你活着，好好地活着！”说完，她扑到他怀里，大哭起来。

等她安静下来，灵问询问了学校里的有关情况，学校是否正常上课，孩子们的学习状态是否依然如故。大皇姑抹抹眼泪，告诉他，一切都正常，大家只是关心他的安危。另外，政府已经宣布了，学校由政府接管，费用由政府出，日本的孩子按照年龄都插入了各个班级，教师队伍进一步扩大了，管理上也完全按照日本的教育模式，整个学校里只允许存在一种声音，每天早上要求学生向“新京帝宫”和“日本天皇陛下”遥拜，拜完了再背诵《国民训》。现在已经开始全面主推日语教学，除汉语学科外，其他学科，包括新开设的专门日语课程，全部由日本教师教授，还设置了日语等级考试，等级考试不合格，不予毕业，政府规定日语是指定的官方语言，提升到了母语的高度，而将汉语放在了次要的地位。校董和老师们怎么想？灵问问道。有的心里不满，但不敢公开反对，比如炎忠；有的认为这样也挺好，一来省了捐助，二来也学了门外语，比如楚云就十分高兴，他说，只要我们在心里把日语当外语就好了。灵问紧皱眉头。过了好一会儿，他问道，槐树花都开了吧。大皇姑说，开了，像雪花一样美，孩子们一放学就爬到树上采摘，整个村子都香喷喷的。

为了这次来之不易的探视，她准备了千言万语以诉衷情，但一下子又变成了日常工作的平淡交流。岸谷给了他们两个小时的时间，并承诺他们以后每天都享有这个待遇。灵问掏出怀表，发现所剩的时间不多了。大皇姑却恋恋不舍。走廊里响起了脚步声，最后在门外停下了，显然是来提醒他们时间已到，但来人并没有急于敲门。

大皇姑拿手帕擦了擦脸上的泪渍，叹了口气。

“好像一场梦。”她说，“真希望这场梦快点醒来。”

灵问安慰她：“既然是梦，就总会有醒来的一天。”

大皇姑推开房门，先前的那个军官正侧身站在外面。

“多保重。”她回过头，对灵问承诺道，“你放心，就算豁出性命，我也要把你救出来。”

大皇姑动身去了奉天，请叔叔玄诚子出面帮忙。一晃一个月过去了，有小道消息传出，宪兵队将在七月八日早上以叛国罪的罪名处决孙灵问。距离行刑的日子只差五天了，大皇姑依然没回来。赵化、楚云、炎忠，还有吕清，他们商量如何解救大哥的对策。但他们都是普通百姓，没有枪支弹药，何况宪兵队有重兵把守，还装备了先进的武器。所有条件对比显示，劫狱根本不现实，就算全烟火老百姓一起出动，也是白白地喂了子弹。众弟兄无计可施。

灵问已经得到了最后通牒：如果在七月八日早晨五点前还不配合，将以枪决论处。灵问建议岸谷，请他多备些子弹，因为他绝不会屈服，他的身体愿意做他消气的靶子。岸谷气得哇哇乱叫，边用日语大骂，边用军刀砍碎了办公室里的几件家具。事实上，他如此暴怒，不仅仅因为灵问在面对死亡时的那种讥讽，更多的是出自于他们下棋时灵问对他的蔑视。至少他认为那是一种蔑视。近两个月来，他几乎每天上午都找灵问下一盘棋，然而但凡围棋高手都不难看出，灵问显然在故意相让。恰巧岸谷是一位高手，师承其父，而他的父亲乃是明治时代围棋名家本因坊秀甫的高徒。灵问所卖的破绽不是将对手引入圈套，而是将自己陷于恰到好处的不利境地，不着痕迹，看似巧妙，无论先后手，还是中盘局势已定，最终都导致一盘未赢，一盘未输，双方每次都以和局收场。昨天对弈后，岸谷再也无法忍受，问道：

“先生为什么总故意放水？”

“因为我们之间本来就不存在赢家。”

岸谷借题发挥道：“既然先生有如此雅量，怎么还执意不交出《鼠疫新编》呢？”

“我不过是在为了争取一场势均力敌的和局。”

和局相比胜出更难。显然，灵问已经达到了可以随心所欲、收放自如以至于控制全局节奏的惊人造诣，而与灵问修为已臻大道的境界差距让岸谷感觉是遭受了更大的羞辱。

即将面对死亡的灵问依旧气定神闲，叼着烟袋，让上升的袅袅青烟表达着自己的思想。他始终不是一个宿命论者，只相信科学，却冥冥中再次坚信自己绝不会死在日本人手里。因为他意识到，假如有一项酝酿已久的工作尚未完成，命运似乎对他格外眷顾，定会延长他的生命。在他看来，信念不是迷信，而是一种与生命、存在和时间有关的尚未被证实的科学。他几乎认清了信念的本质。这种强大的意志在宇宙中有它既定的位置，因为对于它及其所引发的结果，人类可以借助事件的因果关系自觉地完成确认。他不认同梁木和吴敬天两位老先生关于天道长存的说法，但他相信，正如牛顿的力学三定律一样，自然和宇宙应该有其自己的法则。或许这个法则就是所谓的命运。而使命因其是一种责任，必将被这个法则赋予足以完成使命的力量，甚至还会包括某些额外的奖赏。他毫不怀疑，终有一天信念会像风和气一样被科学证明是一种有质量的特殊物质。他据此断定，使命越大、越具体，使命感越强、越正义，力量也就随之越大，除非你放弃这种信念，或犹疑软弱，否则永远不会失灵。这种信念在一九〇二年的家中他首次遇到，在一九〇七年的日本他开始完全确信，在抗疫过程中与死神较量，他更是凭借这种坚定的意志，才屡屡有惊无险。

那是收留冯学义的第三天凌晨左右，家里神不知鬼不觉地闯进了三个土匪，显然他们早已踩好了盘子，是有备砸窑，父亲、自己已然被制伏。为首的是个大高个，一脸麻子，好像谷子均匀地撒了一地。

其中一个矮胖子拿匕首在手掌上打着鼓点，阴阳怪气地说道：“老子今天来，就是想借点钱用用。”他们都拿着带响的家伙。“倘若不然，就爆了你们的头。”另一个黑瘦子恶狠狠地威吓道。父亲经多见广，冷静地说道：“诸位好汉，只要你们先放了我儿子，钱的事好商量。”“少他妈的拿话遛我！”大麻子不耐烦了。灵问虽然年纪尚小，内心却十分平静，他有一种无名的信念，他和父亲不但不会有事，就连钱财也不会损失，因为那笔钱是父亲为他预备留学的费用，只要没被他使用，注定不会被其他人挪用。正在这时，冯学义从暗室里拄着拐杖走了出来，冲大麻子问道：

“敢问花盘子，什么蔓？”①

三个土匪先是一愣，上下打量了一番，因为眼前这个面色苍白的病秧子门清，懂得黑话，引起了他们的重视。

“兄弟宽蔓！”② 为首的回答。

“尹大麻子可是兄台？”

“正是在下。”尹大麻子说，“请兄弟报报蔓。”③

“补丁蔓，双字学义。”④冯学义说，“兄弟来自青马坎三界沟。”

三个土匪立刻对视了一眼，“挑号！”“局红！”“管直！”他们你一言我一语，又是绺子，又是麦子的，灵问一句也听不

---

① 花盘子，即大麻子。什么蔓，即姓什么。

② 兄弟宽蔓，姓尹。

③ 报报蔓，报个姓名。

④ 补丁蔓，即姓冯。

懂，猜想应该是胡子的行话。[1]

“大哥，我看不像是晃门子。”矮胖子对尹大麻子说，“看他那传正的样，应该是熟脉子。”[2]

“你们大当家的长什么样？”尹大麻子进一步考验。

“紫红脸，紫红的战衣。”冯学义脱口而出，“一人一马三支枪，两支手枪，一杆毛瑟大枪。”冯学义描述的正是辽西鼎鼎大名、江湖人闻风丧胆的外号叫包打洋人的杜立三。

“兄弟是四梁八柱的哪一位？”尹大麻子还要证实。

“兄弟是未来的四梁八柱，正要靠窑呢！”[3]他笑着掏出了一封信，拿给尹大麻子看。

“惭愧，瞧这叶子，大水冲了龙王庙，一家人不认一家人。”尹大麻子朗声大笑，命令手下，“赶快放人！”[4]

“既然来了，我请诸位搬姜子。”[5]

三个土匪向灵问父子和冯学义作揖如捣蒜，赔礼道歉，说今天栽了，哪还有脸喝酒，说着风一般跳出了院子。

第二次信念的应验发生在日本仙台。他与同班的日本同学广末因甲午战争双方谁代表正义而多次争吵。灵问浑不在意，殊不知这个广末是极端右翼法西斯组织黑龙会在日本国内的成员。留学时，灵问喜欢独自一人在广濑川岸边散步，时有野鸭游过，岸上点缀着各种鲜花，仙台这个森林之都遵守着森林法则，那晚的天空仿佛一支小夜曲在轻轻流淌。不料广末带领三个学生模样的

---

① 挑号，名声大。局红，势力大。管直，枪法准。绺子，指某股土匪。
② 晃门子，骗人，说假话。传正，懂行。熟脉子，同行，同伙。
③ 靠窑，投靠，投奔土匪。
④ 叶子，信件。
⑤ 搬姜子，喝酒。

人拦住了他，阴森声说道：

“今夜はあなたの命日です。”①

四人将灵问打晕，捆上手脚，装入一只袋子里，拖着他在岸边寻找合适的地方，企图将他沉入河底喂鱼。直到灵问醒来，也没有害怕，他有一种信念，他正在着手一篇关于鼠疫的论文，即将圆满收官，他想，工作尚未完成，他绝不能死，也绝不会死。他大声呼喊救命。不多时，只听见外面惨叫和打斗之声，随后是骂骂咧咧的日语渐渐远去。灵问被放了出来，方知自己被一位途经此地的中国留学生解救。这位中国学生是同盟会的元老陈其美，碰巧他奉孙中山先生之命从东京来仙台发展党员，因其自小精习武术，能以一当十，便轻松击败了广末他们。两人后来多次通信，但灵问反对暴力革命，提倡改良和实业救国，道不同不相为谋，最终断绝了往来。

灵问想，这一次也许是婉盈，也许是另一个冯学义，也许是另一个陈其美。总之，信念使他相信还没到他死的时候。

七月六日，吕清和炎忠从一个叫伊藤拓真的监工那里听说了提前行刑的消息。那段时间，日本驻军正在南山的山顶上建瞭望楼。吕清和炎忠他们几十个劳工日夜分班赶筑工事。午饭时，兄弟二人各自想着心事，难以下咽。伊藤拓真走了过来，用生硬的汉语骂道：“中国人的，吃饭像马，干活像牛！”他似乎觉得骂得不够劲，又补充说：“等明天早上枪毙了那个，你们就该像狗一样听话了。”吕清身材魁梧，胳膊和那个日本监工的大腿一般粗，拎起椅子要砸他，所幸被身旁的炎忠及时制止，伊藤拓真背对着他们，并未发觉任何异常。下工后，炎忠、楚云、吕清和赵化在

① 今晚就是你的忌日。

一起唉声叹气。他们实在没辙了。最后吕清提议说，既然大哥必死，倒不如今晚提前为大哥弄一个陪葬的。他说，据他多日观察，那个混蛋伊藤好酒好色，每晚都去松竹馆喝酒嫖娼，几乎在十点以后才酩酊大醉地回到住处，绝不在外面过夜，而且不论闹腾多晚，早上六点开工前他肯定会回来。

“我看，就拿他开刀。”吕清提议说。

“在哪儿干掉他？用什么家伙？”炎忠问。

“苇荡南面，宰猪刀。”吕清说。

“我觉得不妥。”楚云说，“弄出了人命，会惹祸上身的。”

赵化支持楚云：“要干，你们俩干吧。”

“这事，就当我和六弟毫不知情，”楚云说，“要么今晚也不行，锦州来了个买盐的大客户，我还得接待呢。”

“二哥，我们走。”吕清对炎忠说。

昨晚从八点开始下了一场大雨，凌晨三点时天放晴了。灵问吃了早餐，等在门口的两个士兵命令他穿好衣服，吩咐他跟他们走。负责行刑的那个少尉问他：

“昨夜はぐっすり眠った？”[①]

“请讲汉语。”灵问说完，不再言语。

他跟着他们梦游般走下楼梯，穿过长长的走廊，来到前面的大院，绕过屏风，又七拐八拐地向后院的训练场走去，卫兵早已挪开了门口的障碍。负责行刑的少尉用标准的汉语问他是否还有什么遗言。灵问没有回答。十人的行刑队站成整齐的一排，一律背着步枪，岸谷悠闲地仰在后面的一把大太师椅上，就像一个婴儿躺在摇篮里。他正欣赏着东北方向的天际渐渐变红。他们安

---

① 昨晚睡得还香？

排灵间站在靠北面院墙十米左右的地方，以防脑浆和鲜血溅在墙上。岸谷命士兵递给灵间一支香烟，灵间却拿出自己的烟袋，士兵用火柴给点燃了。

岸谷劝道：“孙先生，中国有句古话，亡羊补牢，现在还为时不晚。”

灵间只是吸烟，让一缕缕青烟做着无声的回答。

那个少尉冲他喊道：“如果你害怕，就把脸背过去。”

灵间像一座雕像纹丝不动，也没有回答。少尉带着强烈的好奇心走到灵间跟前，好像为他相面似的上下打量，满以为灵间拿着烟袋的手会颤抖不止，满以为冷汗会从他的脸上流到下巴上，再一滴接一滴地掉在脚面上或尘土里。但使他惊讶的是，他过往在其他死刑犯身上所见的情形，在灵间身上却连一点儿征兆都没有。少尉转身对岸谷说：“彼はびっくりして馬鹿にされたと思います。”① 士兵们发出一阵讥笑，越过了高墙。当少尉高声喊“予備”，② 行刑队瞄准他的时候，他仍然睁着眼睛，也没停止吸烟。在那一瞬间，他也没被死亡的恐惧推向回忆的深渊，而是正在头脑里设法构建一个严密的三段论。

“銃の下に人を留める！”③

突如其来的一声喊叫将灵间拉回了现实，一个军医从大门外向这边跑来。行刑队定格在瞄准的姿势，跟灵间所预感的情形并无二致。那个军医跑到近前，向岸谷用耳语汇报着什么。

灵间被带到了医务室，手术台上躺着一个奄奄一息的日本人，身上多达五六处致命的刀伤，看刀口都是尖刀所致。

---

① 我看，他是被吓傻了。

② 预备。

③ 枪下留人！

“还请先生不计前嫌。”岸谷说，“我知道，您有起死回生之术。”

当灵问作为一个医生时，世界上没有善人和恶人之分，只有病人。另外，他猜想眼前的情况不是自己的那帮兄弟所为，就是同村的乡亲们或其他的同胞所为。为了避免可能引发的恐怖镇压，他吩咐那个军医抓紧准备手术所需的一切物品，之后快速施行了手术。挨到半夜，那个日本人醒了过来，但心律不齐，还没有完全脱离生命危险，需要灵问继续调治。玄诚子找到一个和自己交好的关东军少将，三天后释放孙灵问的命令下达到了宪兵队。

岸谷为灵问举行了一场盛大的压惊宴，也邀请大皇姑参加，所有尉官以上的军官全部作陪。他向灵问赔礼道歉，声称他实际上是在演一场苦肉计罢了，怎么能忍心杀掉一个可以帮助他提高棋艺的一流大师。经过多轮酣战，在他眼中，灵问已经不是一流以外的力斗搏杀，而是入神坐照的一品高棋，故能勘破胜负，置生死于身外。你这个苦肉计呀，差点儿弄假成真，大皇姑揶揄他说，要演，下次请少佐您自己演好了，我们可不想滥竽充数。岸谷朗声笑道，周小姐伶牙俐齿，真乃巾帼英雄。

席间，他向灵问请教他是如何在本因坊秀甫设计的《日月谱》中反败为和的。这日月棋局，灵问说道，千变万化，莫衷一是，乃是因人而施，成败与否只在乎贪与不贪。而世人几乎无不沉迷贪欲，小贪的人败在不肯弃子，大贪的权势之辈，善于审时度势，原本勇于弃子，却又贪图于不肯失势，执着于仇恨的乖僻之人也是一种贪婪，反倒因他的易愤易怒而坏了大事。我那时中盘败象已定，因为胜负对我无关紧要，我本来就不想求胜，尽量让自己委身于流势，任思维随势漂流，就将边角全部舍弃了，借势抢占了中央腹地，这就是所谓的倒脱靴。岸谷举杯赞道，高，先生真乃高人也，据我父亲讲，在我们日本国内执白子获胜或平手者寥寥无几，但我认为，您在完全可以反败为胜的先机下，还能收放自如，控制局面，想赢就赢，想和就和，实乃更胜一筹，让我辈佩服之至。灵问说，少佐过誉了，强中自有强中手，有一个人比我厉害得不知有多少倍。不知他高姓大名，家住何方？岸谷问。灵问说，他叫吴敬天，是位跑江湖的说书艺人，我们在哈尔滨时便认识了，还帮了我许多忙，他自称八荒之人，四海为家。他请我破他的棋局，我全力拼杀，结果三局下来，都是四劫循环的和局。真乃世外奇士，岸谷说，你还记得那个棋局吗？改日我们切磋，但请您勿要故意相让了。时过境迁，有些模糊了，灵问回答，但棋局的名字我倒记得，叫《双鱼棋局》。岸谷惋惜不已，沉吟道：

“《法句经》里讲，‘胜者生怨，负者自鄙，去胜负心，无诤自安’。结合您那场对弈的失利，我看，您胜我正是胜在此道之上。”

“那我也送少佐先生一句我们中国的古话，天地所以能长且久者，以其不自生，故能长生。是以圣人后其身而身先，外其身而身存。非以其无私耶？故能成其私。”

最终一场酒宴变成了一场棋宴。

早在案发当天，岸谷对伊藤拓真遇害一案便展开了疯狂调查。他下令封锁了烟火所有的交通要道，挨家挨户搜查疑似凶器，当时三个屠户为此遭了殃，被关押起来。同时，只允许各家留下一把菜刀，多余的刀具，甚至镰刀、斧头、铁锹和镐，以及木匠用的锯，也一律上缴了。直到赵化向岸谷再三陈说烟火世代良民的历史事实，岸谷认识到自己的小题大做差点儿将天皇的颜面丢失殆尽，才收回了成命。一天夜里，一个卫兵拿着一张纸条呈给了岸谷，纸条上面写着：一人做事一人当，可恨鬼子没死透，有种来抓我。中国好汉，吕清。落款的签字上还按了一个大大的右手的掌印，指纹和掌纹纤毫毕见，掌印下面用大号的字标注道：伊藤拓真的蠢猪血。岸谷气得几乎发疯，嚷道：“これは公然と挑発するのです！”①

当大批荷枪实弹的军兵包围了吕清的家时，吕清早已带着十三岁的儿子避开官道，偷渡苇荡，而后翻山越岭，经建昌境内，逃往了热河，只有哑巴妻子一人在家，倒不是丈夫和儿子忍心任由她自生自灭，而是她自己不愿离开，坚持要留下来照顾分家另过已经年迈的公婆。岸谷鉴于天皇在中国东北奉行的是殖民怀柔政策，加上以灵问继续留校任职为交换条件，不再追究吕清家属的连带责任。回到宪兵队，他命士兵狠狠地鞭打了那三个屠户之后，才将他们释放回家。

吕清的经历极不平凡，他先参加了张学良的第七军团，由于英勇善战，官至营长，到解放战争初期率部投诚，编入东北野战军，在第五纵队二旅一团任副团长，多次身负重伤，却大难不死，直到抗美援朝战争后期才牺牲在异国战场，自逃亡后从未探家。他的儿子吕正和父亲相比既幸运又不幸，幸运的是，吕正在金门战役中被俘虏到台湾，终于在活着时回大陆探亲，见到了日思夜想的老母亲，在这之前，他一直被视为烈士；不幸的是，他不如父亲能谋善战，有指挥才干，直到被俘也没建树任何战功，十多年的军旅生涯一直是个打不死的士兵。

当故新见到这位哑巴老人时，她仍然孤苦一人，儿子的探亲假已满，返回了台湾。

---

① 这是公然挑衅！

故新与老人的交谈完全要依赖于懂哑语的张聪全程陪同。“她说，你想干什么都行，她一个哑巴老太太能管得了什么，”张聪为故新翻译说，“但是，她老人家又说，灵问大哥要是不同意你开采，她也就不同意。”

三

他们回到了村部，故新见灵灵坐在张乙的那把椅子上，以为是在等他，灵灵却起身要走，对他说："今天张乙不在，我们改天再谈。"

十七年来，这是他们两人的第一次重逢。十七年的光阴把她的脸磨砺得比以前更加妩媚。他回忆着那晚的细节，每一个动作，每一句话，都纤毫毕见，像始祖鸟的化石一样栩栩如生。在她的记忆里同样色彩鲜艳，每个细节仿佛凤凰的羽毛永不褪色，并保有本来的温度。因为从那晚开始，她才真正占有了那个有血有肉的人，而不再是一种太虚幻境。

自从最近一次在杨树林里约会之后，兰若拒绝和故新见面已经一月有余。她不给他任何当面倾诉的机会，她的声音也很久没出现在广播里了，说是要待在家里照顾生病的母亲，不见任何外人。他怕打扰了病人，便每天坚持给她写一封信，每封信都是一首炙热的情诗，每首诗的结尾都用了一句相同的话：如果娶你犯法，我愿一生在牢里度过。每封信都由兰亦转呈，但都未经开启，被原封不动地退了回来。她每次带回的口信，只是重复分手时兰若说的那句话：守孝期间，让人看见了我们在一起，影响不好。他自诩是一条硬汉子，没有哭泣，也没有抱怨，却绝望得像永不会被释放的苦役犯那样消耗自己，整个白天代替驴子，眼睛蒙上毛巾，猫在农场的豆腐坊里拉磨，磨出的豆腐足以供应全村居民未来两天食用。

“请原谅我这样说，故新，别再犯傻了，我左思右想，我还是不能嫁给你。”最终有一天，兰亦带回了姐姐的决绝回复，“如果你真心爱我，就该为我的选择感到高兴才对，请娶一个比我更好的姑娘吧。这样的话，我也会感到幸福的。”

兰亦将一束桔梗花的标本交到故新手上，那是他与兰若的定情之物，尽管被她视作珍宝一样完好无损，不过现在已经干枯了。

男人的尊严曾告诉过他不要哭，但眼泪还是掩藏不住。兰亦为他们感到遗憾，眼眶湿润，话到嘴边，几乎忍不住吐露了实情。那天下午，当兰亦试图劝姐姐回心转意时，他来到了刘崇文老师家。刘老师让妻子炒了一盘盐爆花生米，另外摆上六只咸鸭蛋和一盘小咸鱼，他们谁都不第一个开口说话，只是一杯接一杯往肚子里灌酒。他发现借酒浇愁愁更愁，思念的折磨像猛兽赤裸裸地迫近，直至酩酊大醉，不省人事。当他从无梦的失忆中苏醒过来时已是第二天中午，他发现自己竟在刘老师的家中过夜，记不起昨天下午发生的任何一个细节。

到了下午，故新出现在灵灵的房门口，他得知灵灵的母亲大皇姑去沈阳的堂舅家探亲已有半年了。他对着敞开的房门轻轻敲了三下，她走出里屋，一脸难以置信的表情，甚至忘记了客套。他满身酒气，隔着十多步远，几乎将她熏倒。不期花六迎了出来，挡在门口，“你来干什么？”

灵灵狠狠瞪了花六一眼。故新才明白，他刚刚听见灵灵那声低沉威严的“滚”，不是在骂他，而是在骂眼前的花六。

“这里不欢迎你。”灵灵语带双关，下了逐客令。花六迈过了门槛，却赖着不走，看那神情是要监督他们究竟谈些什么、做些什么。灵灵不再搭理他，这个人对她来讲已经不复存在了。

“灵灵，晚上六点，杨树林见，我有话要对你说。”故新也装作不懂，像一个长官下完了命令，向外走去。灵灵望着他的背影，愣了一下，随手砰的一声关上房门，尴尬的花六像一具死尸僵在了那里。

花六在不久前刚刚经受了一次沉重的打击。花六的原名叫周伟国，其父亲是大皇姑的二弟周宏光。周宏光不爱种地，不爱打鱼，不爱当石匠，也不爱经商，总之，一辈子只迷恋扎纸活，以给死者扎纸牛、纸马、纸轿、童男童女等陪葬品为生。当年姐姐风光的时候，看异病的人需要纸活消灾，他的生意也跟着红火了两年。周伟国继承了父亲的工程师基因，不爱种地，不爱经商，不爱当石匠，不爱当渔民，也只爱摆弄高粱秆、竹竿子，却是整日研究如何制造各种机械，并非借扎纸活来养家糊口。他有他的理想。他曾向灵灵夸下了海口，他正在研发一种用于自动收割小麦的机器，不久即将问世，他要亲自去北京申请专利，他希望到那时，她会答应嫁给一位伟大的发明家。运动初期，因为状告灵问先生救治日本监工一事，宣告他的政治生涯彻底失败，他从此把精力全部用在了发明创造上，试图借此出人头地，当他立下求婚的誓言时，成败的结果又增添了另一层意义。因为谷子和小麦长得像，他利用自家的自留地做试验，结果导致连续三年颗粒无收。最近，小麦收割机终于通过了圆满测试。周伟国带着图纸满怀成功的热望赶赴北京。他住在小招待所里十天十宿，花光了灵灵赞助他的五十元钱，最终一位工作人员答复了他：“同志，真是对不起，各个部门都很忙，目前还没制定关于专利的法规。”“您的意思是，现在申请不了。”周伟国确认一下。“是的。”那位工作人员说。显然这个消息就像一颗被引爆的炸弹，把他的一切都炸毁了。

在所有的男知青里，周伟国最憎恶的人是故新。他在诗歌才艺大会上一举夺魁，全烟火自命不凡的男青年都开始信仰一个叫故新的知青，他深沉内敛，诗作才华横溢，如璀璨的星辰一样不是出自人类之手。可这些盲目的追随者根本撼动不了周伟国对自己的崇拜，虽然他不喜欢诗歌，但他宁愿相信那是一次侥幸。他在公开场合多次表达了他的观点：他蔑视诗歌，喜欢科研发明，因为收割机不是诗歌，虽然它在工作时也会发出马达的嗒嗒声，但那终究不是诗歌，只有机器才真正务实，而诗歌就是银样镴枪头，尤其是现代诗，是万恶的腐朽的资本主义。他不服。灵灵看着故新的眼神，幽怨里若隐若现的柔情，对他来说极为陌生，情敌刚一露头，他就像多余的指甲被剪掉了，甚至连她院内的那架秋千都不是。他希望这个夜晚永远不要降临，但愿有谁能偷走它最好，倘若没人援手，他宁可亲自当贼。

八月的夜晚，因人类尚未毁坏它们，像以往一样如期返回了。当暮色在一星河北岸缓缓加快脚步，可以唤醒情人身上的原始本能，也给灵灵带来了微微的不安。她完全清楚一个失恋的男人在醉酒后最想干什么。

他们站在一棵大杨树下，他闻到她发梢的香味，纯粹而亲切，好像刚刚从水里长出的芦苇嫩芽，有着盐碱土的馨香和水珠的干净。他的两只手已然觉醒，一双笃信某种必然结局的眼神，还有两片唇的炙热意识，急于要支配她的世界。她默默地，用暧昧的肢体响应他的明确暗示，两条手臂像蛇一样勾住了他的脖子，把自己湿润的灵魂完全交给了他，只听见一只布谷鸟在沼泽里歌唱。明快的咏叹调之先，一段沉闷的音节在她的大脑里开始响起，那支任性的歌第一次慌乱地敲打出属于它自己的前奏。

面对那种几乎无法承受的痛苦，她的意识自觉地走进了一个古老的寓言：在中原地区，那只鸟王——一只雄性的凤凰，抖落下一根羽毛，这根羽毛变成无数只雌性的凤凰，她也变成了她们中的一只。而她们为了证明谁是鸟王的王后长期征战不休，为了结束纷争，他们决定前往凤凰山寻找鸟王，让他来做最终的抉择。她们飞入星辰闪烁的苍穹，看见森林里树木搂着树木、枝叶缠着枝叶，当飞越了三山五岳，她们徐徐穿过一片汪洋大海，两岸盛放红色的玫瑰，红色十分肥美，涂染得极其鲜亮，一只小鹿在那里尽情撒欢，在玫瑰园里不住地奔进奔出，身上沾满鲜红的花瓣，风中传来一串串喘息。在朝圣的路上，许多凤凰中途放弃或丢掉了性命，最终只剩下十二只，历经艰辛的她们用仅剩的力气跨过无底的深渊，飞上了对面的凤凰山。当望见水中十二只疲惫的倒影，征服了命运的幸运者最终找到了答案，也许是出于对命运的妥协，她们发觉每个自己都有资格是鸟后，也都是鸟王，鸟王同时也是鸟后。

她感觉每颗星辰都是月亮，也是它们自己，月亮也是所有星辰和它自己，她不再痛苦，因为他们的合一让他们各自分担了痛苦，上天的奇妙恩赐使他们感受着愉悦。他们狂野地冲进深渊，以一种他们都能领会的浮沉方式，向极乐的漩涡滑去。伴随着频率的加速，冲刺，灵魂倏忽间挣脱被掏空的躯体，一下子抛弃了已然荒芜的大脑。

突然，杨树林外面的一声凄厉惨叫，将她和他，还有另一张几乎被遗忘的脸拉出了漩涡。

然而相较于母亲，孙灵灵是幸运的，她在一星河北岸如愿以偿地越过恐惧的沟壑，体验了生命初尝禁果的美妙旅程。如果没有那声惨叫的惊扰，这种美妙的回报会更加圆满。即便如此，也足以令她永生难忘。

捌章　双龙寺

三

周伟国找到了正在赵化家做客的故新，从军绿色大衣的侧兜里掏出一块蛋白色的石头。他用夸张的手势指着东南方向，自称在六星河的入海口处，采文蛤时得到了它。他解释说，要不是他最近手头紧，绝不忍心卖掉它。

“如果不是宝石，”他把胸脯拍得啪啪响，起誓发言，“我从此就不是人，你大可骂我的八辈祖宗！”

据张聪介绍，当周伟国于一九八〇年第二次去北京申报收割机专利失败之后才彻底堕落了，至今一直靠行骗过活。他凭借出色的表演天赋，利用各种节令，编造出五花八门的理由，几乎向所有的熟人、亲戚、亲戚的亲戚借过钱，他却把钱用在了吃吃喝喝上不还。他那张脸好像自家的陈年磨盘，谁见到了都似曾相识，很难不叫人感到亲切和安全。但再一再二不再三，时间久了，最终信誉扫地，举债无门。他现在俨然一个泼皮破落户，但只怕两个人：灵灵和警察。灵灵偶尔会接济他，也常常不留情面，狠狠地批评他。他却恭恭敬敬地垂手侍立，一句不敢顶撞，像李莲英对慈禧太后那般敬畏。若有谁家失窃被盗，警察会请他到派出所谈话，以至于他看到穿劳保店卖的假警服的人都胆战心惊，一听到警车的鸣笛便躲躲藏藏。张聪是村主任，看他可怜，安排他看护村里的沙滩，别村的村民盖房子，搅拌混凝土，去那里偷沙子，一包蝴蝶泉或一斤廉价的点心就能将他买通了。

故新因此对臭名昭著的花六没有一丝好感，根本不为一个骗子的誓言所动，只盯着他光秃秃的下巴，忍不住想笑。当回到北京后不久，故新得知那确实不是一块普通的石头，而是价值连城的蛋白石，他为错失一块极佳的替代品而失信于兰若懊恼了两年之久。也就是从这个时候，他开始同情周伟国了。

“故新，我把话撂这儿，总有一天你会后悔的。”周伟国像个预言家一样发出了警告。

故新不以为然，问周伟国是怎么知道他想要宝石的。周伟国故作神秘地说，全村人都已经知道你要在骆驼山开采石英矿了，而石英不是宝石，又是什么？故新又问，他们怎么会都知道？周伟国说，因为灵灵付给我三百元钱当劳务费，让我挨家挨户通知大伙，务必要对你高度配合。

故新因此认为孙灵灵原谅了他。但他想错了。他已经彻底失去了这个他一生都视作妹妹的女人，不是在他们有了云雨之欢后他不辞而别的时候，实际上是从她诞生的那刻起。

孙灵灵是大皇姑的养女。第二个孩子的死对大皇姑的打击极其巨大，她用十二年的光阴来平复伤痕，才有勇气抱养了第三个孩子。这第三个孩子便是孙灵灵。孙灵灵这个名字是从前面两个姐姐那里继承下来的。从第一个孩子开始，大皇姑就给孩子取了这个不同寻常的名字。整个烟火都猜到了此中的深意。灵灵在两岁时也差点儿因天花死掉，但命大，最终天花全部释放出来，康复后却奇迹般仅在眉宇正中的位置上留下了一个麻点，大小适中，颜色鲜红，人们都叫它美人痣。灵灵天赋出众，忍耐力和洞察力同样强，并且乖巧听话，也能欣赏别人的长处。母亲爱如至宝。她把对前两个孩子的亏欠和期望全部倾注在了灵灵身上，一方面送她进正规学校接受现代教育，一方面在家中悉心培养，设计高强度的训练，将自己在《周易》和绘画方面的造诣悉数传授给她，试图让心爱的女儿变成自己在尘世的延续。

灵灵喜欢画画，不喜欢耗神费脑的《周易》，但母亲偏偏在神秘之学上，对她的要求极高，几近苛刻，倘若不能按照母亲规定的标准完成作业，就会受到体罚。母亲性格过于粗犷，从她那里得到的不像是母爱，倒像是父爱。自十一岁起，路过小木桥的那具骷髅在她梦中的形象鲜明起来，变成一条瘦骨嶙峋的大狗，守在桥上，谁想路过，大狗说了算，有几次她想强行通过，大狗凶残地咬下了她的脚趾，甚至梦醒之后她也不敢伸展自己的手脚，担心受到了伤害。这一切使灵灵的整个童年几乎是在惊惧中度过的。

她还和其他正常的婴儿不同，未曾在母乳的喂养中获得足够的安全感，她经历了天花侵袭的大难不死，见证了母亲因对孙灵问的深沉眷恋，在怨恨和宽恕的纠结中百般折磨自己，以至于经常有这样的时候：母亲教她画画，讲解《周易》的知识，但同时似乎又在想着心事，如同女儿不存在一般，或者突然冒出一句："闺女，记住妈的话，世上的男人没有一个是好东西，什么时候都不能丢了自己。"

她不愿女儿单独接触任何男人，甚至不允许她谈恋爱，灵灵下班回家，总要找个女伴证明有她在场。特别在操练《九章经》后，母亲更疑神疑鬼，睁大了眼睛说，她的气息最近又开始变得大了起来，不再像虱子那样小，而是像一头黑色的玄武那么大，她觉得不大对劲，问她是不是最近向她说了谎，隐瞒了爱上某个男人的实情。温柔的语气带着拷问的味道，灵灵忍无可忍，向她抱怨："妈，我都这么大了，谁还能把我拐走了？"她说："我是为你好，这跟大小没关系，你记住了，男人没有一个好东西。”

畸形的家庭环境曾一度使灵灵绝望地认为，在这个世上没有一个人真正关心她。诸如对饥饿的恐惧、谎言导致的残酷斗争，以及身世之谜无一不在她心里留下了难以磨灭的创伤。而创伤是热爱生活的人理应付出的代价。这种清醒的意识，最终把她从苦涩的记忆中拯救出来。如今，她成为烟火唯一一个能全面系统掌握《易经》奥义的人，人们当众并不叫她萨满或大神，而是尊称为大师。这些并未使她丧失一贯的冷静，在烟火赢得的荣光和敬意，她不将之视为希望，而是当作享受真实的生活本身。

身世之谜构成了她荒诞人生的一部分，偶尔会让她稍感困惑。故新抵达烟火后的第五天，琳娜不幸病故了。而她是唯一一位可能知道灵灵身世的人。

三

一九四四年春分那天，莫问带着琳娜和一对三岁的双胞胎儿子回到了烟火。当马车行至村口的石桥，灯火在对面闪烁，莫问挥手说：“这里就是我长大的地方。”他那豪迈的口气不排斥高悬的明月、稀疏的星辰、火热的红海滩、冷清的码头，也包容了海洋、河流、黑沉沉的苇荡和一座光秃秃海拔不值得称道的骆驼山。

若非当年眼镜蛇事件耽搁了一天的行程，莫问便不会在一个纷争的清晨邂逅琳娜。那天傍晚，莫问住宿在海拉尔的一家小旅馆。次日一早大堂内传来的女人哭声将他吵醒了。据了解，琳娜和丈夫来自昌图，做皮草生意，不料丈夫感染风寒，在店里一病不起，花光了全部盘缠后还欠下不菲的住宿费用。丈夫今早不幸病故了，店家蛮横无理，要求琳娜还清所有欠款，才允许安葬。莫问取出银两，替琳娜还清了债务，安葬了死者。

“在老家我没有亲人。”琳娜磕头谢恩说，“如果恩人不嫌弃，就让我伺候你一辈子。”

“我是个瘸子。”莫问拉起她说。

“我不在乎。”

“我这个人一辈子倒霉。”莫问说，“谁跟着我，谁都会倒霉。”

“我不怕。”

“但我怕。”

“恩人。”琳娜含泪求道，“你就当救人救到底，我一个孤苦女子可怎么活？”

莫问心里不忍，只好带上了她。他们以兄妹相称。在前三年相守的日子里，琳娜多次设法以身相许，他并不将之视为勾引。他认为也许这是琳娜那种中俄混血儿所特有的性情。他仍然没从殊兰背叛的打击中解脱，他早已暗下决心，今生不再娶妻，一个人随随便便地度过。唯有时间才可以融化坚硬的心，莫问发现琳娜论长相和气质并不在殊兰之下，心地也很善良，有她陪在身边，他在满洲里仿佛闻到了家乡的槐树花的馨香。身在危机四伏的边境异域，好似在缺失牧人守护的暗夜，听见狼的嗥叫，他们像羊圈里的两只羊出于抗拒恐惧的古老需求不得不依偎得更紧。最终，他们的意志屈从了各自深沉的情感，没经过任何正规的婚嫁仪式，在一个晚上顺其自然地结为了夫妻。

当兄弟两人再次相见时，双方感觉到的不是亲切，而是比当初离开时更加陌生。灵问对侄儿比对弟弟更关心，抚着孩子的头，夸赞他们长得机灵。

“你回来就好。”灵问说，“近十二年你寄回来的钱一分没动。”

“哥，你怎么能给日本人做事？”

“这事不是一句两句话就能说清的。”灵问说，“但有一点我可以明确告诉你，我不是给任何人做事，也不是给哪个政府做事，我只是为教育做事，记住，是为孩子们的教育。”

“那还有日本人的孩子呢？”

“谁家的孩子不是孩子？”灵问反问道。

“有殊兰和雨霖的消息吗？”莫问转移了话题。

“有。”灵问回答，“十五年前，他把妻子和孩子都接到了奉天。”

莫问带着妻子和儿子到坟前祭拜了父母。接下来的几天，分别拜访了多年未见的老弟兄，了解到这些年烟火发生的巨大变化。当他问起雨霖和殊兰时，炎忠、赵化和楚云所掌握的情况和灵问并没什么不同，仅此而已。尽管殊兰已经出走了多年，可能早已是几个孩子的母亲，说不定当了奶奶也未可知，也可能早已失去往昔迷人的风采和笑声的魅力，但他自己也弄不清楚究竟是为什么，一回到烟火他便在一种神秘的力量驱使下，疯狂地在记忆的废墟里复活她，试图找到她。他无法将她的轮廓从昔日支离破碎的生活片段中抽离出来，无论时间和地点如何变化，那个早已被记忆理想化了的形象始终停留在了松竹馆。爱情剥夺了他身上不朽的灵魂，但这个小东西曾慈悲地赐给他自拂晓晨波到傍晚炊烟的欢乐。也许他正是在这种力量的驱使下才决定在长睡之前赶回烟火。

整理账目时，他发现家里积累了数目巨大的财富，金条一百五十三根，北洋政府时期大洋八十五万元，仅康德元年以后发行的纸币、铜币、铸币等合计就高达五百二十三万。几代人肆意挥霍也花不完，所以莫问的“海干钱不干”这句名言一直在烟火流传至今。药王阁商号在炎忠的打理下已经增至六家，财富的来源除了莫问在满洲里经营外贸所得，多一半是炎忠贡献的。松竹馆的二老板张丙炎是采购大户，炎忠在日本人禁令之下，多次冒着杀头的风险将药物卖给了他。张丙炎不透露买家，只说是利国利民，炎忠也不多问。

鉴于炎忠多年为孙家和中兴学校的巨大付出，莫问做了一件让所有人都意想不到的事。他决定将孙家的一半耕地，大约二十五垧，无偿地送给二哥。赠地之事，被传为美谈，因为自古而今烟火人从没听说过有哪个人怕钱多了咬手。所以，人们断定不是莫问脑子出了问题，就是莫问真讲义气。楚云若碰上有人议论，便纠正说，“我四弟脑袋不傻，弟兄间本来就该有福同享，有难同当。”从那以后，上门借钱的乡亲们日渐多了起来，莫问来者不拒，往往是来人借一块，他却给拿走两块，而且一律不留欠条。他在集市上买东西，也从不和那些小商贩讨价还价。正逢他和琳娜结婚二十周年的纪念日，他在县城里一家首饰店为妻子选中了一副耳环，掌柜是一个厚道的年轻小伙，要价一千九百元。

他问道：“掌柜，这个价格还有没有商量？”

掌柜赔着笑脸说：“哎呀，老板，我这里店小利薄，东家规定了一口价。”

“那好。”莫问笑着说，“我给你两千元，打包。”

年轻人顿时目瞪口呆，他活了二十多岁，今天第一次遇到怪人。

事实上，莫问在私底下还赠给了炎忠二十根金条和二十万块大洋、五十万康德时期的纸币和铸币。炎忠坚持不收。“二哥，你要是不收，”莫问说，“以后，我就不是你四弟了。”

九十年代末期的一天，我在心吾表舅家见到了那些证据。表舅给我出示了二十张借据和六块康德五年的铸币。二十根金条，他说，还有那些大洋、纸币和铸币，你姨姥爷拿回家后，挖了个窟窿，埋在柜子下面的地里了，分毫未动，当四叔的钱快输光时，他背着四叔完璧归赵，拿去支援了，只留下这五块，说是要留下做个纪念，让后人记住这段恩情。至于那借据的来头多少有些曲折，田地一过到他名下，几乎一天没留，他老人家把它们全卖给了张楚云和梁启，换回来的现金，谁家遇到困难，他就借给他们，富裕的收些利息，贫苦的就只要本金，等解放了，这些钱也没敢去要，全打了水漂。我问，他为什么要卖地？他说，我也问过，他说他当时只是感觉留着地将来可能是祸害。我笑着问，他老人家还能未卜先知？表舅说，倒也不是未卜先知，你知道为什么梁家是大地主？他自问自答，就因为梁启当年花钱置备了大量的土地，但他父亲梁先生却坚决反对，老先生经常当着你姨姥爷的面抱怨，也严肃地警告他，“孩子，记住了，有钱不要囤积土地，拿钱多接济别人，修好不见好，将来少不了啊。”

这让我想起了小时候的一件事，姨姥爷洗脸时，脸盆里盛的水少得刚刚漫过了手背，我当时不解。他说，脏水不脏人，讲堂里先生说的修好不见好，将来少不了，这也是修好。自那以后，我无形中也养成了这个习惯，妈妈发现后数落我说，你看你弄得那点水，还不够沾牙花子。我回答，脏水不脏人。上学以后，我才知道那叫节约用水，才知道地球上的水资源是有限的，才知道世界上有许多地方因为饮用水匮乏而面临的生存困境，才知道那是很久以后的理智世界所提倡的一种美德。我不得不惊讶于早在烟火的蒙昧时代，那座讲堂居然能有如此的先见之明。然而，当时的绝大多数村民却对它十分冷淡。

唯有张楚云自孩提到中年的全部时代一直对那座像大鱼肚腹的神龛保有浓厚的兴趣。当日本驻军烟火的时候，他内心那个隐秘的愿望变得无比强烈了。因为直到那一刻，他才对自己、对金钱具有了更深层次的认识。他完全继承了家族，尤其是父亲血液里赚钱的传统，不仅精通农业生产，精通商业运营，还精通古董收藏。与父亲偏爱收藏陶瓷不同，他喜爱收藏中国历朝历代的钱币。他在鉴定铸币真伪方面很少走眼，却在岸谷那里栽了跟头。当初，日本驻军有三个备选地址，因为在战略上差异不大，选哪里都是一样。楚云托赵化去游说岸谷，建议把军营建在他家盐场的北侧。三哥，赵化说，别人躲着日本兵，害怕擦枪走火都来不及呢，你这倒好，上赶着请人家来。将来你就明白了，楚云说，免得有损国格，我们最好给他来个雅贿。怎么雅贿？赵化问。你跟岸谷讲，说我喜欢收藏古董，特别是古代的钱币，楚云说，到时我出个比市面行情高几倍的价格收了便是。经赵化的斡旋，岸谷同意成交，出让了从天津一个古董贩子那里收藏的四十二枚魏晋时期的钱币。其中丰货、汉兴、梁造新泉各五枚，永光、天清丰乐、景和各六枚，仅大夏真兴一种共九枚，楚云按高出市面三倍的价格付出了合计五根金条的代价。当军营建成了，由于重兵把守、岗哨密集和探照灯的强光威吓作用，盐场再也没发生过失盗的情况。而在此之前总有些江洋大盗或胡子趁着夜黑风高或偷或劫。另外，军队的日常用盐，由于距离近，也降低了不菲的运输成本。赵化对三哥非同寻常的商业头脑佩服不已。

不过后来经一位北平的专家鉴定，这些钱币没有一件是真品。证据是手上的汉兴、景和、永光、梁造新泉、天清丰乐，这些赝品的直径都大于真品的尺寸。永光、景和两种在市面上更为少见，而且币身小，穿孔大，容易毁损，这些赝品却保存得精美完好，很难取信于人。而永光最为难得，伪造者常假以六朝时期的五铢改造仿制。但楚云始终不愿意相信一个堂堂的日本少佐竟然以他的一番美意为好欺，卖给了他一批赝品。不过，即便果真上当了，这个微小的失误为他制造的沮丧也很快被自己的英明决策所带来的丰厚收益给赶跑了。

他曾一度暗自惭愧自己挣钱的本领不及守财的能力，比如为了保护钱财不丢，他在自家的大院里养了第一条大狗后，又养了第二条大狗，以至于现在养了五条大狗。他好强争胜，嫉妒别人在任何方面超过自己，当年看到孙家大院的气派，却不舍得花钱，隐忍了三年，之后实在忍无可忍，才翻盖了老宅，建成一座江南风格的园林庭院。这种风格在北方显得格格不入，但正因为这样才有高人一等、令他沾沾自喜的感觉。他觉得此番决策的成功足以证明，他赚钱的能耐并不比守财的能耐小。他遗传了父亲的虔诚，认为自己的家族和成仙得道的祖先订有一份秘密契约，只要他相信祖先的非凡道行，只要他精心地伺候好祖先，满足他们被崇拜和祭祀的需要，他的财富就会积累得更多，至于积累财富的手段如何卑鄙，祖先一概不予惩罚。他甚至有时产生更疯狂的想法，急不可耐地与妻子和长子分享：为了表示最高的孝心，他恨不得找两条象征祖先的青蛇放到自己的肚子里，由他饲养，即使那样可能会很痛苦。时年八岁的长子说："爹，我们都盼着你那样做，以后我们就能借光吃到好东西了。""没出息，"楚云骂道，"我决定不养了，免得让你变成了馋鬼！"妻子了解丈夫勤俭持家几近吝啬的作风，不敢笑，也不敢言语。古董室里那一枚枚各个朝代的钱币使他认识到，只有钱能源远流长，甚至在人死后，它们仍然不朽地管辖这个世界，正是因它们对欢乐的支配而产生的那种魔力。每每摸着它们，他就能感受到活着的意义和责任，他因此将财富的存续和增加视为自己不朽于世的信仰。他那个隐秘的愿望是设法为祖先建一座超越讲堂的辉煌庙宇，哄得祖先开心，以便暗中帮助他获取更大的财富。相比肚子里养蛇的无稽之谈，显然这是一种务实的做法。但是，庙宇建成什么样式的风格才比讲堂更富吸引力，着实大费脑筋，这巨大的花销若由自己一人承担，他也心有不甘，以至于这个念头在心里酝酿了多年，当莫问的慷慨阔绰掀起巨大波澜时，他认为时机已经成熟。

灵问始终也没有看出他怀有这种形而上学的虚荣。只有少数亲密的人看穿了他视财如命的本质，其中就包括他的长子张仲。

张仲是他的前妻所生。前妻出身于烟火镇海口村的一个大户人家，为他贡献过一笔丰厚的嫁妆。早些年，前妻没了，他煞有介事地大哭了一场，请周宏光扎了一头纸牛，一切从简地操办了丧事。而妻子尸骨未寒，在两个月后的一个良辰吉日，他肥胖的身体就穿上了鲜艳的婚服，用新郎官的帽子裹住头发稀疏的脑袋，换上一副崭新的金丝边眼镜，在喜庆的鼓乐声中，骑着枣红大马，从新岳父家中迎娶了新娘。这让十五岁的张仲充满怨恨，时常到炎忠的面前抱怨父亲的薄情寡义。

很长一段时间内，人们都在称颂莫问是个慷慨的人，因为他的所作所为——反过来正因为这个行为有悖于常情，超出人们的有限认知，嘲笑的声音也同时尖厉地刺入他的耳中。但他像漂泊四海的水手一样自由，从娘胎里生出的那一刻起，他就一直自由地生活，除了他自己的命运，世上没有其他任何东西曾妨碍过他。他不置备刀，也不置备枪，家里也不养忠诚为主的大狗，只因随心所欲，有求必应，就使人生出另类的畏惧。只有在掌握他的命运面前，他才无奈地低头弯腰，否则，他像往昔的自己一样，带着自由和慷慨，永远那么强悍和高傲。所有的产业继续由炎忠管理，他雇了三个用人照顾妻子和孩子，一晃度过了漫长而又空虚的四十多天，使他感受到烟火式的烦闷和平庸。现实从来没赐给他完美，他只想将希望变成一场持续不衰的真正赌博，像二十七年前的傍晚一样，他不由自主地走进松竹馆，企图在赌桌上救赎自己的时间。他泡在赌场整日整夜不归，家里俨然变成了客店，两三天才回去住上一次，顺便取些现钱或银票，只为回应那个空虚声音的呼唤。赢钱还是输钱的结果，他看得十分淡薄，而是看重导致输赢的赌技本身，因为人们常说，赌博跟命运一样，结局不归人左右，然而他却偏要充当结局的主宰，赢钱退给对方，输钱毫不计较，脸不红，心不跳，若有哪个牌友向他借赌资，他也大方地把桌上的筹码向他面前一推，任其随意拿取。他因此赢得了极佳的口碑，很快成为赌场最受欢迎的人。张丙炎要么观战，要么参战，这个蓄着日式仁丹胡的赌场老板兼掌柜，不失时机地恭维莫问，方式显得十分夸张，但丝毫不损庄家的尊严。一次，炎忠陪着琳娜来找莫问，劝他回家看看孩子，张丙炎笑着对牌友们说："你们看看孙老板，家有娇妻闲着不用，宁愿待在这里，真可谓当代赌圣。"莫问却并不将他的戏言视为一种嘲弄。那次回家连着住了两天，无论炎忠和琳娜如何劝导，也没拦住他重回那张赌桌。

在松竹馆的一个包间里，莫问接待了大清早来造访的三哥。

"老四，我长话短说。"楚云说，"我打算为老祖宗建一座庙。"

"嗯，这是好事。"莫问说，"位置选在哪儿？"

"狼洞前面那块空地。"楚云迟疑了片刻，说，"不过，造价不菲呀。"

"多少钱？"

楚云摸透了四弟的脾气，认为四弟为他的慷慨好施而自豪，倘若让他参与一项计划时，只要直接说明计划的费用很大，而不需要含蓄和暗示，他就会欣然参与。楚云向他拆解了每个环节的预算成本，总结说：

"初步估计，得五万。"

"需要我拿多少？"

"你拿四万。"楚云说，"我现在手头紧。"

"不用解释，三哥。"莫问说，"那就五万全由我出吧。"

两人达成了共识：莫问只负责出钱，所有烦琐的工程均由楚云操持。临走时，莫问告诉楚云，如果钱不够，可以随时向他支取。楚云请大皇姑按照他的思路画了一张图纸，大皇姑叮嘱他，一是开工前务必要征得岸谷的同意，二是千万不要将她绘制图纸的事告诉灵问。

狼洞前的那片空地只有浅浅的一层黄土覆盖其上，挖掘两尺以下就见岩石层了，无需打地基，节约了大量的成本和工时，主要的投入几乎多半花在了雕刻的工艺上。再过两天秋分就到了，一座别具特色的祖庙终于竣工。楚云邀请村里的头面人物，包括岸谷、张丙炎和刘尚业，在祖庙前面的广场举行了盛大的揭幕仪式，唯独没敢邀请灵问。他想好了应对的理由，一旦大哥问起此事，他会解释说，修庙并非搞封建迷信活动，不过是像清明节时上坟烧冥币一样，仅仅是寄托对祖宗的感恩和哀思的另一种方式罢了。

庙门两侧有两只石狮蹲坐，一根十二米高的旗杆矗立于广场的中心，伪满洲国的五色旗在北风的吹拂下呼啦啦地作响，居高临下地向整个烟火宣示着威严。“张老板，”岸谷见此情景，夸奖道，“你是我们大日本帝国守法公民的表率。”楚云回答：“是少佐教导有方。”

从外面看，这座庙宇与传统的庙宇建筑群相比并没有什么特别，高墙阔院，房顶清一色的琉璃瓦，展现着五脊六兽的殊荣、威严与神秘。当参观者步入三亩见方的院内时，却被眼前的一幕惊呆了。脚下铺就了上等的南山白麻，不是粗糙的火烧面，而是经过精细雕刻的一块块长方形艺术品。居中的主路上，每块石板的表面雕刻着康德时期与实物等大的钱币，极为逼真。主路北前方的黄金分割处立着一座三米高的大理石屏风，这个扁平的六面体除了嵌入地下的一个底面，其余五面全部雕刻康德的钱币，但不是一维的平面，而是每枚钱币与表面呈三十度倾夹角的立体结构，也不与实物等大，几乎放大了二十倍左右。主路向周边延展的二十条羊肠小径无一不曲折绕过屏风，最终再汇入主路，供入庙朝拜者自由选择，石板上也雕刻着奇形怪状的钱币。这二十条小径象征中国历史上的二十个朝代，每条小径的石板上各自用那个朝代的等大的钱币雕刻表面。到了庙内，祭祀的各种装备一应俱全。正中那尊人头蛇身交尾的雕塑高约两米，正襟危坐，几乎使罪恶也显得至高神圣。当时设计时，楚云不顾大皇姑的极力反对，坚持采用这个在大皇姑看来已经过时的创意。从底座到雕塑的全身、香案、香炉、捐献箱、地面，包括室内的墙壁，一律使用表面雕刻立体形状的康德钱币的大理石材料。整个空间所营造的氛围，仿佛六星河翻腾的漩涡、龙卷风的沙暴，人们不能自已地被吸了进去，旋转、盲目、迷乱、窒息，但同时又激起一种眩晕的狂喜。

岸谷挑起大拇指赞道:“你们中国人的想象力，真让鄙人大开眼界了。”

“你们日本人也很了不起，胃口大，”莫问说道，“整个亚洲都吃不饱。”

楚云担心一场无谓的纷争会打破和谐的气氛，急忙转移了话题，请莫问为祖庙命名。莫问说，叫双龙寺如何？现场的所有烟火名流都拍手称绝。

张丙炎是赌博高手，跟莫问赌钱也是胜少负多，莫问已经厌倦了这种毫不刺激的游戏。张丙炎从长春请来两位爱新觉罗氏的超级高手陪莫问消遣，一个叫溥昌，一个叫溥丰。他们四人在一起日夜鏖战，张丙炎偶尔离开几天，由他的助手刘化山替手。那段日子除了回家取钱，莫问很少在家里过夜。来不及取时，倘若莫问输了，张丙炎吩咐账房记账。一九四四年小年那天晚上，莫问、溥昌、溥丰和刘化山经历了一场孤注一掷的豪赌，刘化山对账房喊道：“孙老板，十万块，记账。”莫问略感疲惫，但脑袋依然清醒，说：“不能总赊账了，算算差多少？”账房把算盘放到桌子上，打开账本，每加一笔，就高声念出哪年哪月哪日，数额是多少。核算下来，总计欠账八百万元。刘化山建议莫问亲自再过一遍，莫问说，不用了。他说，今天先记账，明天我回家取钱，一并还清。

莫问一踏入家门，琳娜就哭着跑了过来，随后赵化和丙良也跟了过来，他们指着炕上，他猛然发现张丙炎死在了自己的家中。关于此中的内情，烟火人知道的也仅此而已。

经查验，家里的现银和银票不足以偿还债务，莫问开始着手处理家里的产业。很快，莫问破产的消息不胫而走。他以总计八百三十万的价格将五家药店抵债，松竹馆找回一张三十万的银票。仅剩的二十五垧土地留下七亩，余者一部分卖给了楚云，一部分赠给了赵化。张仲建议父亲借钱给四叔，楚云却瞪眼骂道：“小孩子懂个屁！海干钱不干，你见你四叔什么时候缺过钱？”据后来村里人讲，莫问把妻子卖给了赵化，因为有荣和有华年幼，需要琳娜照顾，商定由赵化抚养，而那些良田权当了抚养费。灵问没有干涉，认为弟弟有权处置属于他自己的财产。

当莫问筹钱还债时，那些曾多次受过他恩惠的赌友早躲得不见了踪影。事实上，钱不是输光的，多半的钱是他大手大脚借光和送光的，如果那些人肯还钱，莫问压根儿不需要变卖家产。但莫问也从没想过再往回要，但凡他借出的钱就视为送出去的，有自愿还的就收，不愿还的或还不起的，他绝不去主动要账。

玖章　印记

二

转过年来的元宵节，发生了一起震惊整个辽西的荒唐事件。这个事件后来被一个小说家以一篇报告文学的文体刊登在了《鸭绿江》文学期刊的前身《辽宁文艺》上。实际上，那篇文章根本不配称作一篇警世的纪实报告，因为里面充斥了大量的虚构成分。仅将莫问描绘成大地主家的一个游手好闲的公子哥这个说法就完全失真，赌博导致破产的情节表面上反映了一定的真实，但卖妻还债的论点显得轻率，未经考证的武断不免令人生疑。也许那位作家出于一种善意，故意放弃存疑。为了那场壮举，莫问准备了五天。正月初九的晚上，他入住在山海关城内的一家旅馆，次日早晨到银行预约兑现了纸币和铸币，之后雇用了三个报童，付给他们每人一百元，承诺事成之后，每人还可以领两万元。三个孩子跑遍所有公共娱乐场所，走街串巷高喊，甚至挨家挨户广而告之：爆炸消息，有人发钱了！请于正月十五早上七点，到山海关城门下抢钱。尽管很多人没及时得到消息，或者因不相信而没来，但自那天凌晨开始，还是有许多人抱着宁可信其有的心态，为了占据有利的位置而早早等候在城门之下了。当七点整时，已经是人山人海了，巨大的人流如海潮般继续涌来，以至于周边的商户歇业，整个交通完全瘫痪了。莫问带着三个报童、十个力工，站在城门之上，看时间已到，挥着铁锹将康德钱币纷纷扬下。人群顿时骚动起来，随着大量钱币的下落，拥挤，踩踏，咒骂，撕扯，混乱一波高过了一波。整整用了三个多小时，八十万元才全部撒干，莫问趁人群骚乱悄悄地离开了。有人在底下高声问道:“这菩萨是哪一位大财主？”三个报童齐声回答:“烟火的孙二爷。”自此整个辽西都知道了烟火有个叫孙二爷的大财主。据那位小说家描述，混乱至少导致了上百人受伤。按道理，个别死亡情况应该也不可避免。刘崇文老师曾总结说，一九四五年那个元宵节，应该像仓颉造字导致“天雨粟”那种盛况被历史铭记，因为那天下了一场让老百姓最兴奋的鹅毛大雪。

天渐渐黑了下来，莫问跪在父母的坟前对天对地对祖宗对父母扯开嗓门大哭了一场，然后跑到狼洞的石壁前像尊墓碑似的一动不动地站了很长时间，直到鹤鸣打破空山的寂静。之后，他来到梁先生家，星空下斑驳的井沿为多年不见的古井平添了几许沧桑。

那时梁先生的妻子已过世两年多了，儿子梁启依旧在长春经营着饭店，孙子梁忠入伍参军，谁也不知正在哪里打仗。躺在炕上的梁先生听到门外的脚步声，坐了起来，走到桌前，点燃了煤油灯。莫问突然希望先生此时此刻在讲堂。结果他在家。隔断了光与暗的那扇门仅虚掩着。他抬起像秤砣般重的手一推，合页发出的声音不是欢迎而是嘲弄，一阵引发自心底的羞愧直达他的脸颊。先生的面容一点儿都没见老，隐隐泛着荣光。对比之下，莫问想到自己在两天之内却一下子老了不知多少岁。

时值梁先生被日本宪兵队放出来已经一月有余。他表面上神清气爽，实际上不可逆转的衰老正悄无声息地摧毁他的健康。

没等莫问请求，他抱着二胡，腿搭在炕沿上，弹起了那首莫问熟悉的曲子。梁先生的声音依旧清脆悦耳，只是丹田的气力略显不足，但琴声仍使莫问激动得流泪不止。他每次从琴声中看到的景象都各不相同。这次有太多糟糕和沉痛的事情塞满了记忆，他从曲子里只看见自己充斥磨难的人生：两岁时没了母亲，雪地里可怖的白狼，使他成为了男人却背着他偷情的殊兰，背叛他的义弟，死在他手里的不计其数的旱獭尸体，老祖宗诱人的舞步，苇荡和鹤鸣，山海关的雄伟与封闭，堕落的牌九……

单调的琴音停止了。但凡智力富矿的开发，都少不了向患难借贷。历尽苦难与光荣的莫问多次看到命运像一头瞎眼的骡子任性地把人踩得稀烂，确信自己完全理解了比喻的意义，他略显兴奋地告诉了梁先生。梁先生却微笑着轻轻地摇了摇头，用他特有的无喜无悲的单纯表情表达了对他的同情，仿佛世上根本不存在全然无辜和全然不幸的人。莫问毫不介怀，决定留下来照顾他。

几十年来，他不止一次来过这里，但住了一段时日之后，他惊奇地发现梁先生家里除了那把二胡，所有的东西都是两个或两双：两扇窗户、南北共两扇门、院子里两棵樱桃树、两棵杏树、两棵李子树、两个房间、两张桌子、两把椅子、两个柜橱、两个泥盆、两只碗、两只盘子、两个碟子、两把勺子、两双筷子、两口水缸、两个瓢、两个锅、一大一小两盘石磨、两件道袍、两双袜子、两双鞋……事实上，二胡也带了数字二。他问梁先生为什么要这样布置。梁先生像年轻时一样风趣不减，神秘地说，这也得靠你自己慢慢悟。

莫问整日劳作，恐怕自己的身心闲下一刻。他先修好了家里破损的桌子和椅子，没有磨刀石，借着碗底将两把菜刀打磨得吹毛断发，崇尚残缺美的梁先生没有阻拦。后来，他决定在院子里为梁先生建一座柴房。梁先生告诉他，自己活不了多长时间了，但没有阻止他。莫问白天上南山打料石，当料石的数量足够砌墙和地基后，又去一星河北岸砍伐杨树，像专业的木匠一样加工过梁、柱子、椽子和窗户，待这项工程完工，再用苇子编顶棚。这些工作他以前一律不会，梁先生耐心地辅导他，使他在实践中渐渐熟练了。一天晚上，他梦到当年在狼洞里见到的情景，早饭时他请梁先生帮他解梦。梁先生说，我哪有这个权柄？解梦还需要什么权柄，他说，大皇姑和那个老萨满都能解梦。我印象中，梁先生仿佛回忆地说，有一个人有这个权柄，他叫约瑟，就是那个被同父异母的哥哥们卖到埃及的约瑟，我记得好像是先卖给了一个阿拉伯商人，他因为能解梦，还化解了牢狱之灾，取得了法老的信任，当上了埃及宰相，找他一定能行。这个故事您早就讲过了，莫问说，小时候在讲堂，我听了不下五六遍，但约瑟已经过世了，就算活着，我也见不到他。那就自己悟吧。这是梁先生给出的终极答案。

到了五月，莫问按照梁先生的要求，种了两垄辣椒、两垄西红柿、两垄菠菜、两垄大葱、两垄生姜、两垄谷子。他试图将地里的草除净，当刚刚锄了两垄时，梁先生拦住他说："让它们长吧。"他不解其意。没过多久，他发现但凡青草没有除净的地方，都更加碧绿刺眼，一片生机盎然。梁先生每天都给他讲一个寓言故事，那天正好讲授了让谷子和稗子同时生长的目的。但梁先生的叙述颠三倒四，他听得稀里糊涂。

莫问问到他当年被土匪绑架的事情，他讲了很多细节；问他的师父真有那么神奇吗。他回答，有。然后他问莫问，你说的可是贵州的那一次？虽然他在烟火居住了三十六年，对这里就像对缠着自己身体的老病一样熟悉，当他回顾往事时却经常把山东老家、贵州石门坎的事，以及书上的寓言，与烟火搞混。莫问学习那首单调的曲子和苗文将近十几天了，才想到问琴托上那行神秘的文字是什么含义。

“先生。”莫问说，“我想这一定都是苗文吧。”

“是。”梁先生回答，“意思是，我要侧耳听比喻，用琴解谜语。”

“您一直说靠悟。”莫问说，“是不是指只有学会了《比喻》这首曲子，才能顿悟？”

“我什么时候说过？”梁先生像孩子似的抵赖，想了想，接着说道，“比喻有喻体和本体之分，目的是要叫听众自己猜本体，如果想直接告诉你，为什么还要用比喻呢？”

梁先生时而混乱，时而清晰，显然他的记忆力正在持续衰退，他的视力也一天不如一天，到院子里走动的次数越来越少。但是他依旧能精准地躲避压伤的芦苇，以免被自己的脚踩断，依旧能凭借某种特殊的禀赋感觉到将残的灯火，每当莫问要吹灭时，他会建议说，快了，让它自己灭吧。莫问偶尔纠正他记忆上的失误，他也不争辩、不喧嚷。讲堂里、大街上，再没有其他烟火人听见他的声音。

一九四五年八月十五日，日本天皇通过无线电广播向全世界宣布战败投降了。莫问随着中国受降部队的进驻，和烟火人一起沉浸在民族独立的喜悦中。但是，梁先生的突然离世让他恢复不久的快乐又中断了。尽管梁先生多年传讲永生之道，但这种结果已在烟火人的意料之中。尽管他数十年如一日在暗室里虔诚地默默祷告，也没有发生不死的效力。在临终前的那段日子，他不仅完全失去了视力，也失去了八成的听力，所有的混乱和喧嚣都淹没在他模糊的意识里。他向来对瞎子领路、装聋作哑和遗忘过去深恶痛绝，世界却以他反感的方式折磨他，他甚至忘记了自己叫什么名字。莫问像哄孩子一样哄他说：

“我给您再取个名字吧？”

“名字不是内涵。”他立刻清醒地回答道，“一个空洞的概念，对我本就毫无用处了。”

离死亡越走越近，他的意识尚有一息明亮之时，莫问曾问他，是否需要通知梁启。他摇摇头。莫问又问他，是否要立碑。他也摇摇头。莫问告诉他，坟墓还没有修好。他最近正为他着手扩建坟墓，叮嘱赵化把工程搞得越复杂越好，他企图通过工程的一拖再拖，来推迟他死亡的时间，甚至幻想坟墓永远修不好，他就永远不会死了。梁先生却用微弱的声音告诉他，他的家不在那里。接下来无论莫问问什么，他也不再回答。他望着梁先生，他躺在炕上，带补丁的毯子盖在下半身，他摸不清他这时的思想是什么状态。是被衰败的身体撕扯得支离破碎？还是被彻底夺走了？还是被突然弥合，恢复如初了？

八月三十日，太阳渐渐西沉，当余晖尚未被夜色抹去之前，它把静谧的院落照得更加光明。两天未睁眼的梁先生突然睁开了眼睛，略显亢奋地对莫问说：

“再有两个来月就要收秋了，到时你总会把谷子里的稗子薅出去的。”

说完，他与世长辞。窗前的葡萄架上挂满了一串串葡萄，五颜六色的金银花盛放其间，无需人的照料也发出阵阵幽香。然而衰亡和崩毁来得如此迅捷，不免令莫问震悚。他没见他同死亡展开激烈的较量，倒像是在履行一项神圣的义务而与之和平相处，莫问因此思想麻痹，事先没采取必要的心理准备。经过半年的相依为命，他感觉自己像一个漂泊的人终于看到了慈母手中的针线，闻到了浆洗被褥的清香，他已将梁先生视同自己的父亲，直到此刻，他才完全接受梁先生会死的想法。也正在那一刻，那一瞬间，他终于认清了自己的真正面貌，倾听本我对自我的深情回应。赵化派人请木匠为梁先生量身打制棺材，出于梁先生对自己有救命之恩，他特意花高价选用了上好的柏木，经过比正常程序多三道严谨的工序，漆上了红色。葬礼按梁先生的遗愿，从简节约，不雇用鼓吹，不搭灵棚，不设祭奠的牌位，不上香，不烧纸钱，不准磕头，总之摒弃一切传统的陈规陋习。他们计划将他葬在讲堂旁，与他的妻子并骨，不立墓碑，不刻墓志铭，烟火的后人对他将一无所知。

莫问、赵化、炎忠、灵问和大皇姑五人为他守灵三天三夜。除了灵问，其余四人全部负责接待吊唁的客人，稀稀拉拉的来访者让他们闲得无所适从，显然他们高估了烟火人的追思热情，实在小题大做。微弱的灯光下，梁先生的脸比生前显得更加端庄、诙谐，仿佛闭着眼睛继续嘲笑这个世界。他们当中的每个人都确信，尽管不理解，他内心曾藏有无尽的期望、悲悯和哀伤，他比任何人都清楚，因人自己的罪愆，世界对人并不友好，而他唯一能做的就是试图为自己和烟火人建造一座城堡，就像那座大鱼肚腹的讲堂，躲在那里，借着耐心和盼望坚持到获得救赎的一天。莫问安慰大家说，先生生前交代了，怀念他的人无需悲伤，他只不过在世上待腻烦了，想回家了而已。

灵问认为根本不存在那个所谓的家，在这个虚构里，世界和自我的存在再也不能成为他的对象了。因为当他在大脑的生物构造坍塌过程中，当他的理性从肉体的机能脱离过程中，他的期望、悲悯和哀伤将永远从头脑里消逝，同时永远消逝的还包括思想所承载的其他的一切理念和概念。但他无法证明，那个消逝的场景是怎样一种残酷的毁灭画面，像瘟疫，像战争，像地震，像火山喷发，还是像天体坠落？他也无法证明，那个消逝的过程是渐进的还是瞬间的，是像浮冰遭受击打后四分五裂碎成一个个小块，再缓缓散开，最终化作一滴滴水，陷入水中的虚无，还是像一颗炮弹爆炸，在刹那间分崩离析？

梁先生就像他那首单调的曲子一样让灵问琢磨不透。但不管怎样，梁先生生前的某些思想和某些行为绝不平凡。他认为他的信仰虽是科学的仇敌，但他本人并非自己的仇敌，他身上有两个闪光点让他不得不发自内心地敬佩。一点是他学贯中西的博学，另一点是他灌满胸腔的爱国精神。中兴学校正式运行不久，梁先生建议灵问说，政府借鉴日文假名推行汉字笔画的切音方案，不科学，也不具有前瞻性，我觉得还是选择拉丁字母的注音方法更能契合未来。灵问虽然学的是日语，备受日本文化的熏陶，却没感情用事，虚心地采纳了。因梁先生精通西方多国语言，这项工作由他主持，灵问、雪嫣和其他几位老师辅助配合。他们在综合借鉴诸如《西字墨迹》《西儒耳目资》《语言自迩集》《广韵》《一目了然初阶》等早期切音著作的基础上，经过一年的刻苦钻研，独创了一套用拉丁字母注音的汉语拼音方案。这个创新成果对扫除烟火的文盲、倡导阅读和普及新式教育做出了不可磨灭的功绩。精诚的合作使灵问似乎找到了那种同志般的感觉。这种感觉从一九三六年春季开学接续，一直延续到了现在。

那是开学第一天的中午，梁先生来到校长办公室，向灵问表达了对以日文为母语教育的深切担忧。他说，一个民族若失去了自己本民族的语言，哪怕是弱化，那么这个民族也会被永远奴役。早在开发汉字拼音方案时，他们曾就反对钱玄同“废汉字”的极端主张达成过共识。当时他们一致认为，汉字非但不可废弃，而且还要不断发扬光大，思想陈旧也好，教育普及程度低也好，这些问题并非汉字本身的罪过，要解决这些问题，关键是要普及白话，使官方和民间的用语统一，再辅以便于识字的拼音方案，大力提倡阅读，才能提高全民族的整体素质。四年来，日满政府试图以语言为切入点，在服饰、礼仪和生活习惯等各个方面同化烟火青少年的野心已经卓见成效。当他们看见烟火的孩子脚踏木屐、身着和服，说一口流利的日语，只知道日本、天皇、满洲国和康德皇帝，而不知道中华民国和孙中山，甚至不认可自己是中国人时，没用梁先生多讲理由，就引起了灵问的共鸣。那时刘崇文老师已经高中毕业，留校任教了。灵问组建了以梁先生为首的包括大皇姑和刘崇文在内的四人团队，开始着手编纂一套汉语词典。耗时八年，其间经反复多次采集、整理、归类、勘误和修改，一套包含《汉语字典》《汉语词典》《东北方言词典》《成语典故词典》《中国寓言词典》《中国伟人词典》的系列丛书终于完稿了。他们试图通过这套以词典为名的传统文化作品的出版，来普及汉字、中国文化和中国历史的目的，以便纠正东北青少年被颠倒的价值观。出于迎合当局的考虑，他们还准备了一套预案：同步出版日汉互译的版本。为了顺利付梓，灵问请时任中兴学校的副校长向当局协调此事。这位副校长是一个名叫相原里奈的日本籍女人。实际上，早在一九三二年年底校董会就被取缔了，灵问名为校长实为傀儡，学校的一切管理大权早已落在了相原里奈的手中。“孫校長，”[①] 相原里奈用汉语纠正说，“喔，抱歉，孙校长，这件事恐怕有些难度。”早在灵问答应回校任职时，就提出日本教员必须和他讲汉语的硬性条件，但不知这位副校长是出于故意还是无意，十次总会有八次口误。灵问并不计较。灵问说：“我想，如果同步出版日汉互译的版本呢？”相原里奈沉吟

① 日语，即孙校长。

道："既然这样，请让我试试。"仅仅过了十天，她就回复说，你们的诉求被政府驳回了。

关于出版的事，宪兵队也开始施压了。岸谷借故邀请灵问弈棋，棋到中盘时，他将手中的白子掷下说："倘若我重新定规则，恐怕您再想和局就绝非易事了。"接着他装作无意间聊到词典出版一事，话里话外暗示灵问不要有非分之想。灵问明白这是在敲打，因为当时要治他的罪，缺乏现行的法律依据。梁先生却没有那么幸运。一个在战败后逃亡日本的汉语翻译带着一个少尉和三个宪兵礼貌地走进讲堂。这个翻译叫何光复，刘崇文的同班同学，是日满时期中兴学校培养出来的日语专业人才。那天正值礼拜天，包括炎忠在内，讲堂里也只有三五个人。何光复向梁先生翻译说："苍介少尉得到了报告，说你前几天曾在讲堂里号召民众抗税。""绝无此事！"梁先生回答。"肯定有人诬告，"炎忠向前跨上一步说，"我这几天一直在讲堂里，我可以作证。"何光复与刘崇文交好，知道炎忠和刘家有渊源，提醒说："李叔，这儿没你的事。"苍介用日语打断了他们。何光复赶紧翻译说："少尉问你，给满洲国纳税究竟可不可以？"梁先生向炎忠借了一枚康德八年、面值壹角的铝币，问苍介："这国号是谁的？"何光复翻译苍介的话说："是大满洲国的。"梁先生笑着说："既然这样，大满洲国的当归给大满洲国。"何光复翻译后，苍介嚷道："持ち帰ります！"[①] 岸谷以梁先生是英国间谍嫌疑犯的罪名，把他关了起来。事实上，自十二年前训诫梁先生起，岸谷就从未放松对他的侦查，但所有证据均显示，这位身着道袍的新教传教士是一个另类，在烟火三十六年来，多次拒绝了西方各个教派的财务资助，

① 带走！

也不参加任何西方教派组织，而是像孤魂野鬼般独来独往。灵问曾问过梁先生，您孤身一人，势单力薄，怎么不找个靠山，加入一个西方的教会组织呢？梁先生解释说，奉天的长老派、浸礼会和耶稣会都曾派人联系我，希望我接受他们的管理和资助，但我担心政治因素渗透其中，弄不好会被外国势力挟制了，所以我坚持自养、自治和自传，只有这样才能建设独立自主、又有我们中华民族特色的基督教信仰。

灵问设法解救梁先生，起初岸谷以军务繁忙为由拒绝相见。灵问不得已硬闯宪兵队，卫兵不敢冒犯，岸谷却藏起来不见。一晃两个多月过去了，岸谷派人传话，邀请灵问与他切磋棋艺。刚一见面，灵问就说："少佐先生，我看您是醉翁之意不在酒啊。""您说我在意什么？"岸谷问道。"我向您郑重声明，"灵问说，"第一，词典一事，我是主犯，要抓就抓我；第二，我可以用人头担保，梁先生从不跟外国教会打交道，也从没接受过他们的一分钱赞助。""但是，孙先生，"岸谷说道，"梁先生也拒绝加入我们的协和会，您说他这算是承认大满洲国吗？"灵问料定他是在刻意渲染释放的难度，出于收买人心为某种感恩做着铺垫，便不与他争辩，耐心地等待由他亲手奉上那个人情。最终果不其然，岸谷认为敲山震虎的目的已经达到，就把这个人情卖给了灵问。

狭小的房间里因冷清而显得空旷，灵问望着梁先生那张端庄的脸，那张脸仍旧用某种统一的原则，力求使他忠实的东西显得更加亲切。人所希望的东西未必就是真实的东西。然而一个无望却不绝望的人就拥有了力量。灵问觉得，梁先生正是以这种抗争的方式来理解世界，才使他成为了另一种有理性的人。

三

灵灵跟大皇姑一般高，脸蛋也棱角分明，但与母亲的大气不同，她的五官精致中透着一股英气，那颗美人痣更是点睛之笔。

“哎哟，看你们娘俩，长得可真像！”妇女们一见到她们，常这样夸赞，语气显得肯定，还暗含着谨慎的惊讶。

灵灵并未从这种意味深长的口吻中揣摩出任何可疑的端倪，她一直被蒙在鼓里。直到一九六六年，有人企图拿她的身世做文章，一口咬定她是孙灵问的私生女，她才知道自己并非母亲所生。所幸张丙良和赵化的妻子琳娜出来作证，才为灵间化解了那场灾难。

刘崇文老师当时也在场，他向我转述了当年证人的证词：一九四五年冬月一天傍晚，丙良突然造访了婉盈，她正坐在地上练习《九章经》。他告诉她，琳娜在盐滩边上捡到了一个女孩，长得挺俊俏的，问她要不要。婉盈那时正有抱养孩子的想法。已经等在大门外的琳娜把孩子抱进了屋里。“妹子，大冷的天，你怎么还站在门外呢？”婉盈看着那个可爱的女婴，责怪她：“你也真外道，看把这孩子给冻的。”琳娜的脸色苍白憔悴，强打精神说：“我知道姐姐是个好人，而且喜欢小孩，这孩子命怪苦的，她跟着你，肯定受不着罪。”

灵灵就此知道自己是一个弃婴，至于父母是谁，他们是否尚在人世，有无其他亲人等信息一概不清。年轻的她不免对母亲素日的严厉产生了误解。然而母亲向她解释，她发誓是把她当作亲生女儿养育成人，她自认为她比别的父母做得还好。

琳娜改嫁赵化后很少出门，几乎被人遗忘了。当她为了洗刷灵问的冤情首次出现在公众视野时，看起来只有四十几岁的年纪，好像她一直生活在时间冻结的世外桃源，实际上她已经是快六十的人了。见到一个不幸的女人还能永葆青春，同龄人在羡慕的同时，为发现灵灵和她长得比大皇姑更相像感到震惊，尤其那双特别的眼睛就像是一个模子里刻出来的。慢慢地，富有创造力和想象力的风言风语最终传到了灵灵耳中，使她对自己的身世更加困惑。

她曾背着母亲多次拜访琳娜，向她询问有关细节。每次琳娜都十分耐心，慈祥的眼睛里充满关爱，但提供的有价值的信息却极少。灵灵一直没有放弃对自己身世的追查，直到琳娜病故，唯一的线索戛然中断，心里仅存的那丝希望也燃为灰烬。琳娜的病故所引发的一起纠纷却使她陷入了更深的困惑。

赵化的前妻早亡，留下了一儿一女，男孩三岁，女孩两岁。琳娜到了赵家，为了照顾两个幼小的孩子，一直未生育，将他们视同己出。如果男人先后娶过两任妻子，那么两任妻子的骨灰在墓穴中的摆放位置有别，一个在丈夫的东侧，一个在丈夫的西侧，即便丈夫在世，中间的位置也要事先为他预留。紫禁城内东宫为大，是烟火人根深蒂固的思维。赵化的长子赵钱想将继母的骨灰放在西侧，生母的骨灰放在东侧，但琳娜的两个亲生儿子孙有荣和孙有华坚决反对，他们认为母亲为赵家做的贡献更大，显示尊贵身份的位置理应归她。平日交好的双方突然变成了仇人一样，争执不下，首先惊动了莫问和赵化两位老人，有荣和有华压根儿不把父亲的妥协放在眼里，双方都不让步，直至闹到了村部，试图让支书来决断。

张乙颇感为难，莫问和赵化同是父亲的结义兄弟，自己和有荣、有华、赵钱也是光屁股长大，根据目前的僵持状态来看，无论他怎么决定，都会伤害了其中的一方。不过令他宽慰的是，两位长辈却为孩子们的狭隘感到羞耻，对年轻人极力劝导。莫问和赵化的默契让灵灵再次震惊，当年他们结为异姓手足，莫问有难，赵化理应无偿出手相助才对，而不该趁火打劫，买了义兄的妻子，而让人费解的事实是，赵化买了义嫂，莫问却相当感激，两人的关系非但没变生疏，反倒比以前更加亲密了。烟火人也曾有过短暂的迷惑，最终都把莫问胸怀远超常人的说法视为答案。由于事不关己，大家便放弃了无端猜测，甚至忘记了多年前莫问曾对赵化的两次舍命相救。

一九五〇年年底，赵化因为给日本人卖命一事差点儿被枪毙了。当故新见到他时，各种运动都已经过去了很多年，他仍心有余悸。但他拒绝悔过，他坚称他的活法只是出于诚实。

抗日战争全面爆发后，因战事吃紧，日本侵略者需要大量的农民劳工，这种任务委派到了保长的头上，跟当年刘邦和陈胜吴广面临的境遇大体相同。但赵化不像那三位大英雄敢于造反，而是秉承对工作岗位极为敬业的精神，每次都按时完成任务，村子里的人却不恨他。他对故新说，实际上我也挺冤枉的，我这个人天生就有个毛病，干活认真，不论给谁干，我都不会藏奸耍滑。新中国成立后，国家决定排查那些隐蔽在群众之中的反革命分子。赵化为日本侵略者和“伪满洲国”当差属实，被抓了起来。赵化想，他这条走狗绝不会有好下场。被抓起来的第二天，张丙良带着几十个村民一起向乡里请愿，愿意以身家性命担保他在保长任期内为老百姓做了很多好事。大家集体作证，当年日本人下了死命令，如果抓不够年轻力壮的，就拿老人和妇女充数，所以赵化出于对老人和妇女的保护，不像其他个别保长会提前走漏风声，放跑了年轻人，而他是尽量做年轻人的思想工作，免得家里的老人或妇女受苦。张丙良便是当事人之一。一九四四年年底，他怕父亲被抓劳工，主动报了名。出关后，他找到一个机会，逃回了烟火，但没敢回家，而是设法躲进了孙家大院。日本人对灵间多少顾忌，不到万不得已轻易不来搜查孙家。正是在那天，赵化去找莫问，试图劝他戒赌，他和刚跳进院内的丙良不期而遇，才发现了张丙炎暴死在了孙家。

组织上似乎松了些口，但现有的证据还不足以使他脱罪。他向故新伸出了右手，展示大拇指和食指自中间断掉的一截，通过断面能看出那是刀剑所伤。正是这个印记最终救了他一命，他说事情的来龙去脉却很丢人。

赵化是唯一知晓冯学义秘密的人。当年冯学义离开灵间之后，凭着那封举荐信投靠了青马坎，在杜立三的资助下才去了日本留学。回国后方知，杜立三已被张作霖诱杀了，他一直想为恩人报仇，苦于找不到合适的机会。可能因为赵化的舅舅玄诚子和张作霖交往频繁，他刻意结交赵化，最终发展赵化为国民党党员，承诺统一中国后任命赵化为县长。

冯学义接到了广州革命政府的密令，为配合统一中国的北伐战争，命他秘密组建一支敢死队，刺杀大军阀张作霖，期限为一年之内。但是由于时间紧迫，很难快速组织一批志同道合、甘愿牺牲的人。倘若用钱财和权力构筑愿景，参与者为了能活着享受胜利的果实，决计不肯冒着生命的风险赴难。这个悖论有待解决。

他们反复思考，直到凌晨赵化想到了梁先生的那首单调的曲子。冯学义早年在天津亲眼见识过外国传教士和信徒大无畏的殉道精神，也听说过这首曲子在烟火所显示的威力，说明它在改变和控制人的思想方面具有显著作用。他们决定先用重金和官职的许诺组建一支十人队伍，再用半年时间辅以曲子教化，使他们甘愿为革命事业献身。

他们拜访了梁先生，要借曲谱一用。梁先生问他们做什么用。他们实在找不出一个合适的假理由，又鉴于很多传教士同情和保护过革命者的事实，冯学义便直言相告了。梁先生说，请你们放心，我会保守这个秘密，但你们的做法和我的信仰不符，这个忙我不会帮。他们晓以家国大义，几乎把能想到的所有理由全部用上了，也未能成功说服梁先生。两人失望而回。赵化说，我见过他经常读一本书，乐谱一定就在那本书里。但是坊间传说梁先生身不离卷，又不能公开抢劫，两个革命者一筹莫展。不久之后的一个意外事件成全了他们。

张楚云的盐场丢失了两袋大粒盐，他认定是盐工姜秃子干的。姜秃子却矢口否认。楚云说，既然你不承认，我们不妨用蒸猫的方法来判断真伪。据民间口头传说，如果偷东西的人说谎，那么猫在锅里蒸煮挣扎之时，这个说谎者会和猫同步挣扎，痛苦不堪，猫若被蒸死，当事人也会死掉。梁先生正在为他们调解时，楚云手里拎着的那只小黑猫突然挣脱了，跃到地上，跳入一星河中。梁先生脱掉外套，也跳进河里，把那只小猫救了上来。站在他身边的赵化借机把外套里的那本书揣入了怀中。

在冯学义的住处，他们打开书，里面写满了密密麻麻的神奇文字，从头翻到尾，他们连一个字也不认识。赵化年轻气躁，取下挂在墙上的宝剑，要将书砍碎，不料第一剑下去，却失手斩断了自己右手的两根手指，他是个左撇子。三个月后，冯学义接到了第二封密令，上峰命其中止刺杀计划。“九一八”事变后，冯学义不辞而别，自此再没有了消息。

为了活命，赵化像小说家一样巧妙地改编了这段历史。他辩称，他和一个革命党人共同合作，破获了一个外国间谍的密码本，这个间谍的公开身份是传教士，他伸出右手，摆着各种姿势以便充分展示那个断指印记，声称自己为此落下了终生残疾。负责审讯的领导是时任乡党委书记的金银铁。他派人请来灵间、莫问了解情况，又找来梁启对质。梁启在抗战胜利后不久，从长春回到了烟火。

“你就是梁先生唯一的儿子梁启？”金银铁问道，语气的重音放在了“唯一”两个字上。

“是，领导认识我父亲？”

金银铁不置可否。梁启解释说那的确是一本书，不是什么密码本，也不是乐谱，他小时候就见过，是父亲用苗文抄写的《创世记》。他随手又掏出了另外一本书。这本是《马太福音》，他继续说道，也是用苗文写成的。灵间说，我和梁先生相处了几十年，根据他的所作所为完全可以断定他肯定不是间谍，就算是，他也是为同盟国服务的反法西斯战士。凭您的威望，金银铁说，您的结论自然有分量，但也得拿出具体的证据才行，这样才符合基本程序呀。莫问说，我认识苗文，也看过这本书，而且当年我曾听梁先生说过，他在一九二六年时丢失了一本《创世记》。金银铁请莫问先回避一下，指着《马太福音》的第一句，梁启读到“亚伯拉罕的后代，大卫的子孙”，金银铁抬手，示意行了。再把莫问请进来，指着先前的那句，让莫问读。结果莫问和梁启翻译的惊人一致。结论是，金银铁说道，可以初步排除间谍和密码本的指认，但至于是否真是苗文，还需要上级请专家做鉴定。

取证工作快结束时，金银铁问赵化，你说的那个冯学义是否还有另外一个名字？赵化回答，有，他的化名叫冯方真。金银铁又问，冯方真祖籍可是古船村？赵化赶紧说，正是，烟火人都知道。在场的众人都点头证实。金银铁哀叹一声，可惜呀，冯方真同志牺牲了，一九三四年在北平，是我父亲介绍他加入了共产党，上级党组织派他到东北抗联负责后援物资的筹措和供给。在杨靖宇将军遇难前，他带领的小分队在蒙江县保安村被敌人包了饺子，子弹打光了，金银铁指着墙上挂着的那把宝剑说，据当地农民传说，他十分顽强，仍然用这把剑砍杀了三个敌人，最后他双腿中弹，无法动弹，命令身边的战友砍死他，战友不忍下手，他便自刎殉国了。解放后，伊春的一个青年农民把这把剑，这也是将军的唯一遗物，交给了当地的党组织。

最终鉴于赵化和烈士当年的精诚合作，将功抵过，上面不再追究他曾经当过保长的这段公案。后来省里下达了鉴定结论，那本书上的文字确实是一种苗文，不是密码。梁家所幸未受到牵连，但赵化还是感到过意不去。现在想来真是惭愧，他对故新说，早些年梁先生还救过我的命呢，但我为了保命，居然胡说八道。

莫问第二次救赵化，发生在一九五五年的冬月。那时肃反运动刚刚开始，组织上公布了一份当年潜伏在辽西的地下党名单，名单上都是经证实已经牺牲的同志，政府追认他们为烈士，以便抚恤家属。张丙良的堂兄赫然在列。人们才知道那个旧社会使人沉沦于赌色的张丙炎原是我党的地下党员。张丙炎当年的身份极为复杂，对外是在县城里和刘尚业合开松竹馆的老板，实际身份是国民政府安插在辽西的军统特务，而他更真实的身份则是打入国民党内部的中共特工。烟火人对他巧取豪夺的丑恶形象不再误解了——作为一名特务，为出色地完成任务而掩护真实的身份，他理应伪装得越像越好，开始为村子里出了一位如此神秘的大人物感到无上光荣。张丙炎的妻子却坐不住了，她向组织举报，一口咬定赵化是谋杀她丈夫的凶手，并提出了掘坟、挖棺和验尸的请求。

她的理由似乎极为充分，因为一九四四年农历腊月二十四那天早上是赵化第一个发现了张丙炎横死在了莫问的家中。尚在人世的老一辈烟火人都清晰记得，张丙炎的妻子哭哭啼啼，在赵化、丙良和莫问的帮助下，未经一天凭吊，也没有像样的送葬队伍，便将尸体草草掩埋了。

那种恐惧让灵灵至今无法忘记，掘坟那天，道路两旁挤满了人，她躲在母亲的身后，探出脑袋，亲眼目睹了四个小伙子抬着一副阴森的骷髅是如何颤巍巍地走过了小木桥的，一路上家属号啕大哭，“冤呀，冤呀”的叫喊惊天动地——这种景象时常变成一条大狗咬她的噩梦，把她吓醒。

赵化心想他跳进黄河也洗不清了，非被枪毙一百次不可，因为自己的历史原本就不干净。他在一星河北岸选好了一棵歪脖树，同时写下了一份遗书，叮嘱妻子要带着孩子们好好活下去。那天黎明到黄昏异常漫长，正当他要把遗书悄悄藏在妻子的针线盒里时，莫问来了。“老六，你要是干傻事，就等于承认自己真的有罪了。”莫问安慰他，“别担心，这件事包在四哥身上，准保你活命。”第二天的村部里，证人除了莫问，还有琳娜和丙良。事实上，丙良为赵化洗刷清白起到了决定性作用。一则因为他的特殊身份——他既是现任支书，又是死者的堂弟；二则死者并没有死在他家的炕上，完全支持法律上的避嫌之说。据后来的小道消息称，三个证人和当事人不但描述了现场的若干细节，莫问还出示了一个字据，而这个字据上也有烈士妻子的亲笔签名。组织上并未公开这些细节和那个字据，一个月后做出了死亡鉴定：张丙炎系死于心肌梗死。烈士之死不了了之，最终在烟火人心中变成了一桩悬案。

回顾过往的一幕一幕，基于一连串的蹊跷，灵灵认定莫问和赵化的默契绝非出于莫逆之交，倒像是服从于恪守某种秘密的协议。

拾章　他的认罪书

三

冬至那天中午，兰若从蒙眬的梦中惊醒，眼窝里的泪水像冰川一样融化了。

据我母亲回忆，她当时发现姐姐望着讲堂的方向，她断定她一定是想到了那个关于爱情的承诺。她也猜到，姐姐一定是感觉到自己短暂的生命即将凋谢，而曾经让她抱怨的那段孽缘，曾经让她痛恨的血漏之症，曾经导致这个病症的那次惊吓都不再重要了，因为抱怨和痛恨也救不了她的命。

那次惊吓发生在一九五七年的腊月初。那天晚上，雨霖回到家里，就闷闷不乐。殊兰像往常一样安慰他说，你没什么好担心的，我看你就是心眼太小了。雨霖没和她争吵。雨霖说，最近我又开始做那个双蛇梦了，一晃几十年没做过，白狼把我们全家都吃掉了，我看得真切，狼的嘴角还一滴一滴往下滴血呢。他胳膊肘支在桌子上，两手捂住自己的脸，慢慢滑落，双手十指交叉顶住了下颌，长出了一口气，向她表达了自己的想法："我已经决定了，要向上级党委提出辞职，三天后咱们全家搬回烟火。"

"这次，你休想再拦我了！"为了表明决心，他补充说道。

事实上，这种想法并非他第一次提出，也不是一时冲动，而是经过一番深思熟虑的审慎考量。当他发现苗头时，他预感到一场血雨腥风很快就会席卷而来，他就开始设法劝发妻和殊兰随他一起回老家。发妻一直夫唱妇随，点头就算同意。殊兰却坚决反对，她自有她的考虑。一方面几十年颠沛流离的生活好不容易换来了如今的安稳充裕；另一方面，她一直不肯公开承认，雨霖却清楚她是不敢面对莫问和父老乡亲的眼神。雨霖鼓起勇气，再一次把她隐秘的心结挑明了。结果，激怒了她。

“愿意回，你一个人回！”殊兰冲他赌气地喊道，“看看你的儿子和孙子们，一大家子说走就走，哪有那么容易？”

这种争吵早在当年他们私奔之后落脚吉林，就开始发生了。不论日子过得如意还是不如意，雨霖总会产生落叶归根的固执想法。开始是因为父母和发妻在老家，身边没有人照顾，而且他离开时，发妻已经怀孕，这些都让他无限眷念，长久不能释怀。但很长一段时间，他也缺乏面对的真正勇气。热恋的时候，雨霖曾向殊兰承诺：与原配离婚，今生今世只娶她一人。他已经用诡诈对待了幼年盟约的妻子，负罪感却使他不忍再施以无情的伤害。殊兰没将它放在心上，更没在几乎所有女人都极为介意的问题上纠缠以至于争吵，因为她懂男人，确信一旦欲望获得了满足，没有任何男人会心甘情愿地践行当初的承诺。在他们相爱的几十年中，所有的争吵都仅仅起因于两件事：回老家或提到莫问。而不管生活多么艰苦，却从未引发殊兰情绪的爆发。

不难想象，他们离开了烟火，开始在外面谋生的那一刻，将是怎样的一番艰辛。雨霖跟着师父学医不过短暂的几个春秋，确切地讲，年幼的他只是学到了一些理论和皮毛而已，倘若失去孙家这个靠山，失去熟人的认可，他那点微末的医术在异乡连生存都成问题。他不会干别的，带出的钱最多也只够维持他们半年的生活。他决定继续深造，摆在眼前的只有拜访名师，一来提高医术，二来靠学徒的微薄收入养家糊口。在东逃的途中，他一边谋划，一边打探名医的讯息。

他们来到了吉林省梨树镇的振兴堂，见到了那位路人传为神话的名医：李毓新。当他表明要拜师学艺时，李先生说："你过去是谁的徒弟，这不重要，只要你答对了我提出的三个问题，我就收你为徒。"先生考校的第一个问题是："逆转心包，顺传应当传至何处？"雨霖不假思索地答道："《温热经纬》上有多种解释，但根据五行学说，温邪由肺而传至心包，是金反克火，这叫作逆传。再结合经络学说来判断，肺经下络大肠，还循胃口，所以顺传应传至胃府。"接着先生考校他第二个问题："泽泻能利水通淋，在补肾阴的六味地黄丸中为什么用它？"雨霖应声答道："泽泻利水除积，通淋可去浊，积浊既然已去，肾阴当然可补。"李先生面显惊异之色，喃喃自语："居然……和我大弟子当年的回答如出一辙。"他问道："除了跟你师父，你还跟谁学过？""不瞒您老人家，方才这两个问题我早有积累，"雨霖诚实地答道，"我大师兄叫孙灵间，他平日教导过晚辈。""你说的那个孙灵间，"李先生问，"可是伍连德先生的助手？""正是。"雨霖问道，"您认识我师兄？""解剖尸体，火化，隔离之法。"李先生捻着胡须笑道，"这些首创之举，谁人不知？"

"好吧，我本不想再收徒了，看来你我有这个缘分，就收了你做关门弟子。"

"那么，您的第三个问题呢？"

"傻帽。"站在身后的殊兰轻轻推了他一下，"还不赶快给老师磕头！"

由此，雨霖在振兴堂李先生门下受岐黄之术，寒暑六度，术业终于有成。其间第二年，殊兰怀孕，又像早年一样产下了一个死胎，可惜也是个男婴。殊兰痛苦万分，雨霖安慰她："只要青山在，不怕没柴烧。”有一句话已到了嘴边，他却硬生生将它咽回了肚子里。到第四年时，殊兰再次怀孕，他想尽一切办法保胎，包括药物治疗，不幸的是再次产下死胎，殊兰几近崩溃，冲他大喊大叫，他终于忍不住，脱口而出：“这是报应，和医术有什么关系？”殊兰意识到这句话背后的含义，不依不饶起来，嚷道：

“谁让你提他？”

两人为此一连二十几天保持着冷战，白天在家里照面时仿若路人，各自用眼睛对着墙壁、桌子、椅子、尘土以及各种无生气的东西说话，晚上分床而卧，纠结地让枕头成全孤独的瞌睡。那一次差点儿导致了他们的感情彻底破裂。

临别之际，老师问雨霖：“你想投靠哪位师兄？”“我想来想去，还是到大师兄那里。”雨霖回答。

大师兄马二琴为人谦和，身上既有医生的严谨，也有诗人的浪漫，对雨霖甚是关爱。一天，雨霖跟随师兄坐诊，进来一个手背异常高肿的病人，当时还有两位名医好友在场，四人一起会诊。其中一个朋友提议应该活血化瘀，另一个则主张清热解毒。马先生询问师弟的高见。雨霖刚要开口，师兄说，来，让我二人分别写在掌上。当两人展开手掌时，师兄惊喜地发现，师弟的胆识和医术并不在自己之下。原来他们开出了同样的方子：用利水重剂十枣汤，甘遂加量三钱。在旁的两位友人说，万万不可。师兄请雨霖解释。肿而不红，雨霖说，按上去凹陷，肯定是积水无疑，倘若多次用了化淤药物尚且不消，既然水没有被驱除干净，那么里面的水就会变多，而宣可决壅，应该用峻猛之剂，不可再养痈成患，以至于泛滥成灾。结果药到病除，从此师兄对他更高看一眼。

一九二八年深秋，马二琴为张学良的儿子张闾琪出诊。那个经过多位名医治疗无效的孩子在吃了先生的几服药后奇迹般出现了转机。张闾琪最终死在了日本人开办的仰德医院，但帅府鉴于王少源军医官年事已高，决定聘请马先生出任副军医官，以资辅助。马先生是医学界的清流，不愿受束缚，拒绝了帅府的邀请，他以名誉和性命担保，推荐了师弟雨霖。雨霖到了帅府，很受器重。不久就在大南关附近置备了一处房产，他和殊兰终于结束了颠沛流离的生活。五个月后，他们的第一个孩子顺利出生，是个男孩。

据我母亲讲，姥姥带着九岁的大舅在那时搬去了沈阳，姥爷没有来，是他派来的两个士兵把他们接走的。那时母亲的祖父和祖母已经先后过世了。当初，姥姥之所以没跟姥爷离婚，目的是为了照顾两位老人，而且已经有了孩子。我十二岁时曾问过母亲，姥爷八年没有音信，当接她时，姥姥是不是痛哭失声？她说，一滴眼泪也没掉。我问，为什么会这样？她说，为了坚强地活下去，她早就把眼泪先哭干了。

在那段被遗弃的岁月，不止一个人劝姥姥离婚。她的哥哥当时是县里的警察局局长，多次扬言要带着人马去寻找那个没良心的妹夫，声称一旦抓回来，就在骆驼山上给他来个开膛破肚，誓要看看他的心究竟是黑的还是白的。

“哥！”姥姥哀求说，“你要是把他杀了，我也就不活了。”

“不杀也行。”哥哥说，“跟那个狗娘养的离婚！”

妹妹流下眼泪，默不作声。哥哥一赌气，三年之内再没看妹妹一次。大皇姑在不上课的时候，偶尔会过来陪姥姥聊天，聊到同病相怜处，两双手握在一起，姥姥说：“婉盈姐，你的手好凉。”“妹妹，你的也不热，”大皇姑叹道，“因为我们都没人疼。”离开烟火前，大皇姑为她送行。

“妹妹，你可得考虑周全啊。”大皇姑说，“二女侍一夫，就是往女人的心坎里插刀子。”

“婉盈姐，不用担心。”姥姥在家里跟着她父亲也读过几天书，说道，“退一万步讲，我还会与世不争呢。”

姥姥一生都将它奉为与所有人交往的最高准则。村里同情她的人为此批评她忠厚老实过了头，活该遭遇这种不幸。事实上，母亲也一直在向我灌输这种观念，虽然她深爱着姥姥。

天底下没有任何人不是情感的囚徒。我因此知道她老人家年轻时一定痛苦过，但我不知道她老人家是否一直到死都痛苦。至少，在我和她共同生活的有限时间里，我没有感觉到她的痛苦和纠结。在我考大学前夕，她用磁带给我留下了一段欢快的录音：我的好外孙，姥姥回伊春了，怕耽误你学习，没告诉你，考上了大学，可一定要给姥姥来封信。她的声音很轻快。她没说再见，我后来果真再也没见到她。然而，那个我称作姥爷或外祖父的雨霖却不一样。“九一八”事变后，他宁可脱下上校军装，放弃优厚的待遇，以及进一步发展事业的机会，也没跟着东北军西退关内，他担心这一去再也回不到关外了，而他还有一个渴求已久却反复拖延的心愿未了。

在他的提议再次遭到殊兰抵制的那个深夜，他像着了魔一样，只穿着裤衩和背心，满身大汗淋漓，浑浑噩噩地穿过粉坊，跑进了零下三十多摄氏度的院子里。正赶上兰若起夜，一眼望见了窗外那个疯狂飘过的幽灵。

一九七〇年十二月二十三日早上，兰若走了。五天后，从锦州开会回来的故新是最后一个得知噩耗的人。他站在兰若的坟前，被痛苦压得喘不上气来，盯着手里那束桔梗花的标本，恨不得祈求上天最好此刻就让他在她的坟前死去。兰亦陪在身边，终于忍不住，把实情告诉了他：当兰若觉察自己旧病复发时，怕连累所爱之人，所以为有道守孝满了三年之后，她依然拒绝和他订婚。兰亦说，姐姐临终前交代过，要你好好地活着，她说——你活着就等于替她活着，你能看到什么，她就能看到什么，你想到什么，她也就能想到什么，她让你帮她好好活着。

故新再也控制不住，流下的热泪打湿了脚下的土地，结成了一簇晶莹的冰花。他因自己的背叛深感愧疚。当愧疚最终压倒了痛苦，他似乎顷刻间获得了一种解脱，借着这种解脱，他存在的证据和活下去的理由得以确立。他止住泪水，挪开坟头上的花圈，用手指抠出一个洞穴，将那束桔梗花的标本埋在了里面。

二

故新离开烟火的次日，周伟国向组织举报了孙灵问先生：十年前，他亲眼见到了孙灵问制作假药，把玉米面捏成了小球，冒充药丸给他的姑姑服下。据说那时大皇姑因失眠患上了偏头痛，灵问深知她的病因，确实让周伟国带走了那服特殊的药。

大皇姑得知了此事，一刻都不敢耽搁，跑到组织那里反映情况。她说，她吃的是真药，吃过八十一颗后，头疼确实没有再犯过，只是近一年才出现反复，所以请组织上明察秋毫。但是一直风传大皇姑精神不太正常，精神病人的证词让领导左右为难。

一天半夜，大队部的喇叭里广播道："我大皇姑，以宣统皇帝的妹妹爱新觉罗公主的身份郑重宣布，奉玉皇大帝之命由我继承大统，我就是女皇，特奉天命成立大满帝国，我封张楚云为副皇帝、梁启为丞相、梁忠为国师，孙莫问为户部尚书、孙灵问为首席御医……"

总之，大皇姑把全村所有成年男女都封了官，不论什么成分，并许诺官爵世袭，甚至为她记忆所及的死者也追加了封号。在大皇姑家里还搜出了诸多造反称帝的证据。一份尚未公开的册封名单上显示，其中为蒋介石安排了"一字并肩王"的爵位，为张作霖安排了"镇国公"的爵位。另有一部大满帝国宪法性质的纲纪文件，叫《大满律典》。据当事人交代，这部法典是她花了三周时间用毛笔写成的，并且刻意采取传统的竖排模式，共计三万余字，分国史、律法、律政、律令、户政、财政、吏制和薪俸等八个部分。大皇姑始终面无惧色，在炕上如神一般端坐，整个房间里洋溢着一种穿越感。当调查组再也搜不出其他证据时，大皇姑却亢奋地从胸衣里掏出了一份密令，露出了藐视众生的笑容。密令上面写着：奉天承运，三月一日十一点整，大满帝国各路统帅，听我广播号令，率领本部孝子贤孙义军，在芦苇荡集结，请自备白色袖标，绣上“玉帝有眼，皇帝万岁”的字样，以作区分。

为了缩小影响，审讯室设在了大皇姑的家里。工作人员警告她说，你的行为已经触犯了国家法律。大皇姑却沉着地回敬道，你讲你们的法律，我讲我的法律，我的法律都写在了大满帝国的法典里，你们应该认真学习学习才对，好知道如何遵纪守法。不论问什么，她都自有一套应对的逻辑。面对这种不可理喻的顽固的精神分裂症患者，工作人员十分头疼，审讯工作无法正常进行。

这个突发事件的影响极坏，不光那些得着官爵的村民胆战心惊，连烟火的革命干部也一个个吓得脸色惨白。最终金银铁用马克思主义的辩证思维和政治觉悟作出英明决定：淡化处理，不上报，不公开。

炎忠随后向组织反映了一段几乎被人遗忘的史实：北洋政府时期，大皇姑已经称帝过一次，当时是孙灵间成功制止了她。

鉴于大皇姑既成事实的反革命行径，孙灵间的卖假药问题就变成了一次有组织有目的地针对反动派的暗杀行动，而且成功粉碎了反华势力利用精神病患者企图颠覆新中国人民政权的无耻阴谋。对于这种有功的认定，有人不服，但一把手金银铁坚持认为，退一万步讲孙医生的做法也可看作是消极疗法。理由是让一个反革命的脑袋继续疼下去，就是菩萨和唐僧给不听话的孙悟空念紧箍咒，一旦这个紧箍咒解除了，孙猴子岂不为所欲为大闹天宫，真成了气候？虽然这个紧箍咒不是孙医生安上去的，但也没协助去掉，这样看来当算无功无过。最终一个荒唐事件戏剧性地使这项罪名难以成立。周伟国始料未及地变成了反革命亲属，气焰随即软塌下来。

组织决定宽大处理，将大皇姑送进了精神病院。灵灵当时对此一无所知，那时她正在市里学习。母亲被送走的那天傍晚她回来了。周伟国为灵灵准备了晚饭，灵灵比以往任何时候吃得都多。她一滴眼泪也没掉。她对于母亲的做法是既不理解，也不赞同。次日一早灵灵去探视母亲，她未曾料到那将是她们母女的最后一面。她感觉母亲是那样陌生，以至忽视了她沉寂的心灵正在滑向某种边缘。她仍不忘向女儿千叮咛万嘱咐："孩子，照顾好你自己……也别忘了时常去看看你的两个姐姐，清明也好，无论赶上什么鬼节，你也要替妈……"母女俩隔着铁窗，四只手紧紧地握在一起，再也说不出一句话来。母亲的脸被泪水洗过了，显得更加苍老。灵灵再也忍不住了，挣脱了母亲的手，扭过头，捂着嘴跑到了外面。半个月后有消息传来，大皇姑连续十天不吃不喝不睡，心脏衰竭而死。

灵灵在整理母亲的遗物时发现了一封遗书。遗书里只有短短的五句话：孩子，千万不要恨，我的死跟任何人都无关。我只想在有生之年真正行使一回自己的权利，活出自己想要的模样。我用了五十年的教训换回了最大的财富，这财富就是人要独立。所以，我的孩子，还记得妈常告诫你不要弄丢了自己吧。如果你能认识到这一点，那么你就是皇帝。灵灵看不出母亲那些遭人憎恨的行为与这封信究竟有什么关联，但她至少懂得母亲是想借此照亮女儿未来的生活。

对于孙灵问先生而言，那是一段极为荒唐的岁月。周婉盈在精神病院自杀身亡，就像早年父亲病故或雪嫣、梁先生两位同志相继去世时一样，没人看见他如何悲伤，只表现出异样的平静和无奈。他坐在炕上，不到院子里，更不到街上走动，任由进化论将他剩余的精力幽禁在迟钝的躯壳里。他叼着烟袋，视线时常落在窗外的那盘老石磨上。

无需任何一个烟火人揭发，灵问尚未从一系列迷惑中解脱出来，就被关进了牛棚。理由是他有罪。其中一项罪名是，他相信古井之水的神奇，入药研究，搞封建迷信活动；另一项罪名是兴办资本主义新式学校的走资派，并在伪满洲国时期任校长这类高级职务。金银铁再次试图出面保护，险些把自己搭了进去也没有成功。当时上面鉴于金银铁与烟火的感情瓜葛不清，担心他的革命意志不够坚定，派来了一个三十来岁的年轻人做一把手主持工作。金银铁名为副主任，却没有话语权。革委会要求孙灵问交出那部叫作《鼠疫新编》的封建作品，同时对自己所犯的罪行坦白交代，并要求他写出触及灵魂深处的认罪书。这个一把手叫江海涛，来自锦州，自小父母早亡，苦大仇深，跟着年迈的爷爷勉强长大成人。他把灵问关在生产队里挨着牲口棚的一个单间里，那个单间又冷又潮，土地、土墙，去年夏季返潮蒸发后的盐碱在墙根上残留下来。挨着牲口棚的一侧，墙顶和棚席之间并没有封严，露着一掌高的空隙，隔壁住着骡子、马和驴三种大牲口，粪便和尿臊的气味自那里入侵，及至半夜，牲口响亮的打鼻声让本就失眠的灵问更没有了一丝睡意。倘若困倦难耐，刚要从浅睡进入深睡的状态，不期公驴发情的嘶吼又把它顽强拦截了。以至于使他一度产生从未有过的自卑，看来自己真老了，老得不配他们使用高等动物来对付了，而是使用那些低级动物来对付了。除此之外，他获准吸烟的奢侈权利，是那段时期对他的莫大安慰。每天早晚各一次，有人来催索认罪书，顺便从门缝里塞进两根蒸红薯。白天房门在外面上锁，再也无人看管。他将这种近乎渎职的管理模式视为对他衰老的另一种蔑视。起初有回旋余地的时候，莫问设法替哥哥揽下罪名。灵问说：“你当过校长吗？当过校董吗？如果全能揽下来，就你来。”炎忠和刘崇文老师劝莫问，认为大哥说得有道理，没必要搭进去两个。莫问只得放弃了。后来他们设法探视，但一律被禁止，甚至连贫农身份的炎忠看管牲口的工作也被外来的知青所取代了。张丙良因书记的特殊身份以劝导为名被准许探访过两次。他们什么都没说，灵问坐在炕上，丙良坐在凳子上，像比赛一样拼命地吸烟，仿佛时间也是被派来监视他们的革命者，会对正常的交流进行夸张的猜测。

骡马出入牲口棚的次数频繁起来，一车接一车往外拉粪，难闻的气味与万物复苏一起变得活跃起来。灵问看着墙壁上刻下的一条一条竖道，那些较长的线段表示节令的开始。他抬起手，用食指又刻下了一个较长的线段。他的计算没错，时间迈进了春季的最后一个节令。

那时张楚云正被当成壮年的骡子使用，在田里劳改，除了拉车、卸车，就是端着比正常铁锹还大一圈的特制大号铁锹，将牲口的粪便扬在地里。不过这款大号铁锹并非凭空想而造，当年那个盐工姜秃子提供了前人的原始发明数据。据姜秃子本人哭诉，他不仅被张楚云这个黑心老板多次诬陷偷盐，甚至有一次险些用蒸猫的方法蒸死，而且平时用的铁锹也要比正常的大上一号。革命群众一致认为再没有比用以彼之道还施彼身的刑罚更有教育意义了。

新中国刚刚宣布成立不久，楚云就知趣地背叛了祖宗，带着兄弟和儿子用三天三夜将双龙寺毫不容情地摧毁了，几乎没留下任何痕迹。但学校是公共教育设施，归国家所有，私自拆除属于违法行为，他对那个如骆驼山般的铁证无可奈何。楚云不愧为精明的商人，当年梁先生向他提出以他的名义赞助学校时，他担心梁先生有一天不认账而向他索要捐款，对梁先生说："您最好写个说明，以后每年都写。""什么说明？"梁先生问道。"那我来写。"楚云说，"您看行的话，就签个字。"楚云写好了递给梁先生，纸条上写道：我自愿将今年赞助中兴学校的钱款，总计一千块大洋，交由张楚云之手，并以他的名义捐给学校，绝不反悔，以后不得以任何理由索要。接下来是另起一行的签字空格，上面需按上食指的红色指印；再另起一行是日期：一九二一年九月十九日。梁先生签了字画完押，擦掉手上残留的印泥说："我也有个条件。""什么条件？"楚云问。"你必须答应我，无论什么时候，无论什么情况下，永远不将此事告诉任何人。""为什么要这样？"楚云好奇，笑着问道。"我喜欢玩一种游戏，"梁先生幽默地说，"这种游戏叫双手互猜，右手做的不叫左手知道。""就算掉脑袋，我也不说！"楚云自信地承诺。

灵问一人承担了创办中兴学校的全部罪责，金银铁也在一旁说好话，他们共同保下了其余几个当年的校董会成员和教师。但楚云还是担心，万一哪天领导反悔，那个大号的铁锹可能还要大上一号，到时非得累死他不可。他觉得名声事小，还是保命要紧。

楚云把完好无损的十一张证据全部上交了革委会，字迹十分清晰，手印依然鲜红，上面除了数额、币种和时间不同，其余的表述以及笔迹完全一样。"你如何证明这些证据的真实性？"江海涛问道。楚云说："梁启能证明我的清白。"说完他才意识到，这句话等于白说，梁启早在十个月前已经喝卤水自杀了。这句口误却提醒了坐在一旁的金银铁。金银铁对楚云没有一丝好感，却秉着实事求是的精神说："梁启确实知道。"江海涛身上最大的优点是具有超乎常人的耐心，允许别人把话说完之后才下结论。他示意金银铁接着讲下去。

金银铁说，那时你还没到烟火，梁家的案子是由我经办的。梁启是辽西最大的地主，他还给溥仪当过御厨。审讯时，他供认不讳。不过，也有些微词。梁启辩解说，解放初期，他已经主动上交了全部土地，另外他曾立过功。一是辽沈战役时为解放军捐过棉衣、粮食和药品；二是他为村上的学校捐过钱。我问他，谁能证明？他说，两件都没人证明，第一件，当时的中间人是张丙炎，给我联系了接头的人，但张丙炎牺牲了，那个接头人我也不知道姓名；第二件只有我父亲梁木能证明，但他在抗战胜利那年也死了。我说，你还配提你父亲？他疑惑不解。我解释说，烟火人都传说你父亲是一位爱国人士，你看看你，当汉奸不说，还大量囤积土地，一心只坐在钱眼里了。他不服。我派丙良请来当年的几个校董，当然也包括张楚云。我分别问的话，也没告诉他们其中的原委。他们的证词全都一样，赞助人里没有梁启，也没有他父亲。

"张楚云，当时是不是有这么回事？"金银铁问道。

"有。"楚云的声音比蚊子的叫声大些，但别人也能勉强听得到。

"那你为什么当时不交代？"金银铁审问他。

楚云没有作答。

"那你今天怎么又承认了？"金银铁抓住不放，继续审问。

楚云愣在那里，还是不知说什么好。

“我看，这倒也可以理解，情况危急，事出有因。”丙良对两位领导说。

楚云因为丙良为他解围，用他特有的感激方式说道：“兄弟你是个有心人，没忘记当年我对你们家还不赖。”

江海涛最后总结说，目前看，这些证据是可信的。前几天刘崇文他们几位反映，伪满时期，孙灵间组织编写了大量的爱国词典，经查属实，所以革委会已经决定了，将功补过，对成立中兴学校的相关人等不再追究。楚云，你就别瞎担心了，要相信组织，继续安下心来，好好改造自己。

谷雨大约过去了二十多天，这段时间灵间被催要认罪书的次数比以前更加频繁了，见他顽固不化，原来的每顿两根红薯减为一根红薯。食物的减量并未给这位干瘪的老人带来丝毫困扰。烟火是生他养他也让他无限眷恋的土地，这里的自私、弱小、麻木、贫穷、瘟疫、迷信、无知和偏执激起了他对它的心酸之爱。为了这份爱，他几乎不顾一切地抛弃了俗世的所有诱惑，那种强烈的使命招致大部分人的误解、小部分人的追随，以及两个女人用一生的挚爱和生命谱写的青睐。他却对此毅然决然地不管不顾，迷失在科学和教育对人的拯救事业中，以至于任何人或任何事物都无法令他分心。曾几何时他怀着这腔热情，不惜为之牺牲自己的青春和生命，或拒绝在富贵繁华的猪圈里打滚，或拒绝在沽名钓誉的坟场里败亡腐臭，或拒绝在大是大非的妥协中偷生。他曾躲过一次土匪的抢劫，一次为维护民族尊严所遭的暗杀，一次为保护国家科研成果获得了死刑，也大难不死，在那场没有硝烟的抗疫战争中身先士卒更是安然无恙，他一直耐心地等待黎明到来。就算承受不公的待遇，他也曾说服自己继续回应使命的呼唤。这种顽强的欲望险些使他陷入对生存的绝望。还好他在追求和放弃间找到了妥协：他一贯的信念论鼓励他继续活下去，以便做未来秩序的见证人。浓烈的旱烟味掺杂了粪尿的臊臭味显得更浓烈，躺在地上的光影缓缓拉长。今夜来得比往日慢了许多，他走到桌子前，伏案写下了认罪书。后来他觉得这份认罪书倒不如牲口的粪便更有力量，才改变了主意。早上，有人又来催要认罪书了。灵问说道：

“孩子，我有事情要汇报。”

“你叫谁孩子？”门外的人说，“你是不是嫌里面太舒服了？”

“对不起。”灵问纠正说，“是韩阳同志。”

“谁和你是同志？”韩阳说，“算了，我大人不计小人过，我忙得很，如果与认罪无关，你就跟隔壁的那头老公驴讲吧。”

“我前天听说，要把那头公驴送去屠宰了。”灵问说，“怎么还在？”

“狗拿耗子，多管闲事。”韩阳说，“再不老实，就把你们俩一块都送去。少废话，快说正事！”

“我有一个请求。”灵问说，“认罪书我就不交了，但《鼠疫新编》我上交。”

“不行，两个都得上交。”

“我要亲手把那个封建作品烧掉。”灵问说，“同时，我要把家里的所有封建余孽也全部当众烧掉。”

“不行。”韩阳说，“而且你亲手烧更不行，所有的革命行动必须得由我们来执行，你没有这个权利。”

“好……你说没有就没有。我问你一个问题，”灵问说，“你们的目的究竟是要认罪书，还是要消灭罪行和罪行的成果呢？”

“你耳朵聋吗？”韩阳嚷道，“两个都要！”

“我只让你二选一。”灵问坚定地说道。

“我警告你，”韩阳说，“如果你再顽固不化，小心和那头老公驴一个下场。”

“如果我死了，”灵问说，“你们将永远也找不到那本书了。”

韩阳将那根红薯扔在地上，踏上右脚把它踩得稀烂，居然忘记那东西会沾满鞋底，气得他骂骂咧咧地离开了。他向领导做了汇报。韩阳同志，江海涛举例子说，如果你抓住了一个敌特，假如，我说的是假如，这个敌特埋了一颗定时炸弹，还是假如，在没有其他任何办法的情况下，他偏偏让你选择是交代定时炸弹的位置，还是上交认罪书，你怎么选？我两样都要。韩阳英勇地答道。你再好好想想，江海涛说。报告主任，韩阳说，这个问题不需要思考，我两样都要。纵然江海涛有涵养，如果用拳头打死人不犯法，他真恨不得冲上去用拳头敲碎他的榆木脑袋。江海涛请金银铁告诉他应该怎么做。金银铁感觉自己受到了极大的侮辱，因为显然这是一道白痴都能做对的选择题。金银铁没有回答，而是像他那样又问了一遍。报告金副主任，韩阳说，两个我都要。金银铁自言自语说，我要是直接告诉你答案，我真不知道是在侮辱你的智商，还是在侮辱我的智商。金银铁实在看不下去了，向主任请示，建议把这个事交由他直接负责。江海涛点头表示同意，给韩阳派了别的任务。

金银铁深知灵问在烟火的地位和影响力极高。他从心里想为国家保住那部医学著作。但操作难度相当之大。“老先生，我一直很敬仰您。”金银铁说，“烧掉是不是太可惜了？”炎忠、丙良和刘崇文被金银铁叫来一起商量，他们也劝大哥要三思而行。

“能有什么办法？”灵问自言自语。

“容我想想。”金银铁说，实际上他也毫无把握。

“算了。”灵问说，“那个东西是个祸害，伪满时就连累了很多人。”他接着说道，“别说没办法，就算有，也不留着了。”

金银铁问他为什么不留着，丙良、炎忠和刘崇文也疑惑地望着大哥。灵问认为，这个研究成果已经失去了价值，说它有价值，那是指在四十多年前，因为中国战乱不断，作品一直未得到政府的重视，估计世界上其他国家早就有人做出和他相同或更高的研究成果了，就算现在没有，不久的将来或者将来的将来，也会有。他叹了口气，继续说道，已经耽误了这么久，失去了领先的机会，留着或出版只能令我蒙羞，最重要的是，还可能令国家蒙羞，因为高估或吹捧落后的东西必然会成为帝国主义的笑柄。你们再想想，是不是还可能诱导社会不良风气的滋生？他们觉得他说得有道理，但仍然为此感到惋惜。

最终，革委会研究决定，派金银铁和一个头脑灵活的同志监督执行，地点在孙家大院，而且要选在深夜偷偷进行。金银铁发觉灵问的情绪表现异常，焚书的那天晚上带上了丙良、炎忠和刘崇文，以防发生不测，并吩咐他们陪他一起过夜。后来革委会允许灵问住在家里，但不得到院外四处走动。

刘老师对故新说，事后表明，金银铁的担心纯属多余，大哥一如往常地那样平静，没有节外生枝，整个村子都在熟睡当中，连一条狗都未受到惊扰，那晚真是出奇地安静。炎忠二哥保留了他的一篇演讲稿。我前几天看见过。故新回答。我这里也有一件宝贝，去年我才告诉大哥，我要还给他，他说不用了。我哄他说需不需要我销毁掉，他说社会变开明了，你就是公开发表，他也不反对。我说我也老了，没这个能力，只能指望烟火的某个后生了。我又问他，大哥您当真认为仅凭一篇认罪书就能把一切都解释清楚吗？可能有些人永远也不会理解您！实际上，他现在的脾气一点儿都不古怪了，他老了，越来越像个孩子似的，比年轻时一脸严肃的样子可爱多了。大哥却开玩笑说，理解不理解都无所谓，但它会成名的——一篇传奇的认罪书，如果将来有一天把今天定为“他的认罪书”日，我一点儿也不觉得奇怪——会出现许多试图解释甚至效仿“他的认罪书”的书——这个世界上的很多人将会知道它的名字。

它的名字果然叫《他的认罪书》。那天深夜，刘老师从燃烧的大火里将它抢救出来，才使它得以面世。里面第一段写道：

> 我承认我犯过错误，所以我有罪。如果有谁诚实地告诉我，他一生从未犯过错误，那么我这个将死之人向他表示万分感激，因为你赦免了我的罪过。我相信，这份感激将没人怀疑，因为人之将死其言也善。今天我不想玩弄这种概念和内涵的文字游戏。我向组织承认我有罪。但为了表示我忏悔深刻，洗心革面重新做人的坚决态度，我要和我自己，确切地讲是和原来的自己，完全彻底干脆地划清一切界限。故此，我在这里摈弃使用第一人称的叙述方式，同时为避免误解，我也不用第二人称的叙述方式，而采用第三人称的方式。但倘若全部使用“他”，文字必定显得枯燥乏味，影响领导的阅读情绪，所以请允许我再为这个“他”取个通俗的名字，叫潘申，穿插使用，为了活跃文字，仅此而已。另外，为响应号召，将质疑的科学精神发扬光大，也为了提高阅读者的兴趣，我决定摈弃我终其一生的坚守，放弃直观的表达，而改为寓言的表达方式。我不知道其他的罪人是否已经后悔，是否已经向组织祈求宽大处理。我现在

替我自己，也替他们这样做，倘若他们为此怪罪而有任何惩罚落到我身上，我请求从今天开始不要给予我宽恕。

实际上，第一段可以看为引子或说明，接下来才是正文部分：

他罪孽深重，因为他很少接触群众，而是自青年时代起就把自己关在一个与世隔绝的小房间里，不关心人民的疾苦，不关心革命事业，而只关心房间里的玻璃或陶瓷制成的各种瓶子和瓦罐那些没有生命的东西。虽然后来他也经常待在象征官僚主义的校长办公室，但他仿佛永远也没有走出那个狭小的空间。他在那里做了大量的研究笔记，完成了一部一无是处、危害人民的封建作品，同时助纣为孽，为维护封建王朝或军阀政府的统治在辽西建立了防疫体系，记录和收集了大量的为防止鼠疫毁灭反动政府的数据。这是一间封建思想弥漫的屋子，它使他觉得自己好像一直住在坟墓里，冷清、窒息，令他浑身麻木、思想保守，但有时他却错误地觉得自己很幸福。所以，他有罪。他有义务感谢革命群众让他认识到自己的罪过。现在他开始明白，原来他成了那间封建小屋的悲惨囚徒，备受奴役而不自知。在那里，除了他的研究笔记、作品和观测鼠疫的资料之外，还有许多传播封建主义和资本主义流毒的图书，他曾经想要烧掉它们，因为它们理应被烧掉。他认为现在的时机最合适不过。于是他郑重申请，请求在他家的院子里偷偷地烧掉那些与它们命运般配的落后思想。

明天，也许是后天，也许是后天的后天，总之被准许的一天深夜，他亲手掏空了那个房间里所有写有文字的东西，把它们堆在院子里，堆成一座金字塔的形状，又将三套立领的学生装披在塔尖上。他累弯了腰，直了直，像发现新大陆似的，兴奋地说：“原来你们自己完全有能力为自己建造一座坟墓。”他又说：“还是火化，不违背政策。”他泼上六十度的白酒，整整泼了一桶。他擦着一根火柴，躬身将它们点燃，再用余火点燃烟袋。他坐在一旁，叼着烟袋，看着火光冲天，浓烟四起，仿佛古代预警的烽烟。但烟火的所有动物，包括高等动物在内，都没有察觉，也未受到一丝的惊扰。他不免想起鲁迅的那句名言：“南边整天开大会，北边忽地起烽烟。”

今晚，月亮向群星下了战书，终于等到敢于说“不”的一天，使那些乌合之众暗淡无光，躲躲藏藏，若隐若现。但是明天呢，后天呢，月满则亏，月亏则圆……他正胡思乱想，身边有一个人已经站了很久，正和他一样望着天空。他是个坚定的唯物主义者，他从不相信鬼魂之说，所以坚信他是一个人，况且还看见了清晰的影子。

“你是谁？”他问道。

“我是谁有那么重要吗？”陌生人回答。他的穿着不属于现在，好像属于过去的某段时间，但又与过去不同，似乎有些创新。

“但我知道你叫潘申。”陌生人说。

“我知道你是人。”潘申说，“你必须得告诉我你是谁。”

“如果我告诉你我是鬼。”他说，“也许更能令你接受。”

“你不了解我。”潘申说，“我是个唯物主义者，世界上压根儿就没有鬼。”

“谁说我不了解你？”陌生人说，“告诉你也无妨，我叫戴维。”

“这仅仅是个概念。”潘申说，“我想知道它的内涵。”

“不愧是搞科研的。”戴维说，“我来自于未来，是未来的人。”

“这些还不够。”潘申说，“你得从事实、逻辑和普世的角度提供必要的证据，证明这个定义成立。”

“你们这些搞科学的真是啰唆。”戴维说，“我们未来人，从来只要给出一个概念，就表示对一个人、一件事或一种混沌的经验完成了定性，绝不提供任何证据，更不会关注所谓的普世价值。”

“你们就这样赋予它以合法性？”

“没错！”

潘申说，这简直太荒唐了，我怎么会见到像你们这样的未来人。戴维反问道，你觉得你见过的荒唐事还少吗？哪件事没变成现实？你是一位科学家，是知识分子，不是普通人，应该有预见的能力才对。潘申觉得他说得有道理。就拿眼前这个火堆来说，戴维说，当年有焚书坑儒，秦朝时的他们也想不到会有今天，正如你也想不到明天还会发生相同的事。潘申耐心地倾听。在我们的时代，他继续说，比现在还大胆，有一天全世界的人都对过去毫无价值的积累感到厌烦了，人们聚集在一片荒原上，把世界上所有带有文字的东西，书籍、档案、法典、情书、勋章，反正是全部，但凡你能想到的写着文字，包括上面有图案的东西，一律一把火销毁了。我不信，潘申说，我不相信人类会这么蠢。你认为是愚蠢，戴维说，但他们认为是理智，他们坚信只有废除过去才能建起新的秩序。实际上，我也不相信，因为过去是抹不掉的，什么东西都会重演，戴维用手指了指继续说道，就像那盘石磨，而抹掉行为的重演本身就表示销毁过去的企图只是一种野心。对于眼前，潘申说，我还不敢深信。如果你实在不相信，戴维说，你不妨把今晚当作一场梦，就如这火，无非是烧毁梦中的一个情景而已，而这个情景将在下一个梦中复活，你再想，人生何尝不是一场梦，又有哪个人不是在做梦呢？我不认同，潘申反驳说，你这是典型的唯心主义，如果仅仅作为一个比喻，我倒是可以接受。

火光暗淡下来，渐渐湮灭于灰烬之中。潘申问，你来自未来的什么时候？等你完成了你的使命，戴维解释说，你就知道了。什么使命，潘申说，我的使命是科学和教育。大错特错，戴维反驳说，你真正的使命是要找到一封信，我们每个人的使命都是要找到那封信。

“这简直更荒唐，”潘申开始觉得有趣，问道，“那么，我们是为谁完成这项使命？我怎么不知道有这个使命？”

“等完成了使命，你自会知道了。”

“我们为什么非得执行？”

“等完成了使命，你自会知道了。”

怎么才能完成？潘申问道，有什么线索？戴维想了想说，唯一的线索是在每个人的心里，它不是藏在左心房，就是藏在右心房。潘申对这种用比喻的方式表达的形而上的悖论产生了兴趣。那封信里写了什么？潘申问。等你找到了，戴维说，你自会知道了，不过好像每封信的具体内容都不同，我只知道我的。你找到了那封信？潘申略显兴奋地说，让我看看好不好？

戴维是个慷慨的人，但是他的信没带在身边，不过同意为潘申背诵其中的一个段落：

尊敬的 ××，说到这里，戴维说，这是机密，所以我用某某来代替。他接着背诵说，当您确立新的接班人和新的秩序之后，我，也包括无数个像我一样的人，我们发现被自己的同胞抛弃了，失去了自己的位置，但尚未在新的结构中找到新的位置；我们漂泊无根，感觉自己是这个世界上多余的人。以至于我们深陷欲望、失落、孤独、恐惧、怨恨、无助和困惑的情绪泥沼。为了解脱和自救，我们希望成为某种永恒且可以操纵世间万物的强大力量的拥护者。这时，我们那位伟大的领导者出现了。他用极富感染力的语调说："现如今，我们这个群体的骄傲已经荡然无存，新的秩序随意践踏我们的尊严，这个国度最高贵的群体的尊严！你们告诉我，你们是选择做一个勇敢的自由斗士，还是做一个软弱的奴隶？"他的鼓动唤醒了我们苦难的记忆，制造并指明了我们共同的敌人，进而激发了我们的怨恨，并承诺通过带领我们开展一次革命或一场运动，最终赋予我们在世界上平等的地位、尊严、价值和存在的理由。于是我们心甘情愿地追随并为实现这个亲自参与设计的理想社会牺牲一切，乃至生命。我们组建了庞大的革命队伍，每个人都热情饱满，每个人都仿佛一台劲头充足的发动机。

但是自从我们遭到了您的残酷镇压，战败的消息不断传来，在那次足以毁灭整个地球的战役中，惨烈的大火几乎烧毁了所有的星辰，我们也全军覆没了，当了政府军的俘虏。面对您强大的攻势，我们认识到如果再负隅顽抗下去，只有死路一条。但我们有理由祈求您的宽恕。为独立和自由而奋斗是您提出的一个伟大创举，而革命也是奋斗，所以，事实上，我们也是在执行您的意志。我们出于为国家的整体利益考虑，不得不客观公正地表明我们的观点：即便那些温和派和投降派从未拿起武器，但他们在一定意义上也是造反派，因为他们也违背了您的意志，在这个意义上讲，他们也是勇敢的革命者……

戴维说，这封信太长了，就算三天三夜也念不完，到此为止吧。潘申讥讽地说，我倒觉得这像是一篇认罪书。随你怎么理解，戴维说，你若不提醒，我几乎忘记了此行的目的。什么目的？潘申问。我这次来，戴维说，是专程向你催要认罪书的。我觉得，潘申说，你正在干一件越俎代庖的事，我是要交认罪书，但也轮不到你来催。你觉得谁有资格？戴维用嘲笑的口吻自问自答，我告诉你，也只有我才有这个资格，其余的人都没有，因为只有未来才有资格定你是有罪还是无罪。嗯，潘申说，这点我倒是赞成，但我要问你，当你找到了那封信或者说写了认罪书后，是得到了奖励还是惩罚？可以看成是奖励，也可以看成是惩罚，戴维说，全国大约有三成像我一样的人完成了使命，并且找到了他们各自的那封信，上面划拨给我们一块殖民地，准许我们在这块土地上继续实践那个理想的社会，但永远不能造国家的反。的确不该造国家的反。潘申表示赞同。

第一声公鸡的报晓由村子北面传来。时间很紧，戴维催促说，请抓紧写认罪书吧。即使你有权利定罪，潘申提醒他说，但是我现在还没死，这意味着我还有机会完成那项使命，我……

以上这些就是《他的认罪书》的残存内容，然而剩余的段落已经被那场大火无情地抹掉了。

跋章　双鱼铜镜

这次回来，刘崇文老师还为故新透露了两件秘密：其中一件仅有五个烟火人知道，另一件则只有他自己知道。

当老萨满即将赶赴南京时，人们方知她叫王小妹，是太平天国著名女将军洪宣娇的表妹，擅长使用火器，清军对她十分畏惧。虽然她未卜先知的能力远低于她的名分，在她离开之前却再次引起了烟火人的重视。张楚云以赵化的家族素有乐善好施的好名声为由，撺掇六弟在家里置备了一桌丰盛的酒席，为王小妹饯行。当时参加酒宴的还有灵问、炎忠、刘尚业和吕清。灵问不得不来，毕竟当年王小妹对自己有赠宝之恩。王小妹年事已高，因其出身行伍，身体却依然健朗，酒量也不比桌上的年轻人差。大家纷纷向她表达敬意，王小妹也发自内心地感激烟火人多年来对自己的支持。灵问从不饮酒，简单地吃过几口，寒暄了几句，便独自一人坐在外间喝茶了。

张楚云敬了一盅酒说："我有一个问题，要请教老先知。"

"但说无妨。"王小妹爽快地答道，声音清脆仿如银铃。

"我们烟火——"楚云似乎在斟酌如何措辞，沉吟道，"一直就没出现过大才。"

"三哥，你这话说得不对。"吕清纠正说，"咱大哥难道不是大才？"

炎忠、赵化也指责楚云，刘尚业不吭声。“算我口误，”楚云掌嘴说，“我想说一直没出过大官。”“楚云，”刘尚业替他解围，“你是不是想请老先知给咱们破解破解？”楚云说，正是这个意思。这句话说到了众人的心坎上，不免都屏住呼吸，望着王小妹。王小妹夹了一块兔肉，啜了一口酒，将筷子和酒盅轻轻地放到桌上，不疾不徐地说道：

“有句话不知当讲不当讲？”

“您尽管说！”众人异口同声。

“不过——”王小妹迟疑地说道，“这话比较刺耳，诸位千万不要骂我。”

“但讲无妨。”楚云说，“桌上全是自己人，我打保票。”

结果出乎众人所料，王小妹只给出了一个似是而非的悖论。她说，因为烟火的先人，就是那位张骢，忘恩负义或背信弃义，总之做了恶事，所以只要狼洞里的那块石头不被打掉，张骢的后裔乃至整个烟火就永无出头之日。而石头若被谁打掉，不是实施者本人就是家中的长子必以付出生命为代价。她煞有介事地总结说：“这就叫诅咒。”吕清问，是否有破解之法？王小妹说，只有那个方法，别无他途。楚云说，我觉得您的判断与事实不符。其余几人和楚云的看法相同，也认为祖先是个重信守诺的好汉。王小妹说，信不信由你们，我只能点到为止。

刘老师说，酒宴因此不欢而散。我父亲问灵问大哥怎么看待这个问题。他说，命运是人自己的事，但行好事，莫问前程。大哥走后，他们几个商议，这件事到此为止，他们约定作为秘密不得外传。按照这个逻辑，我得感恩戴德才对，故新苦笑着说，楚云伯父的拖字诀算是救了我的小命呢。然后他感叹道，烟火真是个奇葩。等我讲完第二件，刘老师说，“奇葩”这个词就显得微不足道了，我保证你十分震惊，甚至连睡觉都要想，刚开始那几年我没当它是一回事，但最近两个月我几乎彻夜难眠。

那件诡异之事发生在一九八五年冬月的一个周日。刘老师毕业后一直在中兴学校任教，直到一九七六年离休。只因那日下着大雪，才打乱了他的生活节奏，没去山上拾柴。大约下午两点左右，他听到沉重的脚步声，以为是院子外面路过的行人，他家的院子不大，之后是敲门声。他开了门，是个陌生人。一个中等身材的老人，从衣襟看出身穿的是藏青长袍，头上的狗皮帽子已经被雪盖住了。他仿佛神话里的老仙翁一样，但手里的那根拐杖昭示他不过是一个虚弱的老人。刘老师没问他是谁，而是先邀请他进屋里暖暖身体。老人礼貌地在门外跺了跺脚上的雪，摘下帽子，想把上面的积雪也抖净。刘老师急忙拦住，让他先进去再说。老人的眼睛露出感激或欣慰的神色。刘老师为他倒了一杯白开水，发现他的手不像老人的手，白皙细腻，头发也白如羊毛，眉毛和胡子却漆黑浓密，右脸上有一块深深的烙印，看起来并不恐怖，倒增添了几分威严，令人不敢小觑。老人声音悠远，率先开口说道：

“你确定你是刘崇文？”老人的口气很怪，南腔北调相互杂糅，也听不出是哪里的口音。

“如假包换。”刘老师笑着说，“整个烟火没有第二个刘崇文。”

“你可是一九二二年入的中兴学校？”

“正是。”

“初中时，教你政法的老师是谁？”

“冯老师。”刘老师回答，“到今天我还记得他教我们什么叫国家和国体，什么叫政府和政体，什么叫宪政。也是从那时候起，我懂得了反对腐败的清政府和北洋政府，都是爱国行为，而不是叛国行为。”

“这样看来，是绝不会有错了。”老人自言自语。

接下来的事情使刘老师震惊，一点儿不亚于故新听到后的那种感觉。为了能充分取得刘老师的信任，老人讲了很多细节。

他自称叫马时君，回族，一九〇〇年三月二日出生在沈阳西关的一个书香门第，二十四岁毕业于东北讲武堂，专修枪械制造专业，毕业后在东北兵工厂工作，任副总工程师，直到“九一八”事变，东北军全线溃退，他决定留守东北继续抗日。在东北军工作的那段期间，他结识了雨霖，他们立志为抗日救亡尽一份微薄之力。但他们两个都没有上前线的想法，而只想在后方帮助抗日队伍筹措粮食和药材。一九三七年秋季，大约是九月份，东北抗日联军负责后勤保障的地下党同志换成了冯学义。他们三人在那时相识、相知，成为亲密的战友。一九四〇年一月，马时君和雨霖将数量不多的粮食、食盐和药材交给了冯学义，他临走时再三叮嘱他们，他这次恐怕凶多吉少，敦促他们立刻转移，并为他们二人各写了一封入党介绍信。三个月后噩耗传来，冯学义壮烈牺牲了。那时马时君和雨霖拿着冯学义的介绍信，一个举家搬到了齐齐哈尔，一个举家搬到了伊春，分别找到当地的上级党组织，并在那里光荣地加入了中国共产党。在土地改革过程中，由于马时君革命意志不坚定，对土改政策颇有微词，被开除了党籍。九月的一天傍晚，一个陌生老人找到了他。那个老人脸上全是烙印，像被火灼焦了一般，只有两个眼珠闪闪发光，见他独居，就直接亮明了身份。他说他是冯学义。马时君无论如何都不敢相信他是冯学义，待心情平稳了些，向他询问有关他们交往的一些细节，陌生老人对答如流，几乎完全吻合。据冯学义自己说，他是个叛徒，虽然不是他直接出卖了杨靖宇将军，但杨将军的牺牲和他也脱不了干系。在运输物资的途中，他和几个战士被敌人包围了，力战负伤后被俘。原东北抗日联军第一军第一师师长，于一九三八年叛国投敌的程斌负责对他劝降。程斌现身说法，软硬兼施，冯学义终于屈服了，交代了东北抗日联军的建制现状和装备情况。但是冯学义很快意识到他将成为千古罪人，并为自己的背叛深深自责。他表面归顺，却下定决心绝不能让自己一错再错了，盘算着如何脱身。他竭尽全力表现出得体的积极，很快取得了程斌的信任，在一次独立执行任务时，他找个机会逃走了。黑龙江解放后，冯学义委托一个农民青年，请他将那柄宝剑交给伊春的党组织。冯学义告诉马时君，他之所以苟延残喘，是因为他受人之托，有一个承诺需要他来完成。托付之人是一位头发漆黑、肤色雪白的说书老者。那位说书人没儿没女，名义上以说书为生，实际上他也在履行一项承诺，肩负着一项使命。

“是什么使命？”刘老师忍不住问道。

“解开《双鱼棋局》。”

马时君解开背包，从里面拿出一个黄铜材质的圆盘，他称它为双鱼铜镜。这个双鱼铜镜一面绘着围棋的棋盘，若干个交叉点上做了黑色或白色的记号，按记号布下相应的黑子或白子，就成了《双鱼棋局》。另一面，倘若迎着光看，会现出简约古朴的图案，图案里两侧峭壁林立，中间一条宽阔的山泉急流而下，两条不知名的大鱼正一前一后追逐着一叶扁舟逆流而上，欢喜地游向朦胧的山口；倘若逆着光看，图案立刻消失，变成一面镜子，光明可鉴，完全可以用来检视脸上哪里藏污纳垢。相传，当然是一代受命传人对下一代受命传人的口头相传，双鱼铜镜乃是仓颉所创。仓颉原是一个独立部落的首领，黄帝统一华夏后成为黄帝的左史官，但他们在为人和政见方面都极为不同。史书记载，仓颉造字前曾经夜观天象，门徒相传这表示受命于天，所以当造字成功时，因自然和社会这些统称为造化的一切秘密都藏在象形的文字当中，以至于上天降下粮食以示褒奖，夜晚的时候所有鬼怪因无法藏匿形迹而恐惧哀号。但是仓颉并不满足于此，他试图将一桩更大的秘密藏于这个铜镜之中，目的是让未来的人有一天可以按照他设定的规则，寻找到自创世以来人类梦寐以求的那种东西。至于仓颉为什么不直接告诉人们，按历代传人的解释，仓颉师祖有难言之隐。他们也曾猜测，这个阻力是来自于黄帝，还是来自于上天，还是其他，但始终没有定论。

那个梦寐以求的东西是什么？规则又是什么？刘老师接连提出两个问题。马时君老人劝他要有些耐心。

据马时君所讲，这个梦寐以求的东西俗称世外桃源，按《小雅·鹤鸣》的说法叫乐彼之园，那里四季常青，风景如画，鹤鸣于九皋，鱼潜深渊或在于渚，花有花的位置，树有树的根基，各按其类，各得其所，人和动物和谐共处，不相伤害，没有痛苦，没有战争，没有压迫，没有疾病，更没有死亡。但常人往往将那里理解为人死后的极乐世界，言外之意，人活着时无法到达，只是对死后的一种美好寄托。但双鱼铜镜却能解决让活着的人达到那片乐土，前提是只要世界上有一个人破解了那个棋局，世界上的所有人就都跟着共享。这个大胆狂妄的企图听起来十分荒谬，却让刘老师和故新激动不已。因为无论真假与否，无论破解与否，至少它为人类内心自天地开辟以来那种永恒的纠结提供了一条可能解决的路径。他们没有理由不激动。而规则是任何一个人都可以，只要能赢棋，就表示破解了《双鱼棋局》。一旦破解，双鱼图案的秘密自动解开，至于怎么解开，也只能在破解棋局的那天才见分晓。不过这个棋局有一个特别诡异之处，至今无论是高手和高手对弈，高手和低手对弈，低手和低手对弈，会下棋的和不会下棋的对弈，总之任何对手和任何对手对弈，至今皆为和局。据规则提示，赢棋的奥秘在一句上古歌谣之中，这首歌谣共三句话四十一个字。马时君老人吟咏道：

“诸国更相诛伐，盖始初违禁。光见龙形，纷争无疆。九皋鸣乐，一王主鼎，夸善为信，逆水乘船，复归乐彼之园。”

他叮嘱刘老师务必要牢牢记住，若是怕忘了，写在纸上会更好些。规则是谁若参透这句上古歌谣的含义，谁就能参悟破解之法，但遗憾的是至今无一人参透。一代一代的受命传人抛弃父母、妻子、儿女、财富、权力、名誉，以及世界上可以满足情欲的一切东西，忍受孤独，忍受贫穷，忍受偏见的轻蔑，忍受一次次挫败的煎熬，忍受世间的一切试炼，过着苦行的生活，冒严寒顶酷暑，走遍神州大地，寻遍所有可能参透秘密的人，只为这个近乎荒诞的宏伟使命。与此同时，每一代传人还得费尽心思拣选自己认为合格的下一代传人。自第一代起，马时君已经是第一百二十代传人。他落魄不堪却喜乐平安的对立气质形象地诠释了那种沧桑的逼真。

这种热望几乎让人无视现实和逻辑，刘老师不仅不质疑，甚至忽略了诸多应该核实却忘记核实的细节。马时君老人显然充分考虑到了这一层。

“崇文。”马时君问道，“你不关心你老师的下落？”

“惭愧。”刘老师回答，“我被您的伟大宏图给震撼了。”

马时君说，冯学义是第一百一十九代传人，而那位说书的老先生叫吴敬天，是第一百一十八代传人。

吴敬天先生在一棵大树下设下了《双鱼棋局》，过来凑热闹的人多，大部分会下象棋，对围棋却知之甚少，其中只有一个中年人的棋艺在二流偏上，正与老先生较量。正赶上那天冯学义路过。他精通棋道，发现那个中年人多次失误，但观棋未语，等一盘终了，他点出了老人中盘时的两个破绽，中年人为不慎和棋惋惜不已。年轻人，我看你才是个中高手。老先生说，别光说不练，来，来，来，你我杀将一个回合。哪敢，冯学义说，方才晚辈不过空谈而已。他嘴上这么说，却禁不住诱惑，坐在了老先生的对面。老先生提议说，我们得挂些东西。冯学义说，我下棋从来不挂钱财。咱不挂钱财，我没儿没女，一生漂泊卖艺，老先生说，咱们只下一局，如果和棋，就算我赢。如果我输了，我这里有个古董，就送给你；倘若你输了，你就得给我养老送终。我赢了，什么都不要。冯学义回答。当两人正式对战时，冯学义发现老人处处手下留情，他更不忍步步紧逼。事实上，在接受挂东西时冯学义就打定了主意输给老人，不是按和棋的路数走，而是按真正输棋的路数走，但假装并非故意相让，因为他那时一心只想为自己的背叛赎罪。这盘棋整整下了三个多小时，太阳侧歪下去了，最终却以多劫循环的和局收场。老先生，冯学义爽快地说，从今往后，我就是您的亲儿子了。老先生也不客气，当着众人的面捻着胡须笑着说，真是我的好儿子。打那以后，他们住在了一起，冯学义效仿二十四位孝子的典故侍奉老人。老先生却百般挑剔，这也不满意，那也不满意，总之，不论冯学义怎么做都不对他的心思。但冯学义并不认为那是对他的刁难，相反是一种鞭策。他在这种看似惩罚的试炼中获得了巨大的安慰。老先生的身体一日不如一日，原来漆黑的头发变成了雪白，原来的白皙皮肤变得如棕色树皮一样粗糙，衰老只用了一年多的时间就将他击垮了。临终前，老人告诉他，他已经近乎完美地通过了严酷考验，决定收他做第一百一十九代传人。

当冯学义找到我时，马时君说，吴敬天老先生去世已将近两个多月了。他对我说，他是个叛徒，这个世界上已经没有他的位置了，请求我接替他，去完成这项使命。

“冯老师后来怎样了？”刘老师问道。

“不知道。”马时君说，“总之，他让自己永远消失了。”

“您找我。”刘老师问，“需要我做些什么？”

“我老了，你看看，我现在用三条腿走路。”马时君指着拐杖说，“收你做第一百二十一代传人。”

我的棋艺根本不入流，刘老师诚实地说，我大哥才是一流高手，当年把日本人耍得无计可施。马时君说，你会不会无所谓，高手不高手无所谓，只要能找到那个破解之人就行。孙灵问现在也没比我强多少，过不了多久，他就和我一样，得用四条腿走路了。马时君补充说，当年冯学义提起过他，但他说你大哥绝不会相信这种有悖于科学常理的东西。所以，选对人才是关键。刘老师说，但您也没考验我，怎么知道我就合格呢？马时君笑着说，冯学义当年交代，如果我找不到更合适的人选，建议我选你。今天看你待人接物，看你笃信不疑的神情，我总算明白冯学义看人比我准啊。刘老师说，我也不年轻了。马时君说，你若也走不动了，你就再选个接班人吧。

刘老师实在推辞不过，只能勉强接受。马时君起身告辞，刘老师请他住在家里，解释说自己的收入也足以为他养老送终。马时君说，这个世界再也没有他的位置了。

刘老师说，自分手后，直到今天也没有他的消息。应该不在人世了，故新说。现在回想起来，刘老师不敢确信地说，我总感觉在那次之前仿佛就与他相识了多年。不说这些了，无端猜测毫无意义。现在我最后悔的是，重视得太晚了，两个月前，我大儿子，那个烟火的不肖子孙偷走了铜镜，居然将它当作卖国投敌的见面礼。话也不能这么说，故新开导他，他也不是不再回国了。回什么国，刘老师说，五天前来信说，他决定一辈子待在美国了。不过所幸他不知道那句歌谣，否则让帝国主义抢占了先机，我岂不成了民族和历史的罪人？

直到他去世前半个月，刘老师才不再耿耿于怀了。因为那时他终于意识到，就命运而言，全世界无非只有一个人类。

日头偏西的时候，天空稀稀拉拉地飘下雪花。莫问的四子孙有德来了，邀请故新去村部。昨天夜里，他同父异母的两个哥哥有荣和有华掘了赵化母亲的坟，偷偷取出了琳娜的骨灰盒。上次调解时，有荣和有华碍于张乙的面子，表面上同意了将母亲的骨灰盒放在坟墓的西侧。当赵钱发现了，不得不去找张乙讨个说法。莫问和赵化对此一无所知，他们谁都没有告诉两位老人，免得徒增他们的烦恼。除了三个当事人，故新见张乙、张聪、灵灵和周伟国也都在。

“故新。”张聪说，“你来给评评这个理。”

屋子里的火药味很浓，故新建议事缓则圆，要妥善解决，不能急在一时。

“他自己的事都摆不平。”灵灵奚落他，“哪还有资格管别人的事。”

故新没接茬，担心一旦陷入与她纷争的陷阱，会激起她的恶劣情绪。

“这事传出去丢人，让首都来的笑话。”赵钱说，“故新，你就别蹚这浑水了。”说完，他背着手走了。

有荣、有华没和故新打声招呼，也离开了村部。

“世态炎凉啊！”周伟国故作感慨地说，“看人家京片子连一个唾沫星都没费，他们就投降跑路了。”

“早知丢人现眼。”张聪说，“又何必当初呢！”

“也可以理解。”张乙说，“这事换到谁身上，心里这道坎都不好过。故新这次为什么回来？他也过不了那道坎。”

“多大个屁事！”张聪说，“人死似灯灭，一个破坟包里还分什么尊卑长幼。”

“人死了！人死了，感情也死了？”张乙反问道，他强压着心里的怒火。

“谁能像你那么伟大，有谦有让。”灵灵对张聪说，“要我看，你那心大得跟什么都没有似的。”说完，她自己笑了起来。张聪咧嘴笑道，还是灵姐姐夸人有高度。屋内的气氛顿时缓和了许多。

灵灵突然说道：“我告诉你曹故新，我跟我妈不一样。她两次舍命救一个薄情寡义之人。”说到这里，她的眼睛马上弯了起来，眼泪在她的眼睛里打转，之后又变得坚强起来，“你放心，我这一辈子都忘不了你对我的好……”

故新认识到千万句的道歉也弥补不了对她的亏欠——远甚于孙灵间先生对周婉盈的亏欠。

张聪为故新解围，安慰她说：“但是，她老人家也没遭着罪，就像一只气球慢慢瘪了。”

灵灵盯着故新，提高了声音说：“为了报答你，当着我们好朋友的面，我今天要送给你一个惊喜。”

故新这次回来，发现灵灵比以前更加清醒和冷静，轻蔑她反感的一切东西。这或许是得益于长期职业化训练的结果。正如她自己所说，她不相信《周易》里那些迷信的成分，但赞成其中与心理学有关的一小部分，因此她才继承了母亲的衣钵，不过在她眼里，也仅仅是一种生活，而非信仰。故新不作声。

“你有个女儿。”灵灵说，“今年十七岁。”

这个消息果然是一份惊喜，他立刻想到了杨树林里的那场约会，才镇定下来。张乙和张聪对望一眼，因为灵灵确实有一个女儿，确实是十七岁的年纪，至于是和谁生的，他们过去也仅限于猜测而已，今天终于得到了当事人的亲口证实。周伟国欲言又止，表情略显激动。

“兄弟，你就认了吧！”张聪调侃他，“你亲自经手的事，你还想问谁？”

“曹故新，你还想赖账，像当年一样提上裤子就走人吗？”灵灵语带幽怨地说，“你记不记得，那天天气有什么特征？”

“怎么能忘呢？”故新回答，“那天，晚霞把半边天都烧得通红。”

“六哥！”灵灵喊周伟国，把他吓得一激灵，“你告诉他，孩子叫什么名？”

“孙美霞。”周伟国解释说，“因为完美无瑕。”

“特别想认吧，曹故新。”灵灵说，“但是，我偏不让你们父女相认，我早就告诉孩子了，她爸是个薄情寡义的大坏蛋。”

灵灵像蔑视命运一样蔑视故新，不给他说话的机会，转身走出了村部。周伟国紧紧跟在她的后面。

故新意识到，是自己的冲动和绝情深深地伤害了她。当得知兰若怕连累他而拒绝嫁给他时，故新因自己对爱情的亵渎懊恼不已。一天晚上灵灵约他见面，在杨树林里守了整整一夜，始终未见他的踪影，也没收到任何讯息。自那以后，他仿佛到了另外一个世界。

故新托张乙、心吾、张聪、兰亦分别去做灵灵的思想工作，试图令她回心转意。但都无功而返。既然她像占有世界一样，在女儿身上只打上她一个人的印记，那么一味地祈求只会让她更加反感。无奈，他选择把这个难题留给时间来破解。不过，罪愆把人和世界连在了一起，仇恨成为人类存在的唯一纽带。只因他们之间最终也没有宽恕，时间像对《双鱼棋局》一样束手无策。

自从我上大学以后，三姨父都是向我打听美霞的情况。三姨夫就是故新，他和三姨终未成婚，但他喜欢我这样称呼。有一次他突然问我：

“美霞长得像不像我？”

“不像。”

“像周伟国吗？”他略显迟疑地问。

“只像灵姨。”我笑着问道，“您的想象力是不是有些过剩？”

三姨夫解释说，开采石英基本没戏了，他想在回北京之前，去三姨的坟上看看，走到古井附近，遇见了周伟国。周伟国问他：

“你什么时候走？”

“不一定走。”

“只要有我在。”他说，“你休想碰狼洞一个手指头。”

“总得给个理由吧。”三姨夫了解他，他不过是虚张声势罢了。

“十八年前，我在一星河北岸曾见过那两条蛇仙。”周伟国说，“我劝你最好知趣些，别惹祸上身。”

原来当年杨树林外的一声惨叫是你周伟国干的。三姨夫在心里想，但他没有挑破，免得因往事刺激了他。

“你什么时候变得这么关心我了？”

“你少自作多情，我只是在关心灵灵。”

“真让我搞不懂，一个发明家怎么会变迷信了？”三姨夫仿佛自言自语。

周伟国不认为“发明家”一词是对他的讽刺，因为他常在人们面前这样自居。他没有作答，而是转换了话题：“你读没读过金庸的《天龙八部》？”

“岂止读过。”

“好，那就好。”

“你什么意思？”三姨夫那时年轻，语气像石头一般硬。

“美霞的事，我奉劝你别再痴心妄想了。”周伟国说，“倘若你将自己看作是段正淳，将我看作是延庆太子，你自然会明白了。”

“你做你的废太子。”三姨夫回答，“我警告你，少扯上我！”

三姨夫不相信他的话。多年以来，他一直宁愿相信周伟国是在设法用一个隐喻为他打制一套新枷锁，企图使他在父女无法相认的痛苦纠结之外套上另一种痛苦和纠结。那天下午，他站在三姨的墓前，直到太阳落山。

“是不是当天晚上就出事了？”我问三姨夫。

“嗯，我没注意墓地里有人藏了网具。”三姨夫说，“派出所出动了三个警察，说有人举报我把偷来的网具藏在了那里。”

“究竟是谁在陷害您？”

“是谁并不重要了。”三姨夫笑着说，“没得逞才重要呢。”

我觉察出他的心里可能只剩下了感恩。那时他一定是想起了，当他被拘留期间，心吾四处奔波，托关系，找领导，执着坚定地营救他的那段艰辛历程。最终心吾找到了县公安局的一位副局长。那位副局长首先对心吾说，从目前掌握的证据来看，他完全有理由相信曹故新同志是清白的，但烟火镇的边防派出所不归县公安局管，归口单位是武警部队。不过他愿意出面帮忙协调。

放人那天，心吾和兰亦站在冰天雪地里，望着他走出了那座派出所的高门大院。他说，他想看看孙二爷，向他道个别。他们告诉他，孙二爷没了。

他被关进派出所的第三天早上，孙有德去探望父亲，发现老人蜷缩在炕上一动不动，怀里抱着那把两天前从梁家借来的古旧二胡。他竭尽全力摇晃父亲的肩膀，靠近他的耳郭呼喊，又进行人工呼吸，最后把一头包好的大蒜放在他的鼻孔前，凡是能想到的办法几乎全部试过，但都无济于事。希望彻底破灭了。孙有德喊来自己的两个哥哥，他们分头通知亲朋好友，大约半个小时后看尸人也来了，这位熟悉丧葬程序的专业司仪吩咐家人请来木匠，用二十年前备好的棺木为他打造棺材。窗外的片片雪花依然如撕碎了的棉花球，从激愤的天空翻滚泻下。大雪在烟火下了一整夜，孩子们像镜子一样能够照出却看不见死亡，依旧如白色的精灵在院子里嬉戏打闹。

炎忠不顾众人劝阻，决意为四弟守灵。莫问一生为人慷慨豪爽，颇有侠义之风，年轻时败光了家业却未损害他人利益，卖掉了自己的妻子而非卖掉别人的妻子，他也没参与过任何一次政治运动，人们更心知肚明的是，中兴学校虽经灵问牵头创办，但花的钱乃是莫问辛苦挣来的。但终其一生，他从未向任何人提起他曾做过的任何一件善行。在这个变幻莫测的世界上，没有什么比死后的评价更变幻莫测了。他赢得了整个烟火的尊重，尽管活着时被邪恶的记忆无情遗忘，但葬礼因全村人都来吊唁而显得极其隆重。

我清晰记得，我是在第一天晚上随父母祭拜了孙二爷。在长明灯昏暗的光影中，我发现他的脸由于死亡而显出完美的安详，好像经受死亡比旷日持久地想象它、等候它，要轻松许多似的。很长一段时间，这让我对死亡本身不再恐惧了。孙有荣、孙有华、孙有德和炎忠跪在灵前，向祭拜者还礼，只有孙有德和炎忠的眼睛红肿，余者脸上仅现出淡淡的悲哀。时至今日，我重新审视那种表情，确定那不是悲哀，而是冷漠。灵问先生坐在西屋里，嘴里叼着烟袋，涌进屋内的人群的脚步声、啜泣声、低语声和司仪的吆喝声都无法撼动他静止干瘪的身躯——依旧如胆瓶般一动不动。

大雪接着又下了两天两夜，未显露一丝停止的兆头。只见房顶、树枝、红海滩、苇荡……大地上的所有事物全都在洁白的铠甲包裹之中，似乎这场预定的灾难涤荡了世间的一切污垢。麻雀、喜鹊、刺猬、野兔……所有鸟兽为保存体力而安静地躲在窝里，像十七年后的那场雪灾一样阻断了交通，以至于尸体无法运往殡仪馆火化。

由于雪大，院内没搭灵棚，也没雇请鼓吹，在屋里静静祭奠满了三天，第四天三声鸡叫过后，十六个帮工抬着龙头棺材，需要走在最前面的村民先清理出路面，庞大的送葬队伍才得以通行。

灵问站在大门口送了弟弟最后一程，直到不见送葬队伍的踪影方始回屋。楚云忌讳坟地，在亡灵经过的途中摆上路祭为死者饯行，炎忠和赵化坚持把老四送到了山顶，眼见他入土为安。

安葬的仪式走完了，人们从骆驼山上下来，一路上感慨生命的无常，因为没有任何迹象表明这位返老还童的老寿星会猝然离世，在出事的头天傍晚他们还看见他拄着拐杖，一瘸一拐地走在灵问大街上，时而停下来，仰望漫天发酵的乌云，掏出大蒜，闻过后放入口中。

事实上，自那个傍晚回到家中，莫问就把自己关在屋里，仿佛躲进了大鱼的肚腹，无止无休地吟唱那首单调的曲子——不过，古老的烟火在大雪中已然沉睡——无缘最后一次倾听——因为那奇迹般的琴音不归这个世代所有，那奇迹般的歌声也不会重现人间。

图书在版编目（CIP）数据

比喻 / 盐和著. -- 北京：作家出版社，2023. 9
ISBN 978-7-5212-2395-8

Ⅰ. ①比… Ⅱ. ①盐… Ⅲ. ①长篇小说 - 中国 - 当代
Ⅳ. ①I247.5

中国国家版本馆CIP数据核字（2023）第143358号

比　喻

作　　者：盐　和
责任编辑：宋辰辰
装帧设计：意匠文化 · 丁奔亮
出版发行：作家出版社有限公司
社　　址：北京农展馆南里10号　　邮　　编：100125
电话传真：86-10-65067186（发行中心及邮购部）
86-10-65004079（总编室）
E-mail:zuojia@zuojia.net.cn
http://www.zuojiachubanshe.com
印　　刷：河北京平诚乾印刷有限公司
成品尺寸：152×230
字　　数：201千
印　　张：17.25
版　　次：2023年9月第1版
印　　次：2023年9月第1次印刷
ISBN　978-7-5212-2395-8
定　　价：52. 00元